BIBLIOTECA POLIROM

PROZĂ XX

Colecţia BIBLIOTECA POLIROM este coordonată de
Bogdan-Alexandru Stănescu.

www.polirom.ro

Editura POLIROM
Iaşi, B-dul Carol I nr. 4 ; P.O. BOX 266, 700506
Bucureşti, sector 4, B-dul Splaiul Unirii, nr. 6, Bl. B3A, et. 1, cam. 4, O.P. 53, 040031 ; P.O. BOX 1-728

Descrierea CIP a Bibliotecii Naţionale a României :

SALINGER, J.D.

De veghe în lanul de secară / J.D. Salinger ;
trad. de Cristian Ionescu – Iaşi : Polirom, 2011

ISBN : 978-973-46-2031-9

I. Ionescu, Cristian (trad.)

821.111(73)-31=135.1

Printed in ROMANIA

J.D. Salinger

De veghe în lanul de secară

Ediția a IV-a

Traducere de Cristian Ionescu

POLIROM
2011

Mamei mele

1

Și dacă vreți cu adevărat să aflați ce și cum, presupun c-o să vreți să știți din capul locului unde m-am născut, cam ce copilărie nasoală am avut, cît de ocupați erau ai mei pînă să mă facă, toate aiurelile gen David Copperfield, dar, ca s-o zic pe-aia dreaptă, n-am nici un chef să intru-n chestii de-astea. Unu, că mă plictisesc, și doi, că părinții mei ar face două hemoragii de persoană dacă povestesc ceva mai intim despre ei. Sînt sensibili la așa ceva, mai ales tata. Cumsecade cît cuprinde și alea-alea, nu zic nu, dar și sensibiloși ca naiba. În plus, n-o să m-apuc acum să vă povestesc toată autobiografia mea de două parale. O să vă povestesc doar de chestia asta dementă care mi s-a întîmplat anul trecut, pe la Crăciun, cu puțin înainte să mă dărîme oboseala, cînd a trebuit să vin aici și s-o las mai moale. La o adică, nici lui D.B. nu i-am spus mai multe, și doar e frate-meu, mă-nțelegeți. Stă la Hollywood. Nu-i prea departe de locul ăsta trist, așa că vine în vizită practic în fiecare weekend. O să mă ducă acasă cu maşina luna viitoare, cînd s-ar putea să plec de aici. Tocmai şi-a tras un Jaguar. O jucărie din alea mici, englezeşti, care prinde două sute de mile pe oră. Aproape patru mii de verzişori a dat pe ea. Acum stă bine cu mălaiul. Înainte, mai salcîm. Cînd era acasă, era doar un scriitor normal. A scris o carte de povestiri grozavă, *Secretul peştişorului de aur*, în caz că n-aţi auzit de el. Cea mai tare era *Secretul peştişorului de aur*, cu un copilaş care nu lăsa pe nimeni să se uite la peştişorul lui de aur, pentru că şi-l cumpărase din banii lui. Mi-a plăcut de-am murit. Acum s-a mutat la Hollywood – D.B., vreau să zic – unde se prostituează. Dacă urăsc ceva pe lume, astea sînt filmele. Nici să nu pomeniţi de filme în faţa mea.

Vreau să-mi încep povestea din ziua în care am plecat de la şcoala pregătitoare Pencey. Şcoala aia din Agerstown, Pennsylvania. Poate aţi auzit de ea. Sau măcar aţi văzut reclamele. Îi fac reclamă într-o mie de reviste, cu mereu aceeaşi poză a unui şmecher de succes, călare pe un cal care sare peste un gard. De parcă la Pencey am fi jucat polo cît era ziua de lungă. N-am văzut niciodată vreun cal prin zonă, nici de departe. Şi sub poza tipului călare, scrie musai : „Din 1888 modelăm băieţii în tineri bărbaţi, împliniţi şi cu judecată limpede". Asta, pentru fraierii care-i ascultă. Modelează pe naiba la Pencey, fix ca-n orice altă şcoală. Şi nici n-am cunoscut acolo pe cineva împlinit, cu judecată limpede şi chestii-trestii. Poate vreo doi tipi. Dacă şi-atît. Iar ăştia cred că erau aşa dinainte să vină la Pencey.

Nu contează. Era sîmbăta meciului de fotbal cu Saxon Hall. Care meci cu Saxon Hall ar fi trebuit să fie scofală mare pentru Pencey. Era ultimul joc din an și, dacă nu băteau ai noștri, nu ne rămînea decît să ne sinucidem. Țin minte că pe la trei după-masă stăteam cocoțat la cucurigu, în vîrful dealului Thomsen, chiar lîngă tunul ăla aiurea de pe vremea războiului de independență. Se vedea tot terenul de acolo, cu cele două echipe trăgîndu-și la gioale de colo-colo. Tribuna mare nu se vedea prea grozav, dar auzeam cum strigă mulțimea, gros și asurzitor pe partea galeriei de la Pencey, pentru că era practic toată școala acolo, mai puțin eu, și leșinat-pițigăiat pe partea celor de la Saxon Hall, pentru că echipa oaspete nu aducea niciodată prea mulți suporteri.

La meciurile de fotbal nu veneau prea multe fete. Numai băieții din clasele mari aveau voie să aducă fete. Groaznică școală, oricum ai apuca-o. Mie-mi plac locurile unde mai vezi și tu fete prin preajmă din cînd în cînd, chiar dacă nu fac decît să se scarpine pe brațe sau să-și sufle nasul sau pur și simplu să chicotească. Selma Thurmer – fata directorului – apărea pe la meciuri destul de des, dar nu era tocmai genul care să te înnebunească de dorință. Altfel, o fată destul de drăguță. Am stat o dată lîngă ea în autobuzul de la Agerstown și-am reușit oarecum să-nnodăm o vorbă. Mi-a plăcut de ea. Avea nasul mare și unghiile roase pînă la sînge și purta o panaramă de sutien cu bureți care se ițeau pe te miri unde, de-ți venea să-i plîngi de milă. Dar ce mi-a plăcut e că te scutea de rahaturi cum că ce tare e ta-su. Probabil că știa ce nătîng și închipuit e de fapt tipu'.

Motivul pentru care stăteam în vîrful dealului Thomsen, și nu jos, la meci, era că tocmai mă întorsesem de la New York cu echipa de scrimă. Eram căpitanul echipei de scrimă, nene! Foarte mare scofală. Plecaserăm toți la New York de dimineață la întrecerea cu școala McBurney. Numai că respectivul concurs nu s-a mai ținut. Am uitat floretele și echipamentul și toate catrafusele în nenorocitul de metrou. N-a fost doar vina mea. Trebuise să mă ridic întruna, să mă uit la harta de sus, ca să văd unde coborîm. Așa că ne-am întors la Pencey pe la două jumate, în loc de seara, înainte de masă. Toată echipa îmi întorsese spatele pe drumul de întoarcere, în tren. Într-un fel, fusese chiar distractiv.

Celălalt motiv pentru care nu eram jos, la meci, era că mă duceam să-mi iau la revedere de la bătrînu' Spencer, profu' de istorie. Avea gripă și m-am gîndit că s-ar putea să nu-l mai văd pînă la vacanța de Crăciun. Mi-a scris un bilet în care-mi zicea că vrea să mă vadă înainte să plec acasă. Știa că n-am să mă întorc la Pencey.

De asta am uitat să vă spun. M-au zburat. N-aveam la ce să mă întorc după vacanța de Crăciun, pentru că rămăsesem la patru materii, nu-mi dădeam deloc silința și așa mai departe. Mi-au dat nu știu cîte avertismente să mă pun cu burta pe carte – mai ales în preajma parțialelor, cînd veneau ai mei la ședința cu bătrînul Thurmer –, dar n-am făcut-o. Așa că mi-au dat papucii. Ceea ce se întîmplă destul de des la Pencey, care e o școală foarte bine cotată. Serios.

Oricum, era decembrie și un frig de-ți îngheța limba-n gură, mai ales în vîrful dealului ăluia idiot. N-aveam pe mine decît geaca de fîș cu două fețe, nu tu mănuși, nu nimic. Cu o săptămînă înainte mi se furase paltonul din păr de cămilă, chiar din cameră, cu tot cu mănușile îmblănite și cu ce mai aveam prin buzunare. Pencey colcăia de hoți. Deși destul de mulți veneau din familii bogate, tot plin de hoți se numește că era. Cu cît e mai scumpă o școală, cu-atît se pricopsește cu mai mulți hoți. Nu glumesc. Dar să lăsăm asta. Stăteam lîngă tunul ăla aiurea și mă uitam la meci și-mi degerau țurloaiele. Numai că nu prea urmăream jocul. De fapt, adevăratul motiv pentru care mai bănănăiam pe acolo e că încercam să mă obișnuiesc cu senzația de rămas-bun. Mi s-a întîmplat să plec din școli sau case fără să am cea mai vagă senzație că plec. Urăsc treaba asta. Nu-mi pasă dacă e o despărțire tristă sau o despărțire proastă, dar cînd plec de undeva îmi place să simt că plec. Dacă nu simți, e încă și mai rău.

Am avut baftă. Brusc, mi-am amintit de o chestie care m-a ajutat să-mi intre-n cap ideea că mă căram naibii de aici. Mi-am amintit, din senin, de-o zi, să fi fost prin octombrie, cînd am pus de-o miuță cu Robert Tichener și Paul Campbell, în fața clădirii unde erau sălile de curs. Erau amîndoi băieți de treabă, mai ales Tichener. Se apropia masa de seară și se făcuse destul de întuneric afară, dar noi tot băteam mingea. Se întuneca din ce în ce mai tare, de-abia mai vedeam în ce dăm cu piciorul, dar nici prin cap nu ne trecea să ne oprim. Pîn' la urmă, n-am avut încotro. Profu' de biologie, domnul Zambesi, a scos capul pe geam și ne-a zis să ne ducem la dormitoare și să ne pregătim pentru masa de seară. Dacă am norocul să-mi vină-n minte chestii de genul ăsta, pot liniștit să mă scot cu un la revedere cînd am nevoie – cel puțin, așa se întîmplă de cele mai multe ori. De cum mi-a venit, m-am întors pe călcîie și-am luat-o în jos la fugă, de partea cealaltă a dealului, spre casa bătrînului Spencer. Nu stătea în campus, ci pe Anthony Wayne Avenue.

Am fugit tot drumul, pînă la intrarea principală, unde m-am oprit un pic să-mi trag sufletul. Mi se tăiase respirația, ca să v-o spun pe-a dreaptă. Unu, că fumez ca un șarpe... mai bine zis, fumam, pînă să mă oblige să mă las. Doi, anul trecut m-am înălțat cu aproape șaptișpe centimetri. Practic așa m-am ales și cu TBC-ul și-am ajuns aici pentru analize. Altfel, pînă una, alta, sînt destul de sănătos.

Nu contează. De cum mi-am venit în fire, am traversat în fugă Șoseaua 204. Era polei ca dracu' și numai că n-am căzut în nas. Nici nu știu de ce fugeam – cred că așa mi-a venit. După ce-am traversat, am simțit cum mă pierd în ceață. Era o după-amiază din alea aiurea, îngrozitor de geroase, fără soare, fără nimic, și-aveai senzația că dispari de fiecare dată cînd traversezi un drum.

Frate, da' am sunat la sonerie urgent, cînd am ajuns la casa bătrînului Spencer. Eram înghețat bocnă. Mă dureau urechile și de-abia mai puteam să-mi mișc degetele.

— Hai odată, aproape că m-am trezit zicînd în gura mare, să deschidă careva ușa!

Pîn' la urmă, mi-a deschis bătrîna doamnă Spencer. Nu aveau servitoare sau ceva, așa că deschideau ei mereu. Nu stăteau prea bine cu mălaiul.

— Holden! a zis doamna Spencer. Ce mă bucur să te văd! Intră, dragul meu! Ești înghețat rău?

Cred că se bucura să mă vadă. Îi eram simpatic. Cel puțin, așa mi se părea. Frate, da' am intrat în casă cît ai zice pește.

— Ce mai faceți, doamnă Spencer? Ce face domnul Spencer?

— Stai să-ți iau haina, dragă, mi-a răspuns.

Nu m-a auzit că am întrebat-o de domnul Spencer. Cam surdă. Mi-a agățat haina în debaraua din hol și mi-am trecut degetele prin păr. Sînt tuns periuță și n-am nevoie să mă pieptăn prea des.

— Ce-ați mai făcut, doamnă Spencer? am întrebat-o din nou, doar că mai tare, ca să mă audă.

A închis ușa de la debara.

— Eu sînt bine. Dar tu ce-ai mai făcut?

După cum m-a întrebat, mi-am dat imediat seama că bătrînu' Spencer îi spusese că-mi dăduseră papucii.

— Bine. Cum se simte domnul Spencer? I-a trecut gripa?

— Dacă i-a trecut! Holden, se poartă ca un adevărat... nu știu ce... E în camera lui, dragule. Intră direct.

2

Stătea fiecare în camera lui și tot tacîmul. Aveau cam la șaptezeci de ani, dacă nu peste. Dar se pricepeau să facă tapaj din te miri ce, deși doar cu juma' de gură, evident. Știu că sună a răutate ce spun, dar n-o zic din răutate. Vreau să spun doar că m-am gîndit destul de mult la bătrînu' Spencer și, dacă te gîndeai un pic prea mult, ajungeai să te întrebi pentru ce pana mea mai trăiește. Era gîrbovit complet, de-abia se mai ținea pe picioare și, în clasă, cînd era la tablă și îi scăpa o bucată de cretă, trebuia să se ridice cineva din prima bancă, s-o ia de pe jos și să i-o pună în mînă. Ceea ce-i groaznic, după părerea mea. Dar dacă te gîndeai la el atît cît trebuie, și nu mai mult, îți dădeai seama că n-o duce prea rău. De exemplu, într-o duminică am fost la el împreună cu alți tipi, la o ciocolată caldă, și ne-a arătat o pătură veche și ponosită, pentru care el și doamna Spencer se tocmiseră cu vreun indian Navajo în parcul Yellowstone. Se vedea ce tapaj cît casa făcuse bătrînu' Spencer din cumpărarea ei. Asta voiam să spun. Iei pe cineva bătrîn ca faraonii, cum ar fi bătrînu' Spencer, și vezi ce tam-tam e-n stare să facă din cumpărarea unei pături țesute de indienii Navajo.

Ușa de la cameră era deschisă, dar tot am ciocănit încet, din politețe și alea-alea. L-am văzut de-afară unde stătea. Ședea într-un fotoliu mare de piele, înfofolit pînă la gît în pătura de care v-am povestit. A ridicat privirea cînd am bătut la ușă.

— Cine e? a strigat. Caulfield? Poftește înăuntru, băiete.

Mereu țipa în afara orelor. Te călca pe nervi uneori.

Din momentul în care-am pus piciorul înăuntru, mi-a părut oarecum rău că venisem. El citea *Atlantic Monthly,* erau pastile și siropuri împrăștiate peste tot și mirosea a picături de nas Vicks. Cam deprimant. Și-așa nu mă prea omor după bolnavi. Ce făcea ca totul să fie încă mai deprimant, bătrînu' Spencer avea pe el o relicvă de halat de baie, zdrențăros și de tot plînsu', în care probabil că se născuse, cine știe. Nu-mi face nici o plăcere să văd boșorogi în pijama și halat. Li se văd mereu țîțele căzute. Și picioarele. Picioarele de boșorogi, la plajă sau pe unde se nimerește, par așa de albe și spelbe.

— Bună ziua, domnule, am zis. Am primit biletul dumneavoastră. Mulțumesc mult.

Îmi scrisese un bilețel să mă opresc pe la el să-mi iau la revedere înainte de vacanță, ținînd cont că nu aveam să mă mai întorc.

— Nu trebuia să vă deranjați. Oricum treceam pe aici să-mi iau la revedere.

— Ia loc acolo, băiete, mi-a spus bătrînu' Spencer.

Voia să zică pe pat. M-am așezat.

— Mai sînteți gripat, domnule?

— Băiete, dacă m-aș simți mai bine, ar trebui să trimit după doctor, a zis bătrînu' Spencer.

Asta l-a dat pe spate. A început să chicotească nebunește. După ce și-a mai venit cît de cît în fire, m-a întrebat:

— Cum de nu ești jos, la meci? Credeam că azi se joacă meciul cel mare.

— Așa-i. M-am dus. Numai că de-abia m-am întors cu echipa de scrimă de la New York.

Frate, da' patul ăla era tare ca piatra. A început să-și ia o expresie serioasă ca naiba. Știam eu că asta urmează.

— Care va să zică, ne părăsești, nu?

— Da, domnule, așa s-ar spune.

Și-a-nceput iar să-și facă numărul cu datul din cap. În viața voastră n-ați văzut om să dea atît din cap ca bătrînu' Spencer. Nu-ți era niciodată clar dacă o făcea pentru că se gîndea la ceva, sau numai pentru că era un moșneag cumsecade care habar n-avea pe ce lume e.

— Ce ți-a spus doctor Thurmer, băiete? Înțeleg c-ați avut o mică discuție.

— Da, așa-i. Am stat în biroul dumnealui vreo două ore.

— Și ce ți-a zis?

— A... păi, despre viața care e un joc și așa mai departe. Și cum trebuie să-l joci conform regulilor. S-a purtat destul de frumos. Nu s-a ambalat rău sau ceva. A dat înainte cu viața care e un joc, alea-alea – înțelegeți.

— Dar viața chiar e un joc, băiete. Viața este un joc pe care trebuie să îl jucăm conform regulilor.

— Da, domnule. Știu că e. Îmi dau seama.

Joc pe naiba. Halal joc. Dacă nimerești în echipa șmecherilor, atunci da, e un joc, trebuie să recunosc. Dar dacă intri în cealaltă, unde nu-i nici unul mai tare, atunci care mai e miza? Nici una. Ura și la gară.

— Doctor Thurmer le-a scris deja părinților tăi? m-a întrebat bătrînu' Spencer.

— A zis că le scrie luni.

— Dar tu le-ai comunicat ceva?

— Nu, domnule, nu le-am comunicat nimic, pentru că oricum mă văd cu ei miercuri seară, cînd ajung acasă.

— Și cum crezi că or să primească vestea?

— Păi... cred c-or să fie destul de iritați. Serios. Asta e a patra școală pe la care am trecut.

Am clătinat din cap. Ceea ce mi se întîmplă chiar des.

— Frate! am zis.

Și asta mi se întîmplă des. Pe de o parte, pentru că am un vocabular neîngrijit și, pe de altă parte, pentru că uneori mă port destul de copilărește pentru vîrsta mea. Atunci aveam șaișpe ani, acum am șaptișpe și, din cînd în cînd, mă port ca la vreo treișpe. Ceea ce e o ironie, pentru că am 1,89 m și ceva păr alb. Vorbesc serios. Într-o parte a capului, pe dreapta, sînt plin de fire albe, milioane, de cînd eram mic. Și totuși mă port uneori de parcă abia am împlinit doișpe ani. Toată lumea-mi zice, în frunte cu tata. Sincer, e oarecum adevărat, dar nu sută-n sută. Oamenii au mereu impresia asta, că ceva poate să fie sută-n sută adevărat. Mie puţin îmi pasă, doar că din cînd în cînd mă satur să mi se spună să mă port ca un băiat de vîrsta mea. Uneori mă port ca un om mult mai matur – pe bune –, dar lumea nu observă. Nimeni nu vede niciodată nimic.

Bătrînu' Spencer a-nceput iar să dea din cap. Başca să se scobească-n nas. Se făcea că doar se ciupeşte un pic, dar de fapt îşi vîrîse tot degetul. Cred că se gîndea că nu se pune, pentru că eram doar eu de faţă. Nu că mi-ar fi păsat sau ceva, dar e chiar scîrbos să te uiţi la cineva care se scobeşte în nas. Apoi a zis :

— Am avut plăcerea să-ţi cunosc părinţii cînd au venit la o mică discuţie cu doctor Thurmer, acum cîteva săptămîni. Nişte oameni magnifici.

— Da, aşa-i. Sînt tare de treabă.

Magnific. Uite-un cuvînt pe care-l urăsc din tot sufletul. Sună fals. Îmi vine să vărs cînd îl aud.

Apoi, dintr-odată, bătrînu' Spencer şi-a luat o faţă, ca şi cum avea să-mi spună ceva tare important şi pătrunzător. S-a înălţat un pic în fotoliu şi s-a foit niţel. Alarmă falsă. Tot ce-a făcut a fost să-şi ridice *Atlantic Monthly* din poală şi să încerce să-i facă vînt pe pat, lîngă mine. A ratat ţinta. Patul era la numai vreo cinci centimetri, dar tot nu l-a nimerit. M-am sculat, am luat revista de pe jos şi am pus-o pe pat. Şi brusc, mi-a venit să mă car naibii de-acolo. Simţeam că se apropie o morală zdravănă. Ideea în sine nu mă deranja aşa de tare, dar n-aveam nici un chef să înghit morala, mirosul de picături de nas Vicks şi priveliştea lu' bătrînu' Spencer, în pijama şi halat de baie, toate în acelaşi timp. Chiar n-aveam chef.

Ei bine, și-a-nceput.

— Ce se întîmplă cu tine, băiete?

A sunat destul de dur, cunoscîndu-l.

— Cîte materii ai avut semestrul ăsta?

— Cinci, domnule.

— Cinci. Și la cîte ai rămas corigent?

— La patru.

Mi-am mutat posteriorul nițel. Era cel mai tare pat pe care am stat în viața mea.

— Am trecut la engleză, pentru că am făcut toate chestiile alea cu Beowulf și balada cu „Lord Randal, fiul meu..." și la școala Whooton. Așa că n-a trebuit să învăț mai nimic la engleză, doar să mai scriu niște compuneri din cînd în cînd.

Nici măcar nu asculta. Nu te asculta aproape niciodată cînd ziceai și tu ceva.

— Te-am lăsat la istorie pentru că nu știai absolut nimic.

— Știu, domnule. Frate, chiar știu. N-ați avut încotro.

— Absolut nimic, a repetat.

Chestia asta mă înnebunește. Cînd oamenii zic ceva de două ori la rînd, după ce tu recunoști din prima. După care a spus-o și-a treia oară.

— Dar absolut nimic. Am mari dubii că ai deschis măcar o dată manualul tot semestrul. Nu-i așa? Spune-mi adevărul, băiete.

— Păi, l-am răsfoit de vreo două ori, i-am răspuns.

Nu voiam să-i rănesc sentimentele. Era nebun după istorie.

— L-ai răsfoit, deci? a făcut el foarte sarcastic. Teza ta, dacă pot să-i zic așa, e acolo, pe șifonier. Prima din teanc. Te rog să mi-o aduci.

Era un truc murdar, dar m-am dus și i-am adus-o. Oricum, n-aveam de ales. După care m-am așezat iar pe patul ăla de beton. Frate, nici nu vă dați seama ce rău îmi părea că trecusem pe la el să-mi iau la revedere. A-nceput să-mi întoarcă teza pe toate părțile de parcă era cine știe ce scîrboșenie.

— Am studiat Egiptul antic din 4 noiembrie pînă pe 2 decembrie. Tu singur ți-ai ales subiectul la întrebarea opțională pentru eseu. Nu vrei să asculți ce ai avut de spus?

— Nu, domnule, nu prea.

A început să citească, oricum. Nu poți să oprești un profesor cînd e chitit să facă ceva. O face și basta.

> Egiptenii erau o rasă străveche de caucazieni care locuiau într-una din zonele de nord ale Africii. Africa este, după cum știm cu toții, cel mai întins continent din emisfera estică.

Și a trebuit să stau acolo și să ascult toate rahaturile alea. Era cu adevărat un truc murdar.

> Egiptenii sînt extrem de interesanți pentru noi, astăzi, din diferite motive. Oamenii de știință ar vrea și acum să afle ce ingrediente secrete foloseau egiptenii cînd își înfășurau morții, așa încît să nu le putrezească fețele timp de nenumărate secole. Această enigmă interesantă a rămas în continuare o provocare serioasă pentru știința modernă a secolului XX.

S-a oprit din citit și a pus jos lucrarea. Începea să-mi devină chiar nesuferit.

— Eseul tău, dacă-l putem numi așa, se încheie aici, mi-a spus el sarcastic.

N-ai fi zis că un moș poate fi așa de sarcastic și tot tacîmul.

— Totuși, mi-ai lăsat un scurt mesaj în josul paginii.

— Știu, bine-nțeles, am spus cît am putut de repede, pentru că voiam să-l opresc pînă s-apuce să citească și chestia aia în gura mare.

Dar nu era chip să-l oprești. Era foc și pară.

STIMATE DOMNULE SPENCER (a citit el cu voce tare). Asta e tot ce știu despre egipteni. Se pare că nu prea mi-au stîrnit interesul, deși prelegerile dumneavoastră sînt foarte interesante. Totuși, nu-i nimic dacă mă picați, pentru că oricum pic la toate în afară de engleză. Cu respect, al dumneavoastră, HOLDEN CAULFIELD.

După aia, a lăsat jos teza și m-a privit de parcă taman mă bătuse de-mi merseseră fulgii la ping-pong sau ceva. Nu cred c-o să-l iert în viața mea că mi-a citit prostiile alea cu voce tare. Eu nu i-aș fi citit-o cu voce tare, dac-ar fi scris-o el – sub nici o formă. Și-n primul rînd, scrisesem mesajul ăla doar ca să nu se simtă prost că mă pică.

— Mă învinuiești că te-am lăsat corigent, băiete?

— Nu, domnule! Sigur că nu.

La naiba, tare-aș fi vrut să nu-mi mai spună „băiete“ întruna.

Cînd a terminat cu teza, a încercat s-o arunce pe pat. Doar că, firește, a ratat iarăși ținta. A trebuit să mă ridic din nou, s-o iau de pe jos și s-o pun peste *Atlantic Monthly*. E de-a dreptul plicticos să faci chestia asta din două-n două minute.

— Tu ce-ai fi făcut, în locul meu? Fii sincer, băiete.

Păi, se vedea că-i părea sincer rău că mă picase. Așa că am băgat niște gargară. I-am zis că ce imbecil putusem să fiu și altele asemenea. I-am zis că aș fi procedat la fel dacă eram în locul lui și că majoritatea oamenilor nu-și dau seama cît de greu e să fii profesor. Chestii de-astea. Vechea placă.

Dar partea amuzantă e că, în timp ce dădeam din gură, mă gîndeam de fapt la altceva. Eu stau în New York și mă gîndeam la iazul din Central Park, cel de lîngă intrarea de sud a parcului. Mă întrebam dac-o să fie înghețat cînd ajung acasă și, dacă da, unde s-au dus rațele. Mă întrebam unde pleacă rațele cînd iazul îngheață complet la suprafață. Mă întrebam dacă vine vreun tip cu camionul și le mută la grădina zoologică sau ceva. Sau dacă au zburat ele pur și simplu.

Sînt un tip norocos. Vreau să spun că puteam să dau din gură la bătrînu' Spencer și, în același timp, să mă gîndesc la rațe. E haios. Nu-i nevoie să-ți obosești mintea prea tare cînd vorbești cu un prof. Dar el, ca din senin, m-a întrerupt din bla-bla. Avea obiceiul ăsta, să te întrerupă mereu.

— Cum te simți, după toată povestea, băiete? Mă interesează foarte mult să aflu. Foarte mult.

— Vreți să spuneți, cu datul afară de la Pencey?

Tare aș fi vrut să-și acopere cu ceva pieptul lăsat. Nu era o priveliște prea plăcută.

— Dacă nu mă înșel, parcă ai întîmpinat dificultăți și la școala Whooton, și la Elkton Hills.

N-a zis-o doar cu sarcasm, ci și cu oarecare răutate.

— La Elkton Hills n-am avut dificultăți prea mari. Nu m-au picat sau ceva de genul ăsta. Doar că am renunțat eu.

— De ce, dacă-mi permiți să întreb?

— De ce? A, păi, e o poveste lungă, domnule. Și destul de complicată.

N-aveam chef să intru în toată povestea. Și-așa n-ar fi înțeles. Nu era deloc pe felia lui. Unul dintre motivele principale pentru care am plecat de la Elkton Hills e că eram înconjurat de prefăcuți. Atîta tot. Îți săreau în ochi la fiecare pas. De exemplu, aveau un director, domnul Haas, care era cel mai prefăcut ticălos pe care l-am cunoscut în viața mea. De zece ori mai rău ca bătrînul Thurmer. Duminicile, de exemplu, amicu' Haas se-nvîrtea de colo-colo și dădea mîna cu toți părinții care veneau cu mașina la școală. Făcea pe șarmantul de nu mă-ntreba și alte-alea. Asta dacă nu cumva vreun băiat avea niște părinți mai bătrîni, mărunți și caraghioși. Trebuia să-l vedeți cum se purta cu părinții colegului meu de cameră. Adică, dacă mama vreunui băiat era, să zicem, grasă și caraghioasă sau cine știe cum, sau dacă tatăl era genul care poartă sacouri cu umeri falși și pantofi negru cu alb de pe vremea lu' mamaie, atunci amicu' Haas doar dădea mîna cu ei, le servea un zîmbet prefăcut, după care se ducea să stea de vorbă, timp de, să zicem, jumătate de oră bătută pe muchie, cu părinții altcuiva. Nu pot să sufăr chestia asta. Mă înnebunește. Mă deprimă așa de tare, că m-apucă nebunia. Am urît Elkton Hills din tot sufletul.

Atunci bătrînu' Spencer m-a întrebat ceva, dar nu l-am auzit. Mă gîndeam la Haas.

— Poftim, domnule?

— Ai remușcări în privința plecării de la Pencey?

— A, am ceva remușcări, da. Sigur... dar nu prea multe. Nu încă, oricum. Cred că încă nu resimt lovitura. De obicei, îmi ia ceva timp să-mi dau seama ce se petrece. Acum nu mă gîndesc decît că plec acasă miercuri. Sînt un imbecil.

— Nu te preocupă deloc viitorul tău, băiete?

— A, ba mă preocupă viitorul, da. Sigur. Sigur că da.

M-am gîndit un minut.

— Dar nu prea mult, aș zice. Nu prea mult.

— O să te preocupe, mi-a zis bătrînu' Spencer. O să te preocupe, băiete. Cînd o să fie prea tîrziu.

Nu mi-a făcut nici o plăcere să-l aud spunîndu-mi chestia asta. Suna de parcă murisem de mult. Foarte deprimant.

— Poate, am spus.

— Aș vrea să-ți bagi mințile-n cap, băiete. Încerc să te ajut. Mă străduiesc să-ți întind o mînă de ajutor, dacă pot.

Chiar încerca. Se vedea cu ochiul liber. Doar că eram pe poziții mult prea diferite, asta-i tot.

— Știu, domnule. Vă mulțumesc mult. Nu glumesc. Apreciez gestul dumneavoastră. Serios.

Apoi m-am ridicat de pe pat. Frate, n-aș mai fi rezistat acolo încă zece minute, nici ca să-mi salvez viața.

— Problema e că acum chiar trebuie să mă duc. Am niște echipament la sala de sport pe care trebui să-l iau acasă. Serios.

Și-a ridicat privirea spre mine și a început iar să clatine din cap, cu expresia aia foarte serioasă pe față. Dintr-odată, mi-a părut rău pentru el. Dar pur și simplu nu mai puteam rămîne acolo. Eram pe poziții mult prea diferite. Și el rata ținta de fiecare dată cînd arunca ceva pe pat, i se vedea pieptul prin halatul de baie vechi și ponosit și în cameră plutea mirosul ăla de răceală și picături de nas Vicks...

— Uitați, domnule. Nu vă faceți griji pentru mine. Nu e cazul. O să-mi fie bine. Doar că acum trec printr-o fază. Toată lumea trece prin faze de-astea, nu?

— Nu știu, băiete. Nu știu.

Urăsc astfel de răspunsuri.

— Sigur. Sigur că trece. Vorbesc serios, domnule. Vă rog să nu vă faceți griji pentru mine.

Și am dat să-i pun mîna pe umăr.

— OK?

— Nu vrei o ceașcă de ciocolată caldă înainte să pleci? Doamna Spencer ar fi...

— Mi-ar face plăcere, dar chiar trebuie să plec. Mă duc direct la sală. Oricum, mulțumesc. Mulțumesc mult, domnule.

Apoi am dat mîna. Plus celelalte aiureli de rigoare. Totuși, m-a întristat ca dracu'.

— O să vă scriu, domnule. Dar acum, aveți grijă să vă treacă gripa.

— La revedere, băiete.

Cînd am închis ușa și am luat-o spre camera de zi, mi-a strigat ceva, dar nu l-am auzit prea bine. Sînt aproape sigur că mi-a strigat „Succes!“ Sper că nu. La naiba, sper să nu fi fost asta. Eu n-aș striga niciodată „Succes!“ nimănui. Sună groaznic, dacă stai să te gîndești.

3

Sînt cel mai mare mincinos pe care l-aţi văzut vreodată. Groaznic! Dacă merg la magazin să cumpăr o revistă, pe-nserat, şi mă întreabă cineva unde mă duc, sînt în stare să spun că merg la operă. Îngrozitor! Prin urmare, cînd i-am zis lui Spencer că trebuie să mă duc la sală să-mi iau echipamentul şi catrafusele, minţeam cu neruşinare. Nici măcar nu le ţin acolo.

La Pencey stăteam în căminele noi din aripa memorială Ossenburger, care era numai pentru boboci şi seniori. Eu eram boboc. Colegul meu de cameră era senior. Aripa noastră se numea aşa după un tip, Ossenburger, care a învăţat la Pencey. A făcut mălai la greu din pompele funebre după ce-a terminat. Ce-a făcut, a-nceput să construiască în toată ţara mici case de înmormîntări care-ţi îngropau rubedeniile la cinci dolari bucata. Ar trebui să-l vedeţi pe Ossenburger cum arată. Cred că-i vîră într-un sac şi-i aruncă în rîu. Oricum, a donat şcolii Pencey o gramadă de lovele şi ăia i-au dat numele lui unei aripi de internat. La primul meci de fotbal din an, a venit la școală într-un Cadillac cît casa și noi a trebuit să ne ridicăm în picioare în tribună și să facem ca locomotiva – adică, dă-i cu urale. Apoi, în dimineața următoare, la capelă, ne-a ținut o cuvîntare de zece ore. A început cu vreo cincizeci de glume răsuflate, doar ca să ne arate nouă ce tip de gașcă era. Foarte mare scofală. După aia a-nceput să ne povestească cum nu i-a fost niciodată rușine, cînd avea vreun necaz sau ceva, să cadă în genunchi și să se roage la Dumnezeu. Ne-a zis c-ar trebui să ne rugăm în permanență lui Dumnezeu – să Îi vorbim și tot tacîmul – oriunde ne-am afla. Ne-a povestit cum s-ar cuveni să ne gîndim la Isus ca la un amic din gașcă și așa mai departe. Ne-a zis că el, unul, vorbește cu Isus tot timpul. Chiar și cînd conduce mașina. Asta m-a dat pe spate. Parcă-l văd pe ticălosul ăla mare și prefăcut cum bagă în viteza întîi, rugîndu-l pe Isus să-i mai trimită cîteva răcituri. Singura parte bună din cuvîntare a fost chiar la mijloc. Ne povestea ce băiat de zahăr e el, ce tare și alte-alea, cînd, deodată, un tip care stătea pe rîndul din fața mea, Edgar Marsalla, a tras o bășină atomică. O grosolănie din partea lui, știu, mai ales că eram în capelă, dar ce ne-am distrat. Marsalla al nostru aproape c-a aruncat acoperișul în aer, să dea naiba. N-a rîs nimeni în gura mare și amicu' Ossenburger s-a făcut că nici n-a auzit-o, dar Thurmer, directorul, stătea chiar lîngă el în amvon și se vedea clar că el auzise. Frate, ce s-a ofticat! N-a zis nimic atunci, dar în seara următoare ne-a chemat la studiu obligatoriu în școală și ne-a ținut o cuvîntare. Ne-a explicat că elevul care a creat deranjul în capelă nu era demn să studieze la Pencey. Am încercat să-l facem pe Marsalla să mai pîrîie una, chiar în timp ce ne ţinea Thurmer cuvîntarea, dar n-a avut starea necesară. Oricum, acolo stăteam eu la Pencey. În aripa memorială Ossenburger, în dormitoarele noi.

Mi-a făcut bine să mă întorc în cameră după vizita la Spencer, pentru că toată lumea era jos, la meci, şi, dintr-o pură întîmplare, mergea şi căldura. Era aproape plăcut. Mi-am dat jos haina şi cravata, mi-am desfăcut gulerul de la cămaşă şi după aia mi-am pus şapca pe care o cumpărasem de la New York de dimineaţă. Era o şapcă roşie, cu un cozoroc foarte lung. Am văzut-o în vitrina unui magazin de articole vînătoreşti cînd am ieşit de la metrou, chiar după ce am observat că pierdusem blestematele de florete. N-a costat decît un dolar. O purtam cu cozorocul la spate – cam expirat, recunosc, dar aşa îmi plăcea mie. Îmi stătea mai bine cu ea întoarsă. Apoi am luat cartea la care citeam şi m-am aşezat pe scaunul meu. În fiecare cameră erau cîte două. Eu aveam unul şi tovarăşul meu de cameră, Ward Stradlater, unul. Braţele se dărăpănaseră, pentru că se aşezau toţi pe ele, dar scaunele erau chiar comode.

Cartea pe care-o citeam o luasem de la bibliotecă din greşeală. Mi-au dat altceva şi n-am observat pînă am ajuns înapoi în cameră. Mi-au dat *Din inima Africii* de Isak Dinesen. Am crezut c-o să fie nasoală, dar nu, era o carte foarte bună. Sînt cam analfabet, dar citesc mult. Scriitorul meu preferat e frate-meu D.B., după care vine Ring Lardner. Frate-meu mi-a făcut cadou o carte de Ring Lardner de ziua mea, chiar înainte să vin la Pencey. Erau cîteva piese demente și foarte haioase, apoi o povestire cu un polițist de circulație care se îndrăgostește de o fată tare frumoasă și vitezomană. Numai că el, adică polițistul, e însurat, așa că nu poate s-o ia de nevastă. După aia fata moare, pentru că gonește tot timpul. Povestirea asta m-a dat pur și simplu gata. Cel mai mult îmi plac cărțile care sînt măcar amuzante din cînd în cînd. Citesc destule romane clasice, cum ar fi *Întoarcerea băștinașului* și altele, și-mi plac; citesc și o groază de cărți de război și polițiste, dar nu mă dau chiar pe spate. Ce mă dă pe bune pe spate e o carte care, după ce-ai terminat-o de citit, te face să-ți dorești ca autorul să-ți fie prieten la cataramă și să poți să-l suni ori de cîte ori ai chef să stai de vorbă cu el. Totuși, asta nu se întîmplă prea des. Nu m-ar deranja să-l sun pe Isak Dinesen. Și pe Ring Lardner, numai că D.B. mi-a zis că-i mort. Acum să luăm cartea aia, *Robii,* a lui Somerset Maugham. Am citit-o astă-vară. E chiar bună, nu zic nu, dar pe Somerset Maugham nu-ți vine să-l suni. Nu știu ce să zic. Pur și simplu, nu-i genul căruia să-ți dorești să-i dai telefon, atîta tot. Mai curînd l-aș suna pe bătrînu' Thomas Hardy. Îmi place de Eustacia Vye a lui.

Nu contează. Mi-am pus șapca nouă, m-am așezat și am început să citesc *Din inima Africii.* O terminasem deja, dar voiam să recitesc anumite fragmente. N-am apucat să ajung la a treia pagină, cînd am auzit pe cineva trecînd printre perdelele de la duș. Fără să mai ridic privirea, am știut pe loc cine e. Robert Ackley, un tip care stătea în camera de alături. În aripa noastră, era cîte un duș la două camere și cam de optzeci și cinci de ori pe zi amicu' Ackley năvălea peste mine. Cred că era singurul din tot internatul, în afară de mine, care nu coborîse la meci. De fapt, el nu mergea niciodată nicăieri. Tare ciudat, tipul. Era senior, făcuse toţi cei patru ani la Pencey, dar nimeni nu-i spunea vreodată altfel decît „Ackley". Nici măcar Herb Gale, colegul lui de cameră, nu îl striga „Bob" sau măcar „Ack". Dacă s-o însura, cred că şi propria nevastă tot „Ackley" o să-i zică. Era un tip foarte, foarte înalt şi cocoşat – avea cam un metru nouăzeci şi trei – şi cu dinţi împuţiţi. Cît a stat în camera de lîngă mine, nu l-am văzut, nici de frică, să se spele pe dinţi. Arătau ca năpădiţi de licheni şi să dea naiba dacă nu ţi se făcea rău cînd îl vedeai în sala de mese cu gura plină de piure sau mazăre sau mai ştiu ce. Başca, avea o groază de coşuri. Şi nu doar pe frunte sau pe bărbie, ca majoritatea băieţilor, ci pe toată faţa. Şi, ca şi cum n-ar fi de-ajuns, avea şi un caracter oribil. Un antipatic, pe scurt. Nu prea mă omoram după el, ca să fiu sincer.

Îi simţeam prezenţa : stătea în picioare pe marginea cuvei de duş, chiar în spatele scaunului meu, uitîndu-se dacă era Stradlater prin preajmă. Îl ura din tot sufletul şi nici nu punea piciorul la noi dacă era şi el în cameră. Ăsta ura pe aproape toată lumea. S-a dat jos de pe bordura duşului şi a păşit în cameră.

— Salut, a zis.

Chestia asta îi ieşea întotdeauna ca şi cum ar fi fost îngrozitor de plictisit sau îngrozitor de obosit. Nu voia să-ţi lase impresia că venise, Doamne fereşte, în vizită sau alte alea. Voia să crezi că intrase aşa, ca din greşeală, dac-aţi mai pomenit.

— Salut, am răspuns, dar fără să ridic privirea din carte.

Cu unu' ca Ackley, dacă apucai să ridici privirea din carte, erai mîncat. De fapt, erai mîncat orice-ai fi făcut, doar că nu așa de repede, dacă nu te uitai la el din prima.

A-nceput să se plimbe prin cameră, încet-încet, ca de fiecare dată, culegînd diverse obiecte personale de pe birou și de pe șifonier. Avea obiceiul să-ți pună mîna pe lucruri și să se uite la ele. Frate, uneori chiar reușea să te calce pe nervi.

— Cum a fost meciul de scrimă?

De fapt, voia să mă întrerupă din citit, ca nu care cumva să-mi priască. I se rupea lui de scrimă.

— Am bătut, sau care-i treaba?

— N-a cîștigat nimeni, am zis.

Dar fără să mă uit la el.

— Ce?

Te punea mereu să spui o chestie de două ori.

— N-a cîștigat nimeni.

Am aruncat o privire pe furiș, ca să văd ce jonglerii făcea prin șifonier. Se uita la poza lui Sally Hayes, o fată cu care mai ieșeam la o plimbare prin New York. Cred c-a luat poza aia și a întors-o pe toate fețele de cinci mii de ori pe puțin, de cînd am adus-o. Și nici n-o punea niciodată la loc, după ce se sătura. O făcea dinadins. Se vedea cu ochiul liber.

— N-a cîștigat nimeni. Cum vine asta?

— Am lăsat floretele și echipamentul în metrou.

Tot nu am ridicat privirea.

— În metrou, fir-ar! Adică vrei să zici că le-ai pierdut?

— Ne-am suit în alt metrou și a trebuit să mă ridic tot timpul ca să mă uit la o amărîtă de hartă de pe perete.

S-a apropiat și mi s-a așezat fix în lumină.

— Hei, am citit aceeași propoziție de vreo douăzeci de ori de cînd ai venit.

Oricine în afară de Ackley ar fi priceput aluzia, fir-ar să fie. Oricine, numai el nu.

— Crezi c-or să vă pună la plată?

— Nu știu și nici nu-mi pasă. Ce-ai zice să stai și tu jos pe undeva, puștiu'? Îmi stai în lumină.

Nu-i plăcea să-i spui „puștiu'". Mi-o tot întorcea că, dintre noi, eu eram puștiul, pentru că aveam șaișpe ani. El avea optișpe. Îl apuca damblaua cînd îi ziceam așa.

Nu s-a mișcat din loc. Era exact, dar exact, genul de tip care nu se dă nici mort la o parte din lumină cînd îi spui. Catadicsea el pîn' la urmă, dar îi lua mult mai mult timp dacă făceai greșeala să-l rogi.

— Ce pana mea citești?

— O carte.

Mi-a întors cartea cu mîna, ca să vadă cum se numește.

— E ceva de capu' ei?

— Propoziția asta pe care o citesc acum e grozavă.

Pot să fiu destul de sarcastic, dacă am chef. Totuși, nu s-a prins. A-nceput din nou să colinde prin cameră, luînd la mînă toate obiectele mele personale, plus pe ale lui Stradlater. În cele din urmă, am pus cartea pe jos. Nu era chip să citești cu unul ca Ackley prin preajmă. Imposibil.

M-am lăsat pe spate, tolănindu-mă în scaun și uitîndu-mă la amicu' Ackley cum se învîrte ca pe moșia lui ta-su. Mă simțeam destul de obosit după excursia la New York și m-a luat căscatul. După aia am început să mă prostesc un pic. Uneori mă prostesc destul de mult, ca să nu mă apuce plictiseala. Drept care mi-am întors cozorocul în față și l-am tras peste ochi. Nu mai vedeam nimic.

— Cred că orbesc, am zis cu o voce răgușită rău. Măiculiță, totul se întunecă din ce în ce mai tare aici.

— Ești sărit, jur pe ce-am mai sfînt.

— Măiculița mea, dă-mi mîna. De ce nu vrei să-mi dai mîna?

— Pentru Dumnezeu, maturizează-te odată!

Am început să bîjbîi cu mîinile întinse în față, ca un orb, dar fără să mă ridic de pe scaun sau ceva. Și ziceam întruna:

— Măiculița mea, de ce nu vrei să-mi dai mîna?

Bineînțeles, mă prosteam și eu. Chestia asta chiar mă gîdilă la plăcere uneori. Și-n plus, știam că-l scoate din minți pe Ackley. Reușea de fiecare dată să trezească sadicul din mine. De multe ori, mă purtam destul de sadic cu el. În cele din urmă, însă, m-am oprit. Mi-am întors cozorocul la spate și m-am relaxat.

— A cui e chestia asta?

Ținea în mînă genunchiera colegului meu de cameră, ca să mi-o arate. Individul ăsta, Ackley, punea laba pe absolut orice. Ar pune mîna și pe suspensor sau cine știe ce. I-am spus că era a lui Stradlater. Drept urmare, a aruncat-o pe patul lui Stradlater. O scosese din șifonierul lui Stradlater, aşa că i s-a părut normal să o arunce la loc pe pat, fir-ar să fie.

S-a apropiat şi s-a aşezat pe braţul scaunului lui Stradlater. Niciodată nu stătea şi el pe scaun, ca omul. Numai şi numai pe braţ.

— De unde pana mea ai scos şapca aia?

— De la New York.

— Cît a fost?

— Un dolar.

— Ai luat plasă.

Şi-a început să se scobească sub unghii cu un băţ de chibrit. Tot timpul îşi curăţa unghiile. Era amuzant, într-un fel. Avea dinţii plini de resturi de mîncare, jeg în urechi, dar îşi curăţa unghiile în permanenţă. Cred că asta îl făcea să se creadă foarte curat şi ordonat. În timp ce se scobea, s-a uitat încă o dată la şapcă.

— Acasă la mine lumea poartă şepcălii de-astea cînd vînează căprioare, pentru Dumnezeu. Asta-i şapcă de vînătoare de căprioare.

— E pe dracu'.

Mi-am dat-o jos şi m-am uitat la ea. Am închis un ochi, ca şi cum aş fi luat-o în cătarea puştii.

— Asta-i şapcă de vînătoare de oameni. Cu şapca asta pe cap, împuşc oameni.

— Ai tăi au aflat deja că ţi-au dat papucii?

— Nţ.

— Da' unde naiba e Stradlater?

— Jos, la meci. Are o întîlnire.

Am căscat. Căscam cît mă ţineau fălcile. În primul rînd, era al naibii de cald în cameră. Te lua cu somn. La Pencey, ori mureai de frig, ori de cald.

— Stradlater cel mare şi tare, a zis Ackley. Hei, împrumută-mi şi mie niţel forfecuţa. O ai la-ndemînă?

— Nu. Am băgat-o deja în bagaj. Şi valiza e cocoţată în vîrful dulapului.

— Haide, doar o clipă! Mi s-a rupt o pieliţă şi vreau s-o tai.

Nu mai putea el că-ţi făcuseşi deja bagajul sau nu, sau că era pe raftul de sus al dulapului. Dar m-am dus să i-o aduc. Şi a fost cît pe-aci să-mi aduc moartea. În clipa în care am deschis uşa la dulap, racheta de tenis a lui Stradlater – care era în cutia de lemn – mi-a căzut moţ, în cap. A făcut un „clanc" asurzitor. Bonus, a durut ca naiba. Dar l-a dat pe spate pe Ackley, care a-nceput să rîdă ca o soprană isterică. Nu s-a oprit din rîs cît timp am dat jos valiza şi am scos forfecuţa, pe care el mi-o ceruse. Treburi de genul ăsta – un tip lovit în cap cu piatra sau ceva – îl făceau pe Ackley să rîdă de i se scutura cămaşa pe el.

— Al dracu' simţ al umorului ai, puştiu', i-am spus. Ştii ce?

I-am întins forfecuţa.

— Dă-mi voie să fiu impresarul tău. Să mor dacă nu te bag la radio.

M-am aşezat la loc pe scaun. El a început să-şi taie unghiile alea tari ca nişte copite.

— Ce-ai zice mata dacă ai folosi masa? Adică să le tai deasupra mesei. Nu? N-am chef să calc la noapte pe unghiile tale jegoase.

A continuat să le lase să cadă pe jos. Proaste maniere. Serios.

— Cu cine se vede Stradlater?

Trecea pe răboj toate întîlnirile lui Stradlater, deşi îl ura din tot sufletul.

— Nu ştiu. De ce?

— Aşa, fără motiv. Frate, nu pot să-l sufăr pe nemernicul ăsta. Chiar nu pot să-l înghit.

— Lui îi place de tine de moare. Mi-a zis că eşti un supermeseriaş.

Folosesc expresia asta destul de des cînd mă prostesc. Doar ca să nu mă apuce plictiseala.

— Are aerele astea de superioritate tot timpul, a spus Ackley. Nu pot să-l sufăr pe nemernic. Ai zice că...

— Hei, n-ai vrea să-ţi tai unghiile deasupra mesei, zic? Te-am rugat de vreo cincizeci...

— Are aerele astea de superioritate tot timpul. Nici nu cred că-i din cale afară de deştept, nemernicul. El aşa are impresia... Se crede cel mai...

— Ackley! Ce dracu'! Vrei, te rog, să-ţi tai jegurile de unghii deasupra mesei? Te-am rugat de cincizeci de ori!

De data asta, m-a ascultat. Nu puteai să-l convingi să facă ceva decît dacă ţipai. O vreme, am stat cu ochii pe el. Apoi i-am spus:

— Motivul pentru care ai boală pe Stradlater e că ţi-a zis chestia aia, să te mai speli şi tu pe dinţi din cînd în cînd. N-a vrut să te jignească, strigînd în gura mare. Poate că n-a zis-o pe-un ton potrivit, de acord, dar n-a vrut să te jignească. N-a vrut decît să-ţi atragă atenţia că ai arăta mai bine şi te-ai simţi şi mai bine dacă te-ai mai spăla şi tu pe dinţi din cînd în cînd.

— Mă spăl pe dinţi. Nu mă lua cu de-astea.

— Nu, nu te speli deloc. Te-am urmărit, şi n-o faci.

Dar nu i-am întors-o pe-un ton usturător. Într-un fel, îmi era milă. Normal că nu-i prea plăcut să vină careva să-ți spună că nu te speli pe dinți.

— Stradlater e un tip de treabă. Nu-i băiat rău. Nu-l cunoști, asta-i problema.

— Tot nemernic se numește că e. Un nemernic cu nasu' pe sus.

— E încrezut, dar și foarte generos în unele chestii. Serios. Uite. Să zicem, de exemplu, că Stradlater poartă o cravată sau ceva ce-ți place. O cravată care-ți place rău de tot – acum, îți dau doar un exemplu. Știi ce ar face? Probabil că și-ar scoate-o și ți-ar da-o cadou. Foarte serios. Sau... știi ce ar face? Ți-ar lăsa-o pe pat sau ceva de genul. Dar ți-ar da cravata, asta-i ideea. Majoritatea tipilor probabil c-ar...

— Mi-ar da-o, pe dracu'. Dac-aș avea mălaiul lui, asta aș face și eu.

— Ba nu.

Am dat din cap, întărindu-mi spusele.

— Nu, n-ai face-o, puștiu'. Dacă ai avea mălaiul lui, ai fi cel mai mare...

— Nu-mi mai spune „puștiu'“, ce dracu'! Sînt destul de bătrîn să-ți fiu tată.

— Nu, nu ești.

Frate, ce mă scotea din sărite uneori. Nu pierdea nici o ocazie să-ți scoată ochii că tu ai șaișpe ani și el are optișpe.

— Și-n primul rînd, nici nu te-aș primi în familia mea. Clar?

— Bine, dar scutește-mă cu „puș...

Ușa s-a deschis brusc și a năvălit în cameră Stradlater, în mare grabă. Era mereu pe fugă.

Totul era important, scofală mare. A venit la mine și mi-a dat în joacă două palme peste obraji – drace, chestia asta poate fi chiar enervantă.

— Ascultă aici. Ieși undeva mai special diseară?

— Nu știu. S-ar putea. Ce naiba e pe afară? Ninge sau ce?

Avea haina plină de zăpadă.

— Da. Ascultă. Dacă nu ieși nicăieri mai special, îmi împrumuți și mie sacoul tău de tweed?

— Cine a cîștigat? l-am întrebat.

— E de-abia la jumătate meciul. Noi plecăm, a zis Stradlater. Acum pe bune, îți trebuie sacoul de tweed diseară sau nu? Am vărsat nu știu ce rahat pe puloverul gri.

— Nu, dar nu vreau să mi-l lăbărțezi la umeri. Aveam practic aceeași înălțime, dar cîntărea aproape de două ori mai mult ca mine. Și era foarte lat în umeri.

— Nu ți-l lăbărțez.

S-a dus la dulap în mare grabă.

— Ackley, ce faci, frate?

Nu puteai să zici de Stradlater că nu era prietenos. Bine, cu iz de prefăcătorie uneori, dar cel puțin îl saluta întotdeauna pe Ackley și așa mai departe.

Ackley s-a mărginit să mormăie cînd l-a întrebat „ce faci, frate?“ Refuza să-i răspundă, dar nici n-avea destul sînge-n pix să tacă mîlc. Apoi mi-a zis:

— Cred că mă duc de-aicea. Ne vedem mai încolo.

— Bine.

N-aș putea spune că mi se rupea sufletul cînd se întorcea în camera lui. Stradlater a început să-și dea jos haina și cravata și ce mai avea pe el.

— Cred că trag un bărbierit rapid.

Avea o barbă cam mare, ce-i drept.

— Unde ţi-e prietena? l-am întrebat.

— Mă aşteaptă în anexă.

A ieşit din cameră cu trusa de toaletă şi prosopul la subraţ. Fără cămaşă pe el, fără nimic. Se plimba mereu la bustul gol de colo-colo, pentru că se credea al naibii de bine făcut. Aşa şi era. Trebuie să recunosc.

4

N-aveam nimic mai acătării de făcut, aşa că m-am dus la spălător şi am stat la taclale cu el în timp ce se bărbierea. Eram singuri, pentru că încă nu se întorsese lumea de la meci. Îţi dădeai duhul de cald acolo. Ferestrele erau aburite. Aveam zece chiuvete, toate aliniate la perete. A lui Stradlater era cea din mijloc. M-am aşezat pe cea de lîngă el şi am început să închid şi să deschid apa rece – e un tic nervos al meu. Stradlater a fluierat *Song of India* tot timpul cît s-a bărbierit. Avea un fluierat sfredelitor, care n-avea absolut nici o legătură cu melodia. Başca, îşi alegea de fiecare dată ceva greu de fluierat chiar şi pentru experţi, cum ar fi *Song of India* sau *Slaughter on Tenth Avenue*. Făcea praf şi pulbere orice cîntec.

Mai ţineţi minte ce v-am zis mai devreme, că Ackley era îngălat de felul lui? Ei bine, şi Stradlater era, dar altfel. Stradlater era un îngălat mai greu de dibuit. De arătat, arăta întotdeauna OK, dar ar fi trebuit să-i vedeţi, să zicem, lama cu care se bărbierea. Ruginită ca dracu' şi plină de spumă uscată și păr și jeg. N-o spăla niciodată, Doamne ferește. Arăta bine cînd termina cu găteala, dar tot îngălat rămînea, dacă-l știai cum îl știam eu. Motivul pentru care se aranja atîta ca să arate bine e că era îndrăgostit pînă peste urechi de propria persoană. Se credea cel mai arătos tip din emisfera vestică. Trebuie să recunosc, chiar arăta bine. Dar mai degrabă genul ăla de băiat frumos la care, dacă-i văd ai tăi poza în albumul de absolvire, sar imediat cu gura:

— Vai, dar cine-i băiatul ăsta?

Ce vreau să zic e că era genul de tip care dă bine în poza din albumul clasei. Cunoșteam o mulțime de tipi la Pencey care mi se păreau mult mai frumoși ca el, dar care n-ar fi dat bine în albumul clasei. Ar fi părut că au nasul mare sau urechi clăpăuge. Mi s-a întîmplat de multe ori să observ chestia asta.

Nu contează. Stăteam pe chiuveta de lîngă cea la care se bărbierea Stradlater și continuam să mă joc cu apa de la robinet. Tot cu șapca roșie de vînătoare pe cap, cu cozorocul la spate. Chiar că-mi cășunase pe șapca aia.

— Auzi? zice Stradlater. Nu vrei să-mi faci un serviciu mare de tot?

— Ce? l-am întrebat, nu foarte entuziast.

Mereu te ruga să-i faci cîte un serviciu mare de tot. Orice tip foarte frumos sau care se crede șmecher o să te roage mai mult ca sigur, la un moment dat, să-i faci un serviciu mare de tot. Doar pentru că sînt îndrăgostiți peste urechi de sine, își imaginează că și tu ești la fel de înnebunit după ei și că mori, nu alta, să le faci nu știu ce favoare. Într-un fel, e chiar amuzant.

— Ieşi undeva în seara asta?

— Poate da, poate nu. Nu ştiu. De ce mă-ntrebi?

— Am de citit o sută de pagini la istorie pentru luni, a zis. Nu vrei tu să-mi scrii o compunere la engleză? Intru-n belea dacă nu predau porcăria pînă luni, de-aia te întreb. Ei, ce zici?

Asta era culmea ironiei. Pe bune.

— Stai aşa. Eu sînt ăla care a pierdut anul pe-aici, şi tu-mi ceri să-ţi scriu o amărîtă de compunere?

— Da, ştiu. Dar treaba e că intru-n belea dacă n-o dau pînă luni. Fii şi tu băiat de gaşcă. Hai, fii salon. Batem palma?

Nu i-am răspuns pe loc. Ticăloşii ca Stradlater merită un pic de suspans.

— Despre ce?

— Despre orice. Orice, numai să fie descriere. O cameră. Sau o casă. Sau orice loc unde-ai stat vreodată, chestii de astea. Ştii tu mai bine. Numai să bagi la descriere cît încape.

Şi a tras un căscat în timp ce spunea chestia asta. Ceea ce mă calcă pe coadă rău de tot. Adică mă enervează dacă cineva începe să caşte în timp ce te roagă să-i faci cutare serviciu.

— Numai să n-o faci prea bună, atîta tot. Javra aia de Hartzell crede că eşti tare la engleză şi ştie că sîntem colegi de cameră. Aşa că nu te apuca şi tu să pui toate virgulele şi toate alea pe unde trebuie.

Asta-i altă chestie care mă calcă pe coadă. Cînd tu chiar te pricepi să scrii compuneri şi ceilalţi încep să vorbească de virgule. Stradlater nu scăpa nici o ocazie. Voia de fapt să spună că singurul motiv pentru care lua note proaste la compuneri e că punea virgulele aiurea. Din punctul ăsta de vedere, era cam ca Ackley. Am stat o dată lîngă Ackley la un meci de baschet. Aveam un tip nemaipomenit în echipă, Howie Coyle, care putea să bage coş de la centrul terenului, fără măcar să atingă panoul sau ceva, şi Ackley a ţinut-o langa tot meciul, cu ce conformaţie perfectă pentru baschet avea Coyle. Doamne, cît urăsc chestia asta.

După o vreme, m-am plictisit să stau pe chiuvetă, aşa că m-am dat în spate cîţiva paşi şi am început să dansez step, aşa, de amorul artei. Mă distram şi eu. De fapt nici nu ştiu step sau ceva, dar la spălător aveam mozaic pe jos şi era numai bun pentru step. Am început să-i imit pe actorii din filme. Cum ar veni, din muzicaluri. Brrr. Urăsc filmele din tot sufletul, dar am un pitic să le imit. Amicu' Stradlater mă privea în oglindă în timp ce se bărbierea. Tot ce-mi trebuie e-un public. Sînt un exhibiţionist.

— Sînt băiatul guvernatorului, am început.

Mă desfăşuram în toată splendoarea, bătînd step în lung şi-n lat.

— Şi tata nu vrea să mă fac dansator de step. Vrea să mă duc la Oxford. Dar n-am ce face, am stepul în sînge.

Stradlater al nostru a început să rîdă. Nu-i lipsea simţul umorului.

— Diseară e premiera la *Ziegfeld Follies.*

Îmi pierdeam răsuflarea. Abia dacă mai aveam aer în plămîni.

— Solistul nu poate să apară. E beat mangă. Şi pe cine să pună să-l înlocuiască? Dacă nu pe mine, atunci pe cine? Pe micu-cuţul de băiat al guvernatorului.

— De unde ai şapca aia? m-a întrebat Stradlater.

Se referea la şapca mea de vînătoare. N-o observase pînă atunci. Oricum îmi pierdusem suflul, aşa că am renunţat la prosteală. Mi-am scos şapca şi m-am uitat la ea, cred că a nouăzecea oară.

— Mi-am luat-o din New York de dimineaţă, pe-un dolar. Ce zici, îţi place?

Stradlater a dat din cap.

— Mişto.

Dar nu făcea decît să mă perie, pentru că imediat a continuat:

— Ascultă, îmi scrii compunerea sau nu? Tre' să ştiu sigur.

— Dac-am timp, ţi-o fac. Dacă nu, nu.

M-am dus să m-aşez din nou pe chiuveta de lîngă el.

— Cu cine te vezi? Cu Fitzgerald?

— În nici un caz! Doar ţi-am zis, am terminat-o cu vaca aia!

— Da? Dă-mi-o mie, frate, atunci. Fără glumă. E genul meu.

— Ia-o... Însă-i prea mare pentru tine.

Deodată, fără nici un motiv, pe bune, decît că aveam chef de zbenguială, mi-a venit să sar de pe chiuvetă şi să-l înhaţ pe amicu' Stradlater într-o priză Nelson simplă. Asta e o priză de la lupte, în caz că nu ştiţi, în care îţi apuci adversarul de gît şi, dacă ai chef, îl strîngi pînă se sufocă mortal. Aşa c-am făcut-o. M-am năpustit asupra lui ca o panteră.

— Dă-mi drumu', Holden, ce te-a lovit?

Stradlater n-avea chef de zbenguială. Se bărbierea şi alea-alea.

— Ce vrei să fac? Să-mi tai beregata?

Dar nu i-am dat drumul. Îl apucasem destul de bine.

— Eliberează-te din strînsoarea mea ca de menghină.

— Doamne, Dumnezeule.

A pus jos aparatul de ras şi şi-a săltat brusc mîinile, desfăcîndu-mi oarecum priza. Era foarte puternic. Eu sînt foarte slab.

— Şi-acum termină cu tîmpeniile.

S-a apucat din nou de bărbierit. Întotdeauna se bărbierea de două ori, ca să arate superbine. Cu vechitura lui de lamă plină de jeg.

— Atunci cu cine ieşi, dacă nu cu Fitzgerald?

M-am aşezat la loc pe chiuveta de lîngă el.

— Cu gagica aia, Phyllis Smith?

— Nu. Ar fi trebuit, dar s-au schimbat ploile. Acum am pus mîna pe colega de cameră a prietenei lui Bud Thaw... Hei, era să uit. Tipa te ştie.

— Tipa, care?

— Cu care ies.

— Da? Cum o cheamă?

Mă interesa subiectul.

— Stai să mă gîndesc... Ăă... Da, Jean Gallagher.

Frate, mai că n-am căzut mort pe jos la chestia asta.

— *Jane* Gallagher, vrei să spui.

M-am ridicat de pe chiuvetă cînd mi-a zis. Mai că n-am căzut pe jos.

— Sigur c-o cunosc. Stătea practic în casa de lîngă mine, acum două veri. Avea un doberman uriaş. Aşa ne-am şi cunoscut. Cîinele ei venea mereu la noi în...

— Îmi iei lumina, Holden, eşti chior? Chiar trebuie să stai acolo?

Frate, da' mă ambalasem, nu glumă.

— Unde e? l-am întrebat. Trebuie să cobor să-i spun bună sau ceva. Unde-i? În anexă?

— Îhî.

— Cum a venit vorba de mine? Merge la Bryn Mawr acum? Zicea că poate se duce la Shipley. Credeam că s-a înscris acolo. Cum a adus vorba de mine?

Mă luase valul. Pe bune.

— Nu ştiu, pentru Dumnezeu! Vrei, te rog, să te ridici? Stai pe prosopul meu, a făcut Stradlater.

Aşa e, stăteam pe prosopul lui idiot.

— Jane Gallagher, am continuat eu.

Nu-mi ieşea din cap.

— Să fiu al naibii!

Amicu' Stradlater se dădea cu briantină Vitalis pe păr. Cu a mea, evident.

— E balerină, am început să-i povestesc. Balet clasic şi alte alea. Exersa cam două ore pe zi, chiar şi pe canicula cea mai mare. Era îngrijorată c-o să-şi strice picioarele, adică or să i se îngroaşe de la dans. Jucam dame cu ea tot timpul.

— Ce jucaţi tot timpul?

— Dame.

— Auzi, frate! Dame!

— Da. Nu voia sub nici o formă să-şi mute regii. Cînd punea mîna pe un rege, nu-l mişca din loc. Îl lăsa pur şi simplu pe ultimul rînd. Îi ţinea pe toţi frumos aliniaţi pe rîndul din spate. După care nu-i folosea deloc. Pur şi simplu îi plăcea cum arată toţi pe rîndul din spate.

Stradlater n-a zis nimic. Pe cei mai mulţi nu-i interesează chestii de-astea.

— Maică-sa era în acelaşi club cu ai mei. Făceam pe băiatul de mingi la golf din cînd în cînd, să mă învîrtesc şi eu de nişte mălai. Cred că maică-sii i-am cărat crosele de două ori. A dat vreo sută şaptezeci de lovituri, pentru nouă găuri.

Stradlater nu se obosea să mă asculte. Îşi pieptăna buclele superbe.

— Trebuie să cobor, să-i spun măcar salut.

— Şi de ce, mă rog, nu te duci?

— Mă duc imediat.

A luat-o de la capăt cu făcutul cărării. Îi trebuia cam o oră să se pieptene.

— Părinţii ei erau divorţaţi. Maică-sa se recăsătorise cu o jigodie, un pilangiu. Un tip slăbănog, cu picioare păroase. Îl ţin minte şi acum. Purta tot timpul pantaloni scurţi. Jane zicea că era, chipurile, dramaturg sau ceva de genul, dar în ce mă priveşte, nu l-am văzut decît trăgînd non-stop la măsea şi ascultînd absolut toate foiletoanele poliţiste de la radio. Şi alergînd cît era casa de mare, în pielea goală. Cu Jane prin preajmă, înţelegi.

— Zău?

Asta îi stîrnise interesul. Ticălosul pilangiu care alerga gol prin casă, cu Jane prin preajmă. Stradlater era un nesimţit de obsedat sexual.

— A avut o copilărie nasoală. Nu glumesc.

Dar asta nu-l mai preocupa pe Stradlater. Doar chestiile foarte sexi.

— Jane Gallagher, auzi!

Nu puteam să mi-o scot din minte. Mi-era imposibil.

— Trebuie să cobor, să-i spun măcar salut.

— Și de ce dracu' nu te duci odată, în loc să dai din gură?

M-am dus la un geam, dar nu se vedea nimic afară. Era prea aburit de la căldura din spălător.

— Nu prea am starea acum.

Și nici n-o aveam. Trebuie să ai o stare anume pentru lucruri de-astea.

— Credeam că s-a dus la Shipley. Puteam să jur că acolo s-a dus.

O vreme, m-am plimbat de colo-colo prin spălător. Altceva nici n-aveam de făcut.

— I-a plăcut meciul?

— Da, cred că da. Nu știu.

— Ți-a zis că jucam dame tot timpul?

— Nu știu. Doamne, tu nu-nțelegi că de-abia am cunoscut-o?

Terminase să-și pieptene părul superb. Acum își strîngea articolele de toaletă pline de jeg.

— Ascultă. Spune-i salutări din partea mea.

— Bine, a zis Stradlater.

Dar știam că, probabil, n-o s-o facă. Oamenii ca el nu transmit niciodată salutări de la altcineva.

S-a întors în cameră. Eu am rămas la spălător, gîndindu-mă la Jane. După aia m-am dus în cameră.

Cînd am intrat, Stradlater își punea cravata, în fața oglinzii. Își petrecea jumate din viață în oglindă. M-am așezat pe scaunul meu și l-am urmărit cu privirea.

— Hei, să nu-i spui că m-au dat afară ăștia, da?

— Bine.

Stradlater avea chestia asta bună. Nu trebuia să-i dai explicații pentru fiecare lucrușor în parte, ca lui Ackley. În principal, presupun, fiindcă nici nu-l interesa. Ăsta-i adevăratul motiv. Cu Ackley, alta era treaba. Ackley era un nesimțit care-și băga nasul peste tot.

Și-a pus sacoul meu de tweed.

— Alo, încearcă și tu să nu mi-l lărgești, i-am zis.

Nu-l purtasem decît de două ori.

— Nu-l întind. Unde naiba-mi sînt țigările?

— Pe masă.

Niciodată nu știa unde și-a pus lucrurile.

— Uite-le sub fular.

Le-a luat și le-a pus în buzunarul de la haină. De la haina mea, aș completa.

Brusc, mi-am tras în față cozorocul de la șapcă, să mai sparg monotonia. Simțeam că mă apucă nervii, așa, din senin. Sînt un tip destul de nervos.

— Ia ascultă, și-unde ziceai c-o duci? l-am întrebat. Te-ai hotărît deja?

— Nu știu. Mergem la New York, dacă avem timp. A semnat că se întoarce pînă-n nouă jumate, fir-ar să fie.

Nu mi-a plăcut cum a zis-o, așa că i-am răspuns:

— Înseamnă că n-a știut, pesemne, cu ce nemernic fermecător și arătos are de-a face. Dac-ar fi știut, probabil c-ar fi semnat pentru nouă jumate dimineața.

— Să știi că da, a zis Stradlater.

Nu era ușor să-l scoți din ale lui. Era mult prea încrezut.

— Acum fără glumă. Fă-mi și mie compunerea aia.

Avea haina pe el și se pregătise în sfîrșit de plecare.

— Nu-ţi bate capul prea tare, fă-o doar cît poţi de descriptivă. Bine?

Nu i-am răspuns. N-aveam chef. Nu am spus decît atît:

— Întreab-o dacă-şi mai ţine toţi regii pe linia din spate.

— Bine, a încuviinţat Stradlater, dar eram sigur că n-o s-o facă. Acuma hai, pa.

Şi a ieşit valvîrtej din cameră, ducă-se naibii.

Şi-am stat aşa cam o juma' de oră după ce-a plecat. Adică am rămas pur şi simplu pe scaunul meu, fără să fac nimic. Mă gîndeam în continuare la Jane şi la Stradlater, care avea întîlnire cu ea. Mă enerva aşa de tare, de-mi venea să mă urc pe pereţi. V-am zis deja ce nesimţit de obsedat sexual era Stradlater.

Ackley s-a întors la mine în cameră, moşmondindu-se, ca de obicei, printre perdelele de la duş. Pentru prima dată în viaţa mea cretină, chiar m-am bucurat că-l văd. Îmi alunga gîndurile de la chestia cealaltă.

Şi-a făcut veacul la mine pînă aproape de masa de seară, vorbind de toţi tipii de la Pencey pe care-i ura din suflet şi storcîndu-şi cîtamai furnalul de pe obraz. Nici măcar n-a folosit o batistă. Nici nu cred că avea vreo batistă, ticălosul, dacă vreţi să aflaţi adevărul. Eu, unul, nu l-am văzut niciodată să folosească.

5

Sîmbăta seara, la Pencey ne dădeau, invariabil, același fel de mîncare. Vezi, Doamne, trebuia să cădem pe spate că primim friptură. Pun pariu pe o mie că adevăratul motiv era că mulți părinți veneau în vizită la școală duminica și, ce-și zicea probabil bătrînu' Thurmer, că orice mamă își întreba odorul ce-a mîncat aseară și băiatul o să zică: „Friptură". Banditu'! Trebuia să fi văzut fripturile. Niște chestii de-alea mici, tari și uscate de ți se rupea cuțitul în ele. În seara de friptură îți dădeau și-un piure de cartofi plin de cocoloașe, iar la desert niște brioșe cu fructe pe care nu le mînca nimeni, decît, poate, copilașii de la primară care n-aveau prea multă minte-n cap și, sigur, tipii ca Ackley, care practic lingeau farfuria.

Totuși, a fost simpatic cînd am ieșit din sala de mese. Se puseseră zece centimetri de zăpadă pe jos și ningea în continuare în neștire. Era frumos de tot și am început cu mic, cu mare, să ne batem cu bulgări și ne-am zbenguit de colo-colo prin zăpadă. O copilărie, dar toată lumea s-a distrat nemaipomenit.

N-aveam nici o întîlnire sau ceva, aşa că, împreună cu prietenul ăsta al meu, Mal Brossard, care era în echipa de lupte, am hotărît să luăm autobuzul pînă în Agerstown ca să mîncăm un hamburger şi, dac-aveam chef, poate intrăm la vreun film de rahat. N-avea nici unul poftă să stea pe coadă în cămin toată seara. L-am întrebat pe Mal dacă-l deranjează să vină şi Ackley cu noi. L-am întrebat pentru că Ackley nu făcea niciodată altceva sîmbătă seara, decît să stea la el în cameră şi să-şi stoarcă furnalele de pe faţă. Mal mi-a zis că de deranjat nu-l deranjează, dar nici nu moare de încîntare. Nu se dădea în vînt după Ackley. Oricum, ne-am dus amîndoi în camere să ne pregătim de ieşire şi-n timp ce-mi puneam şoşonii şi mă încotoşmăneam am dat o strigare să-l întreb pe Ackley dacă vrea să meargă la film. M-a auzit bine prin perdeaua de la duş, dar nu mi-a răspuns imediat. Era genul care murea dacă-ţi răspundea pe loc. În cele din urmă, a apărut prin perdeaua aia cretină, a rămas în picioare pe bordura duşului şi-a întrebat cine mai vine. Trebuia mereu să afle cine mai vine. Jur, dacă tipu' ar naufragia pe undeva şi te-ai duce să-l salvezi cu barca, ar vrea să afle cine dă la vîsle pînă să se suie în barcă. I-am spus că Mal Brossard. A zis:

— Nemernicul ăla... Bine. Aşteaptă-mă un minut.

Ai fi zis că-ţi face o mare favoare.

I-a luat cinci ore să se facă gata. În timp ce se pregătea, m-am dus şi am deschis geamul şi am făcut un bulgăre de zăpadă cu mîinile goale. Zăpada era numai bună de făcut bulgări. Dar nu l-am aruncat în nimic. Am vrut să-l arunc într-o maşină parcată peste drum, dar m-am răzgîndit. Maşina arăta aşa de albă şi de frumoasă. Apoi am dat să-l azvîrl într-un hidrant, dar şi ăsta arăta prea alb şi prea frumos. Pîn' la urmă nu l-am mai aruncat deloc. Am închis geamul şi m-am plimbat de colo-colo prin cameră cu bulgărele, întărindu-l în mînă. Un pic mai tîrziu, cînd m-am suit în autobuz cu Brossard şi Ackley, încă îl aveam cu mine. Şoferul a deschis uşile şi m-a pus să-l azvîrl afară. I-am spus doar că n-aveam de gînd să-l arunc în cineva, dar n-a vrut să mă creadă. Lumea nu te crede niciodată.

Şi Brossard, şi Ackley văzuseră filmul care rula, aşa că, în lipsă de altceva, am mîncat nişte hamburgeri şi ne-am jucat un pic la jocurile mecanice, după care am luat autobuzul înapoi. Puţin îmi păsa că nu văzusem filmul. Era, chipurile, o comedie cu Cary Grant cap de afiş şi de tot rahatul. Plus că mai fusesem la film cu Brossard şi Ackley şi rîdeau amîndoi de se stricau la nişte poante care nu-ţi smulgeau nici măcar un zîmbet. Nu-mi făcea nici o plăcere să stau lîngă ei la cinema.

Era abia nouă fără un sfert cînd ne-am întors la cămin. Brossard, care se dădea în vînt după bridge, a pornit să caute parteneri de joc prin cămin. Ackley a parcat la mine în cameră, să nu cumva să mă plictisesc. Doar că, în loc să stea pe braţul scaunului lui Stradlater, acum s-a aşezat la mine-n pat, cu capul fix pe perna mea şi tot tacîmul. Şi-a-nceput să vorbească monoton, scobindu-şi fiecare coş în parte. Am bătut o mie de apropouri, dar n-am putut să scap de el nici de frică. Îi dădea înainte, povestind pe-un ton lălăit de nu știu ce gagică, una cu care, chipurile, se culcase vara trecută. Îmi povestise deja chestia asta de-o mie de ori, dar de fiecare dată istoria era diferită. Ba i-o punea în Buick-ul lu' văru-său, ba sub cutare promenadă. Evident că erau toate niște gogorițe. Mai virgin ca el nu exista. M-aș îndoi să fi pipăit vreo fată în viața lui, măcar atît. Oricum, pînă la urmă am fost nevoit să-i spun verde în față că trebuie să-i scriu o compunere lui Stradlater și că e cazul să se care dracului odată, ca să pot să mă concentrez. S-a cărat într-un final, dar în ritmul lui, ca de obicei. După ce a plecat, mi-am pus pe mine pijamaua și halatul de baie, șapca pe cap și m-am apucat să scriu compunerea.

Buba e că nu-mi venea în cap nici o cameră sau o casă sau ceva pe care să-l descriu cum spusese Stradlater că trebuie. Și-așa nu prea mă înnebunesc după descrierile de camere și case. Așa că ce-am făcut în loc, am scris despre mănușa de baseball a lui frate-meu Allie. Era un subiect foarte descriptiv. Chiar era. Fratele meu Allie avea o mănușă de jucător de cîmp pentru mîna stîngă. Era stîngaci. Dar chestia descriptivă la ea e că avea poezii scrise peste tot, pe degete, pe buzunar, peste tot. Cu cerneală verde. Le-a scris pe mănușă ca să aibă ceva de citit pe teren, cînd nu era nimeni la lansare. Acum e mort. A făcut leucemie și a murit cînd stăteam în Maine, pe 18 iulie 1946. V-ar fi plăcut de el. Era cu doi ani mai mic decît mine, dar de cincizeci de ori mai deștept. Era grozav de inteligent. Profesorii îi scriau mereu mamei, povestindu-i ce plăcere le face să aibă un băiat ca Allie în clasă. Și n-o ziceau așa, ca să se afle în treabă, ci cît se poate de serios. Dar nu-i vorba doar că era cel mai deştept din familie. Era şi cel mai drăguţ, din atîtea puncte de vedere. Nu se înfuria niciodată pe nimeni. Se zice că oamenii cu părul roşu sînt iuţi la mînie, dar Allie nu se enerva niciodată, şi avea părul foarte roşu. Staţi numai să vă spun cît de roşu. Am început să joc golf cînd aveam de-abia zece ani. Ţin minte că o dată, în vara cînd mergeam pe doişpe ani, eram la prima lovitură pe teren şi am avut o presimiţire că, dacă mă întorc brusc, o să-l văd pe Allie. Ceea ce-am şi făcut şi, bineînţeles, Allie stătea pe bicicletă de cealaltă parte a gardului – era un gard care înconjura tot traseul de golf –, stătea aşa, acolo, la aproape o sută cincizeci de metri în spatele meu, uitîndu-se cum lovesc mingea. Aşa păr roşu avea. Doamne, era un copil aşa de bun. Rîdea aşa de tare la ce-i trecea lui prin cap la masa de seară, de mai că nu cădea de pe scaun. N-aveam decît treişpe ani şi au vrut să mă ducă la psihanalist, pentru că am spart toate geamurile din garaj. Nu-i învinovăţesc. Chiar deloc. În noaptea cînd a murit, m-am culcat în garaj şi am spart toate geamurile alea nenorocite cu pumnul, aşa, de furia naibii. Am încercat să fac zob şi geamurile maşinii pe care o aveam atunci, dar îmi spărsesem deja mîna şi n-am reuşit. A fost o mare prostie din partea mea, recunosc, dar nici nu mai ştiam ce fac, iar voi nu l-aţi cunoscut pe Allie. Încă mă doare mîna din cînd în cînd, pe vreme ploioasă, şi nu pot să închid pumnul ca lumea – vreau să zic, nu pot să-l strîng de tot – dar, în afară de asta, nu-mi pasă prea tare. Oricum n-am de gînd s-ajung chirurg sau violonist sau cine ştie ce.

În fine, despre asta am scris în compunerea lui Stradlater. Despre mănușa de baseball a lui Allie al meu. S-a întîmplat s-o am cu mine, în valiză, așa că am scos-o și am copiat poeziile care erau scrise pe ea. N-a trebuit decît să schimb numele lui Allie, ca să nu-și dea careva seama că-i vorba de fratele meu, și nu al lui Stradlater. Nu prea-mi dădea inima ghes s-o fac, dar nu-mi venea în cap nimic mai descriptiv. În plus, într-un fel, îmi plăcea să scriu despre asta. Mi-a luat aproape o oră, fiindcă a trebuit să folosesc panarama de mașină de scris a lui Stradlater și îmi tot sărea banda. Motivul pentru care n-am folosit-o pe a mea e că o împrumutasem unui tip care stătea la cîteva camere mai încolo.

Era cam zece jumate, cred, cînd am terminat. Totuși, nu mă simțeam obosit, așa că m-am uitat pe geam o vreme. Nu mai ningea, dar din cînd în cînd se auzea cîte o mașină căreia nu-i pornea motorul. Și sforăitul lui Ackley. Răsuna prin perdelele de la duș. Avea probleme cu sinusurile și nu respira prea bine în somn. Tipul le avea pe toate : probleme cu sinusurile, coșuri, dinți nasoi, gură de canal și unghii roase. N-avea cum să nu-ți pară oarecum rău pentru nemernicul ăsta sărit de pe fix.

6

Sînt chestii pe care e greu să ți le amintești. Stau și mă gîndesc acum, ce s-a întîmplat cînd s-a întors Stradlater de la întîlnirea cu Jane. Chiar nu mai țin minte exact ce făceam cînd i-am auzit pașii cretini pe hol. Probabil că încă mă uitam pe geam, dar jur că nu mai știu. De îngrijorat ce eram, de-aia. Cînd îmi fac griji pe bune pentru ceva, nu numai că n-am stare deloc, îmi vine chiar să mă duc la toaletă. Doar că nu mă duc. Sînt prea îngrijorat ca s-o fac. Nu vreau să iau pauză din îngrijorare ca să mă duc la toaletă. Dacă l-ați fi cunoscut pe Stradlater, ați fi fost la fel de îngrijorați. Am ieșit în patru cu nemernicul ăsta de vreo două ori și știu foarte bine ce zic. N-avea scrupule. De nici un fel.

Nu contează. Aveam linoleum pe hol și i se auzeau pașii de departe, cum venea înspre cameră. Nici măcar nu mai țin minte unde stăteam cînd a intrat – la geam, pe scaunul meu sau pe al lui. Jur că nu știu.

A intrat văitîndu-se de frigul de afară. După care a zis :

— Unde naiba-s toți? Parc-am fi la morgă.

Nu m-am obosit să-i răspund. Dacă atît îl ducea capul, încît să nu-și dea seama că e sîmbătă seara și toată lumea ori ieșise în oraș, ori dormea, ori plecase acasă în weekend, n-aveam de gînd să-mi bat eu gura cu explicații. A început să se dezbrace. N-a scos nici un cuvințel despre Jane. Nimica, nimica. Eu, la fel. Mă uitam pur și simplu la el. Mi-a mulțumit că i-am dat cu împrumut sacoul, l-a pus pe umeraș și l-a băgat în dulap. Atît.

În timp ce-și scotea cravata, m-a întrebat dacă-i scrisesem amărîta de compunere. I-am zis că n-are decît să se uite pe pat. S-a dus și a citit-o în timp ce-și descheia nasturii la cămașă. Stătea în picioare, citind-o și plimbîndu-și ușor mîna peste piept și abdomen, cu o expresie absolut cretină pe față. Își făcuse un obicei din treaba asta. Era îndrăgostit pînă peste urechi de el însuși. Deodată, a zis:

— Dumnezeule, Holden, asta-i despre o mănușă de baseball, fir-ar!

— Și ce? am zis, pe un ton rece ca-n peșteră.

— Cum adică „și ce“? Doar ți-am zis că tre' să fie despre o cameră sau o casă sau ceva, naibii, acolo.

— Ai zis că trebuie să fie descriptivă. Care-i problema dacă-i despre o mănușă de baseball?

— Ce dracu'!

Se ofticase rău de tot. Era chiar nervos.

— Faci totul de-a-ndoaselea.

Și-a îndreptat privirea spre mine.

— Nu-i de mirare c-ai rămas repetent. Nu faci nimic cum trebuie. Pe bune. Absolut nimic.

— Foarte bine. Atunci dă-mi-o înapoi.

M-am dus şi i-am smuls-o din mînă. După care am rupt-o în bucăţi.

— Ce dracu' te-a apucat?

Nici măcar nu i-am răspuns. Pur şi simplu, am aruncat bucăţelele de hîrtie la coş. După aia m-am lungit pe pat şi, multă vreme, nici unul n-a mai zis nimic. S-a dezbrăcat de toate hainele, pînă la chiloţi, şi eu, lungit pe pat, mi-am aprins o ţigară. Nu aveam voie să fumăm în cămin, dar se putea, seara tîrziu, cînd toată lumea dormea sau era pe afară şi n-avea cine să simtă mirosul de fum. În plus, am făcut-o ca să-l înfurii pe Stradlater. Îl apucau pandaliile cînd încălcai regulile. El nu fuma niciodată în cămin. Numai eu.

Tot nu scotea o vorbă, o silabă, despre Jane. Aşa că pînă la urmă i-am spus:

— Ai venit cam tîrzior, ţinînd cont că ea a semnat că se întoarce pînă la nouă jumate. N-a întîrziat din cauza ta?

Stătea pe marginea patului, tăindu-şi cretinele de unghii de la picioare, cînd l-am întrebat.

— Vreo două minuţele. Auzi! Cine mă-sa promite că se întoarce la nouă jumate sîmbătă seara?

Doamne, cît îl uram.

— V-aţi dus la New York?

— Eşti într-o ureche? Cum dracu' să ajungem la New York dacă trebuia să fie înapoi la nouă jumate?

— Nasol.

A ridicat privirea spre mine.

— Auzi, dacă ai de gînd să fumezi în cămin, ce-ar fi să te duci matale la spălător? Te-oi căra tu naibii de-aicea, da' eu trebuie să rămîn prin zonă pînă-mi iau diploma.

Nu l-am băgat în seamă. Chiar deloc. Am fumat în continuare ca un apucat. N-am făcut decît să mă întorc pe-o parte și să-l admir cum își tăia unghiile de la picioare. Ce mai școală! Pe unde întorceai capul, vedeai pe careva tăindu-și copitele sau storcîndu-și coșurile sau ceva.

— I-ai transmis salutări din partea mea?

— Da.

Da pe naiba, ticălosul.

— Și ce-a zis? Ai întrebat-o dacă-și ține toți regii pe rîndul din spate?

— Vezi să nu! Tu ce naibii crezi c-am făcut toată seara – crezi c-am jucat dame? Dumnezeule mare!

Nici măcar nu i-am răspuns. Doamne, cît îl uram.

— Dacă nu v-ați dus la New York, atunci unde ai scos-o? l-am întrebat după o scurtă pauză.

De-abia mă abțineam să nu-mi tremure vocea. Frate, da' simțeam că mi se face frică... Aveam o presimțire că ceva ieșise prost.

A terminat cu tăiatul unghiilor, slavă Domnului. Așa că s-a ridicat din pat, doar în chiloți, și l-a apucat cheful de joacă, ca să vezi. A venit lîngă patul meu, s-a aplecat peste mine și-a început să-mi care baroase peste umăr, în joacă pe dracu'.

— Termină. Unde-ați fost, dacă nu v-ați dus la New York?

— Nicăieri. Am stat în mașină.

Mi-a tras încă un baros cretin, în joacă, în mușchiul de la umăr.

— Termină! A cui mașină?

— A lu' Ed Banky.

Ed Banky era antrenorul de baschet de la Pencey. Amicu' Stradlater se număra printre preferații lui, pentru că era coordonator de joc, și Ed Banky îl lăsa să împrumute mașina cînd voia el. Regulamentul zicea că elevii n-au voie să ia cu împrumut mașinile cadrelor didactice, dar nemernicii de sportivi făceau gașcă. În toate școlile la care am mers, ticăloșii buni la sport aveau bisericuța lor.

Stradlater continua să-și exerseze loviturile de pumn în umărul meu. Avea periuța de dinți în mînă, așa că a apucat-o între dinți.

— Ce-ați făcut? I-ai făcut bucuria în mașina lui Ed Banky?

Îmi tremura vocea, ceva de speriat.

— Auzi la el cum vorbește! Vrei să te spăl cu săpun la gură?

— Da sau nu?

— Amice, ăsta-i secret profesional.

De-aici încolo nu mai țin minte chiar așa bine. Tot ce știu e că m-am ridicat din pat, ca și cum m-aș fi dus la spălător, și apoi am încercat să-i ard una, cu toată puterea, drept în periuța de dinți, ca să-i spintec gîtu-n două. Doar că n-am nimerit. N-a făcut priză. L-am șters puțin pe-o parte a capului. Probabil că l-a durut un pic, dar nu așa mult cum mi-aș fi dorit. Poate l-ar fi durut rău de tot, dar am dat cu dreapta, la care nu pot să strîng pumnul bine. Din cauza rănii de care v-am povestit.

Nu contează. Următoarea chestie de care-mi amintesc e că eram pe jos, cu el așezat pe piept. Se înroșise ca racul. Mai bine zis, își înfipsese genunchii în pieptul meu și cîntărea aproape tona. Mă prinsese și de încheieturi, așa că nu puteam să-i mai ard una. L-aș fi omorît.

— Ce dracu' te-a apucat? zicea iar și iar, cu fața aia cretină care i se înroșea din ce în ce mai tare.

— Ia-ți dracului genunchii de pe pieptul meu! i-am zis.

Zbieram cît mă ținea gura. Serios.

— Dă-te de pe mine, jegule!

Dar nu se dădea dus. Mă ținea în continuare de încheieturi și eu îl făceam nemernic și așa, la nesfîrșit. Nici măcar nu țin minte tot ce i-am turnat. I-am zis că cine se crede, de-și imaginează că poate să-i facă bucuria cui are el chef. I-am zis că puțin îi pasă dacă o fată își ținea toți regii pe rîndul din spate sau nu și că nu-i pasă pentru că e un idiot și-un tîmpit. Nu i-a plăcut deloc cînd l-am făcut tîmpit. Nici unui tîmpit nu-i place să i-o zici în față.

— Acum, taci, Holden, mi-a spus, cu fața aia a lui de tigaie, idioată și roșie. Taci odată!

— N-ai habar nici dacă o cheamă Jane sau Jean, tîmpitu' naibii!

— Taci cînd îți spun, Holden, să fiu al dracu', te previn.

Chiar îl scosesem din pepeni.

— Dacă nu-ți ții gura, îți cîrpesc una...

— Ia-ți jegurile astea de genunchi împuțiți de pe pieptul meu!

— Dacă te las să te ridici, promiți să-ți ții gura?

Nu i-am răspuns. M-a întrebat din nou:

— Holden, dacă te las să te ridici, promiți să-ți ții gura?

— Da.

S-a sculat de pe mine și m-am ridicat de pe jos. Mă durea pieptul de muream de la genunchii lui împuțiți.

— Eşti un jegos şi-un cretin şi-un parşiv şi-un tîmpit! i-am strigat.

Asta l-a înfuriat de-adevăratelea. Mi-a băgat cretinătatea lui de deget sub nas.

— Holden, la dracu', acum chiar te previn pentru ultima oară. Dacă nu-ţi tace fleanca, o să-ţi...

— De ce să tac? am întrebat.

Practic, ţipam.

— Asta-i problema cu tîmpiţii ca tine. Nu vor să discute nimic niciodată. Aşa-ţi şi dai seama cînd ai în faţă un tîmpit. Nu vrea niciodată să discute ceva cît de cît inteli...

În clipa aia i-a plecat mîna şi următoarea chestie de care ştiu e că am ajuns din nou la podea. Nu ţin minte dacă lovitura lui m-a făcut K.O. sau nu, dar nu prea cred. E destul de greu să trimiţi pe cineva în lumea viselor. Evident, nu şi-n rahaturile de filme. Problema e că-mi curgea borşu' la greu. Cînd m-am uitat în sus, Stradlater stătea practic călare pe mine. Avea trusa aia de toaletă la subsuoară.

— De ce dracu' nu taci din gură cînd îţi zic?

Părea cam agitat. Probabil că era speriat că-mi spărsese tărtăcuţa sau ceva cînd m-am lovit de podea. Rău îmi pare că nu s-a spart.

— Ai căutat-o cu lumînarea, la dracu'!

Frate, da' chiar arăta îngrijorat. Nu m-am obosit să mă ridic. Am zăcut o vreme lat, făcîndu-l parşiv şi tîmpit fără oprire. Eram aşa de furios, că, practic, zbieram cît mă ţinea gura.

— Ascultă la mine. Du-te şi te spală pe faţă. Auzi ce-ţi spun?

I-am spus să se ducă el să se spele pe faţa aia de tîmpit – ceea ce a fost o copilărie, dar eram furios ca dracu'. I-am spus, în drum spre spălător, să facă un popas, ca să-i facă bucuria și lu' doamna Schmidt. Doamna Schmidt era nevasta administratorului. Avea la vreo șaizeci și cinci de ani.

Nu m-am mișcat de jos pînă nu l-am auzit pe amicu' Stradlater închizînd ușa și luînd-o pe hol spre spălător. După aia m-am ridicat în capul oaselor. Nu-mi găseam șapca pe nicăieri. În cele din urmă, am descoperit-o. Sub pat. Mi-am pus-o și am întors cozorocul la spate, așa cum îmi plăcea mie, după care m-am dus să arunc o privire la mutra mea idioată în oglindă. N-ați văzut în viața voastră așa pleașcă de sînge închegat. Eram plin de sînge în jurul gurii și pe bărbie, pînă și pe pijama și halat. Pe jumătate m-a speriat, pe jumătate m-a fascinat. Păream un dur, cu tot sîngele ăla pe mine. Nu mă bătusem decît de două ori de cînd mă știu și ambele dăți am luat-o pe coajă. Nu sînt un dur. Sînt pacifist, dacă vreți să aflați adevărul.

M-am gîndit că Ackley auzise, probabil, toată hărmălaia și se trezise. Așa că am trecut printre perdelele de la duș în camera lui, doar ca să văd ce naiba face. Nu puneam prea des piciorul la el în cameră. Avea o duhoare ciudată din cauza îngălăciunii lui.

7

Printre perdelele de la duş răzbătea o fîşie de lumină din camera noastră şi l-am văzut cum stătea întins pe pat. Evident că era treaz santinelă.

— Ackley? Eşti treaz?

— Mda.

Era întuneric şi am călcat pe un pantof, de era să cad în cap. Ackley s-a ridicat în capul oaselor şi s-a rezemat în cot. Avea faţa acoperită cu o chestie albă, pentru coşuri. Arăta ca o sperietoare, pe întuneric.

— Şi ce faci tu pe-aicea? l-am întrebat.

— Cum adică ce fac? Încercam să dorm pînă să-ncepeţi voi tot tărăboiul ăla. Chiar aşa, din ce naibii v-aţi luat?

— De unde se aprinde lumina?

Nu găseam întrerupătorul, deşi cred că pipăisem deja tot peretele.

— La ce-ţi trebuie lumină? Chiar lîngă mîna ta.

L-am găsit în cele din urmă şi am aprins lumina. Ackley a ridicat mîna ca să nu-i bată în ochi.

— Măiculiță! Ce-ai pățit?

Adică ce era cu sîngele de pe mine și alea-alea.

— Am avut o mică altercație cu Stradlater.

M-am așezat pe jos. Oamenii ăștia n-aveau niciodată scaune în cameră. Nu știu ce naiba făceau cu ele.

— Ia ascultă, ai chef s-o punem de-o canastă mică?

Ăsta se dădea-n vînt după canastă.

— Nu vezi că încă-ți curge sînge? Mai bine l-ai opri cu ceva.

— Se oprește singur. Zi aici: vrei să facem o canastă sau nu?

— Auzi la el, canastă! Ai idee cît e ceasul?

— Nu-i tîrziu. Abia unșpe, unșpe jumate.

— Abia! Doamne ferește! Trebuie să mă scol devreme pentru slujbă și pe voi v-apucă lătratul și bătaia în miez de... Chiar așa, din ce naibii v-ați luat?

— E-o poveste lungă și nu vreau să te plictisesc, Ackley. Mă gîndesc la binele tău, i-am răspuns.

Nu-mi discutam niciodată viața personală cu el. În primul rînd, era încă mai prost ca Stradlater. La naiba, Stradlater era un geniu pe lîngă Ackley.

— Hei, are ceva dacă dorm în patul lui Ely în seara asta? Oricum nu se întoarce pînă mîine seară, nu?

Evident că știam că nu se întoarce. Ely se ducea acasă aproape în fiecare weekend, fir-ar să fie.

— Eu, unul, nu știu cînd dracu' se întoarce, zice Ackley.

Frate, ce mă scotea din sărite!

— Ce-ndrugi acolo că nu știi? Nu se întoarce niciodată pînă duminică seara, corect?

— Nu-i vorba de asta. Da' ce vrei, nu pot să spun așa, la oricine: „Dormi, nene, în patul lui dacă vrei".

Asta m-a dat pe spate. De unde stăteam, am întins mîna și l-am bătut pe umăr.

— Ești un prinț, puștiu'. Știai, nu?

— Nu, acum pe bune, nu pot să spun oricui că poate să doarmă în...

— Un adevărat prinț. Ești un gentleman și-un mare învățat.

Asta chiar așa era.

— N-ai și tu niște țigări, din întîmplare? Dacă zici că nu, mă prăbușesc mort aici.

— Zău că n-am, dacă mă întrebi. Chiar așa, din ce naibii v-ați luat?

Nu i-am răspuns. M-am ridicat și m-am dus la geam să mă uit afară. Deodată, mă simțeam atît de singur. Aproape aș fi vrut să mor.

— Chiar așa, din ce naibii v-ați luat, totuși? m-a întrebat Ackley a mia oară.

Doamne, băiatu' ăsta era ca rîia!

— De la tine am început.

— De la mine?!?

— Mda. Îți apăram onoarea aia de doi bani. Stradlater zicea că ai un caracter oribil și n-am putut să-l las să scape ușor cu așa o chestie.

Asta l-a înviorat pe loc.

— Pe bune? Nu faci mișto? Așa a zis?

I-am zis că glumesc, după care m-am dus să mă-ntind pe patul lui Ely. Frate, da' chiar mă simțeam rupt în bucăți și, la naiba, atît de singur.

— Ce pute-n camera asta! am spus. Pînă aici bate mirosul de la ciorapii tăi. Nu-i dai niciodată la spălat?

— Dacă nu-ți convine, știi unde-i ușa.

Spiritual tipu'.

— Nu vrei să stingi odată lumina aia?

Evident, n-am stins-o imediat. Am rămas întins la Ely în pat, gîndindu-mă la Jane și la toate alea. Mă apuca nebunia nebuniilor cînd mi-o închipuiam cu Stradlater în mașina umflatului de Ed Banky, parcată cine știe pe unde. De fiecare dată cînd vedeam imaginea în fața ochilor, îmi venea să sar pe geam. Problema e că nu-l cunoașteți pe Stradlater. Eu îl știu. Cei mai mulți tipi de la Pencey dădeau din gură non-stop despre cum se culcau ei cu gagici – ăsta-i și cazul lui Ackley – , dar amicu' Stradlater o punea în practică. Cunoșteam personal cel puțin două fete cărora le făcuse bucuria. Ăsta-i adevărul.

— Puștiu', povestește-mi și mie viața ta fascinantă, i-am zis lui Ackley.

— Nu vrei să stingi odată lumina aia? Trebuie să mă scol devreme pentru slujba de dimineață.

M-am ridicat și am stins-o, dacă asta-l făcea fericit pe om. Apoi m-am întins la loc în patul lui Ely.

— Acum ce-ai de gînd? Să dormi la Ely în pat? Frate, asta da gazdă primitoare.

— Poate că da. Poate nu. Nu-ți face griji.

— Nici nu-mi făceam. Doar că tare nu mi-ar plăcea să intre Ely la un moment dat și să găsească pe cineva...

— Las-o mai moale. N-am de gînd să dorm aici. N-aș îndrăzni să abuzez de ospitalitatea ta de rahat.

După două minute sforăia de spărgea. Eu, însă, am rămas întins pe întuneric, încercînd să mi-i scot din minte pe Jane şi pe Stradlater în blestemata de maşină a lui Ed Banky. Aproape imposibil. Buba era că ştiam tehnicile lui Stradlater. Ceea ce înrăutăţea lucrurile. Am fost o dată la o întîlnire în patru, în maşina lui Ed Banky, şi Stradlater stătea în spate cu gagica lui, eu în faţă, cu a mea. Ce tehnică avea tipu'! Ce credeţi c-a făcut? A luat-o prin învăluire, vorbindu-i şoptit, cu o voce plină de sinceritate, ca şi cum n-ar fi fost doar un tip foarte arătos, dar, pe deasupra, sincer şi drăguţ. Îmi venea să vărs ascultîndu-l. Fata spunea:

— Nu... te rog. Te rog, nu. Te rog...

Dar amicu' Stradlater o dădea înainte cu îmbrobodeala, cu o voce sinceră, de Abraham Lincoln, şi-n cele din urmă s-a aşternut o linişte insuportabilă în spatele maşinii. Doamne, ce stînjenitor! Nu cred că i-a făcut ceva în seara aia, dar nici mult nu mai avea. A fost al naibii de aproape.

În timp ce stăteam întins şi încercam să-mi golesc mintea, l-am auzit pe Stradlater întorcîndu-se de la spălător şi intrînd în cameră. Am auzit cum şi-a aruncat pe undeva jegurile de toaletă şi apoi a deschis geamul. Ăsta se dădea-n vînt după aerul curat. Imediat după, a stins lumina. Nici măcar nu s-a uitat prin jur să vadă pe unde sînt.

Afară, pe stradă, era încă şi mai deprimant. Nu se mai auzeau maşini, nimic. Mă simţeam atît de singur, aşa de zob, că m-am gîndit chiar să-l trezesc pe Ackley.

— Hei, Ackley, am zis, oarecum în șoaptă, ca să nu mă audă Stradlater prin perdelele de la duș.

Dar Ackley nu m-a auzit.

— Hei, Ackley!

Tot nu m-a auzit. Dormea ca valiza-n gară.

— Hei, Ackley!!

Acum a auzit. Bun.

— Ce naiba te-a apucat? Dormeam dus, nene!

— Ia ascultă. Ce trebuie să faci ca să intri într-o mănăstire? l-am întrebat.

Începusem să cochetez cu ideea c-aș putea să mă călugăresc.

— Trebuie să fii catolic și tot tacîmul?

— Bineînțeles că trebuie să fii catolic. Nesimțitule, m-ai trezit numai ca să-mi pui niște întrebări cre...

— Ah, culcă-te la loc. Oricum nu cred că mă duc. La ce baftă am eu, sigur nimeresc în vreuna cu toți călugării de pe lista „așa nu“. Nemernici și cretini, care mai de care. Sau doar nemernici.

Cum am zis chestia asta, amicu' Ackley s-a ridicat moț în capul oaselor.

— Ascultă, puțin îmi pasă dacă te iei de mine, dar dacă începi să faci glume despre religia mea, pentru numele lui Dumnezeu...

— Las-o moartă. Nu face nimeni mișto de religia ta.

M-am ridicat din patul lui Ely și-am luat-o spre ușă. Nu mai voiam să rămîn o clipă în atmosfera aia cretină. În drum, m-am oprit, l-am apucat pe Ackley de mînă și i-am scuturat-o cu mișcări largi, într-un salut bizar. Și-a tras mîna urgent.

— Care-i treaba?

— Nici una. Vreau numai să-ți mulțumesc c-ai fost un prinț cu mine, atîta tot.

Am băgat chestia asta pe un ton foarte sincer.

— Ești un băiat de nota zece, Ackley. Știi, nu?

— Faci pe deșteptu'. Într-o bună zi tot o să-ți stîlcească unul...

Nu m-am obosit să-l ascult. Am închis ușa după mine și am ieșit pe hol.

Toată lumea dormea sau ieșise în oraș sau plecase acasă pe weekend, așa că pe coridor era foarte, foarte liniște. Deprimant. În fața ușii lui Leahy și Hoffman am dat de un tub gol de pastă de dinți Kolynos și, în drum spre scări, l-am luat la pase, cu papucul îmblănit pe care-l aveam în picior. Ce aveam de gînd să fac... mă gîndeam să cobor să văd ce face Mal Brossard. Dar, brusc, m-am răzgîndit. M-am hotărît că ce-mi doream cu adevărat era să mă car naibii de la Pencey, chiar în noaptea aia, pe loc. Să nu mai aștept pînă miercuri sau ceva. Pur și simplu nu mai voiam să bănănăi pe acolo. Mă întrista prea tare, mă simțeam prea singur. Așa că ce am făcut, am decis să-mi iau o cameră într-un hotel la New York, un hotel ieftin de tot, și să mă relaxez pînă miercuri. Apoi, miercuri, urma să mă duc acasă bine odihnit și simțindu-mă giugiuc. M-am gîndit că ai mei n-or să primească, probabil, pînă marți sau miercuri, scrisoarea de la bătrînu' Thurmer cum că-mi dăduseră papucii. Nu voiam să ajung acasă înainte s-o primească și să rumege bine vestea. Nu voiam să fiu prin preajmă cînd o citeau prima oară. Mama are obiceiul să devină absolut isterică. Totuși, după ce termină de digerat pînă la capăt o chestie nu mai e așa nasol. În plus, nu-mi prindea rău o mică vacanță. Aveam nervii în piuneze. Vorbesc serios.

Oricum, asta m-am hotărît să fac. Așa că m-am întors în cameră și am aprins lumina, ca să încep să-mi fac bagajele. Împachetasem deja destul de multe lucruri. Amicu' Stradlater nici măcar nu s-a trezit. Mi-am aprins o țigară, m-am îmbrăcat, după care am terminat cu cele două valize Gladstone. Nu mi-a luat mai mult de două minute. Sînt foarte rapid la împachetat.

Ceva, totuși, m-a întristat un pic. A trebuit să pun în valiză și patinele nou-nouțe pe care mi le trimisese maică-mea, practic în urmă cu două zile. Asta m-a deprimat. Parcă o și vedeam intrînd la Spaulding's și punîndu-i vînzătorului un milion de întrebări tîmpițele, și iată-mă acum, dat afară iar de la școală. Mă simțeam destul de trist pe chestia asta. Nu-mi cumpărase ce trebuia – eu voiam patine de viteză și ea îmi luase de hochei –, dar tot m-am întristat. Aproape de fiecare dată cînd cineva îmi face un cadou, cadoul sfîrșește prin a-mi provoca tristețe.

După ce am strîns tot, mi-am numărat mălaiul. Nu mai țin minte exact cît aveam, dar eram în bani. Bunică-mea tocmai îmi trimisese un purcoi cu vreo săptămînă înainte. Bunica asta a mea aruncă în stînga și-n dreapta cu banii. Nu mai e chiar în toate mințile – e bătrînă ca faraonii –, așa că-mi trimite în neștire bani de ziua mea, cam de patru ori pe an. Oricum, deși aveam berechet, m-am gîndit că nu-mi strică ceva în plus. Nu se știe niciodată. Așa că am ieșit pe hol și m-am dus să-l trezesc pe Frederick Woodruff, tipul căruia îi împrumutasem mașina de scris. L-am întrebat cît e dispus să-mi dea pe ea. Tipu' nu ducea lipsă de bani. A zis că nu știe. A zis că parcă nu vrea s-o cumpere. Pînă la urmă a cumpărat-o. Făcea cam nouăzeci de dolari și nu mi-a dat pe ea decît un pol. Era ofticat că-l sculasem din somn.

Cînd am fost gata de plecare, după ce mi-am luat genţile și tot, m-am oprit cîteva clipe lîngă scări și am aruncat o ultimă privire pe holul ăla amărît. Îmi venea să plîng. De ce, nu știu. Mi-am pus șapca roșie pe cap, i-am întors cozorocul la spate, cum îmi plăcea mie, și apoi am urlat cît m-a ţinut gura: „Să dormiţi mult și bine, tîmpiţilor!“ Fac pariu că i-am trezit pe toţi ticăloșii de pe etaj. Și m-am cărat naibii de acolo. Un idiot aruncase coji de alune peste tot pe scări și mai că nu mi-am rupt naibii gîtul.

8

Se făcuse prea tîrziu ca să chem un taxi, așa că am mers pe jos tot drumul pînă la gară. Prea departe nu era, dar se făcuse un frig de crăpau pietrele, zăpada îmi îngreuna mersul și valizele mă loveau peste picioare, bălăngănindu-se în toate părțile. Totuși, într-un fel mă bucuram de aerul curat. Singura problemă a fost că de la frig a început să mă doară nasul, pe sub buza de sus, unde-mi prinsese una Stradlater. Lovitura îmi strivise buza de dinți și mă cam ustura. Dar la urechi mi-era cald și bine. Șapca aia pe care o cumpărasem avea urechi pe interior și le-am tras în jos. Puțin îmi păsa cum arăt. Și așa nu era țipenie de om prin jur. Toată lumea trăgea la aghioase.

Am avut baftă cînd am ajuns în gară, pentru că n-am așteptat decît vreo zece minute ca să vină un tren. Cît am stat acolo, am luat niște zăpadă în pumn și m-am curățat pe față. Încă eram mînjit de sînge.

De obicei îmi place să merg cu trenul, mai ales noaptea, cu luminile aprinse și geamurile atît de negre şi cu tipii care trec pe culoar vînzînd cafea şi sandvişuri şi reviste. De obicei cumpăr un sandviş cu şuncă şi vreo patru reviste. Dacă sînt pe tren şi e noapte, pot chiar să citesc o povestire din alea idioate, din reviste, fără să-mi vină să vomit. Ştiţi şi voi care. Povestirile alea cu un alai de tipi spilcuiţi şi cu maxilare proeminente, pe care-i cheamă musai David, şi-un alai de închipuite pe care le cheamă Linda sau Marcia şi care neapărat îi aprind lui David fiecare pipă. Mă ţin baierele să citesc o povestire de doi bani dacă merg noaptea cu trenul. Asta, de obicei. Dar acum era altfel. Pur şi simplu n-aveam chef. Stăteam, aşa, pe scaun, fără să fac nimic. Doar mi-am scos şapca de vînătoare şi mi-am băgat-o în buzunar.

La un moment dat, la Trenton s-a suit o doamnă şi s-a aşezat lîngă mine. Practic tot vagonul era gol, fiindcă era destul de tîrziu, înţelegeţi, dar s-a aşezat lîngă mine, în loc să ocupe o banchetă liberă, pentru că avea o geantă mare şi eu stăteam pe locul din faţă. Şi-a pus geanta fix în mijlocul culoarului, ca să aibă peste ce să sară conductorul şi cine-o mai trece. Purta nişte orhidee, semn că se întorcea de la o mare chermeză sau ceva. Avea pe la patruzeci sau patruzeci şi cinci de ani, cred, dar arăta meseriaş. Femeile mă omoară pur şi simplu. Nu c-aş fi vreun obsedat sexual sau ceva, nu, deşi n-aş putea spune că-mi lipsesc înclinaţiile. Îmi plac şi-atît, vreau să zic. Îşi lasă absolut întotdeauna genţile în mijlocul culoarului.

Nu contează. Cum stăteam noi acolo, m-a întrebat deodată:

— Scuză-mă, dar eticheta aceea nu e de la şcoala pregătitoare Pencey?

Se uita în sus la valizele mele, care erau în plasa de bagaje.

— Ba da, aşa e.

Avea dreptate. Pe una din genţile Gladstone aveam o etichetă de la Pencey. Un kitsch, recunosc.

— A, înveţi la Pencey?

Avea o voce plăcută. Plăcută şi perfectă pentru telefon. Ar fi trebuit să poarte şi un telefon după ea, să-l aibă la îndemînă.

— Da.

— O, ce bine! Atunci poate că-l cunoşti pe fiul meu. Ernest Morrow? Îţi spune ceva? Învaţă la Pencey.

— Da, îl ştiu. Sîntem în aceeaşi clasă.

Fiu-său era, neîndoielnic, cel mai mare ticălos care a trecut vreodată prin Pencey, în toată istoria de două parale a şcolii ăleia. După duş, ieşea pe hol şi plesnea lumea peste cur cu zdreanţa lui de prosop, ud fleaşcă. Exact genul ăsta era tipul.

— O, ce drăguţ! a zis doamna, dar fără să sune ca mamaia.

Era drăguţă şi-atît.

— Trebuie neapărat să-i spun lui Ernest că te-am cunoscut. Pot să te întreb cum te cheamă, dragul meu?

— Rudolf Schmidt, i-am răspuns.

N-aveam nici un chef să mă apuc să-i povestesc toată viaţa mea. Rudolf Schmidt îl chema pe administratorul căminului nostru.

— Şi îţi place la Pencey?

— La Pencey? Nu-i tocmai rău. Bine, nu-i raiul pe pămînt, dar nici mai rău ca-n majoritatea şcolilor. Unii profesori îşi fac foarte bine datoria.

— Lui Ernest îi place mult de tot.

— Daa, știu.

Și atunci am început să bag bla-bla-uri de la mine.

— Se adaptează foarte bine la orice. Să știți că da. Chiar se pricepe să se adapteze.

— Așa crezi? m-a întrebat.

Murea de curiozitate să afle mai multe.

— Ernest? Sigur că da.

Apoi m-am uitat la ea cum își scoate mănușile. Frate, da' i se rupeau degetele de-atîtea inele!

— Tocmai mi-am rupt o unghie, cînd coboram din taxi, mi-a zis.

A ridicat privirea spre mine și mi-a zîmbit. Avea un zîmbet grozav de frumos. Pe bune. Cei mai mulți oameni de-abia dacă au zîmbet sau, dacă au, e nasol.

— Tatăl lui Ernest și cu mine ne facem griji uneori pentru el. Ni se pare că nu e din cale afară de sociabil.

— Ce vreți să spuneți?

— Știi, e un băiat tare sensibil. Nu s-a înțeles niciodată cu ceilalți băieți. Poate că ia lucrurile un pic prea în serios pentru vîrsta lui.

Sensibil. Asta m-a dat pe spate. Băiatul ăsta, Morrow, era sensibil ca un colac de closet.

Am privit-o mai atent. Nu mi se părea deloc fraieră. Îmi făcea impresia că știe foarte bine ce pramatie are la ușă. Dar cînd e vorba de mame, nu poți să bagi niciodată mîna-n foc. Toate sînt lejer sărite. Chestia e, totuși, că-mi plăcea de mama lui Morrow al nostru. Era OK.

— Ați dori o țigară? am întrebat-o.

S-a uitat împrejur.

— Nu cred că sîntem într-un vagon de fumători, Rudolf.

Rudolf. Asta m-a dat pe spate.

— Nu-i nimic. Putem să fumăm pînă încep să țipe la noi.

A luat o țigară și i-am aprins-o. Îi stătea bine fumînd. Trăgea fumul în piept, dar nu-l înghițea hulpav, cum fac cele mai multe femei de vîrsta ei. Era plină de farmec. Avea și mult sex appeal, dacă chiar vreți să știți. Se uita la mine cam ciudat.

— S-ar putea să mă înșel, dragul meu, dar cred că îți curge sînge din nas, mi-a zis deodată.

Am încuviințat din cap și mi-am scos batista.

— M-a lovit cineva cu un bulgăre de zăpadă. Știți, din aia înghețată.

Poate i-aș fi spus ce se întîmplase în realitate, însă mi-ar fi trebuit prea mult timp. Dar îmi plăcea de ea. Începea să-mi pară oarecum rău că mințisem că mă cheamă Rudolf Schmidt.

— Ernie al nostru... am continuat. E unul dintre cei mai populari băieți de la Pencey. Știați?

— Nu, nu știam.

Am dat din cap.

— Ne-a luat mult să ajungem să-l cunoaștem cu adevărat. E un tip haios. Ciudat, din multe puncte de vedere. Înțelegeți ce vreau să spun? De exemplu, cînd l-am cunoscut eu. Cînd ne-am întîlnit, mi s-a părut cam snob la prima vedere. Așa am crezut. Dar nu-i deloc. Doar că are personalitatea lui foarte originală, care are nevoie de timp ca să fie descoperită.

Biata doamnă Morrow n-a zis nici pîs, dar, frate, trebuia s-o vedeți. Am lipit-o pur și simplu de scaun. Nu există mamă pe lume care să se sature vreodată să audă ce grozav e fiu-său.

După aia am început să torn gogomănii la greu.

— V-a zis de alegeri? Alegerile pe clasă?

A clătinat din cap că nu. O băgasem în transă. Pe bune.

— Păi, mulţi dintre noi îl voiau şef de clasă pe Ernie. Practic, era ca şi ales, în unanimitate, fiindcă era singurul băiat care putea să facă faţă cu adevărat trebii ăsteia.

Frate, da' ce-mi mergea meliţa!

— În loc, a fost ales alt băiat, Harry Fencer. Şi adevăratul motiv pentru care a ieşit el, motivul simplu şi evident, e că Ernie nu ne-a lăsat să-l propunem. Asta fiindcă-i din cale afară de timid şi modest şi aşa mai departe. Pur şi simplu a refuzat... Frate, da' are o timiditate... Ar trebui să-l faceţi să încerce să treacă peste chestia asta.

M-am uitat la ea.

— Nu v-a povestit?

— Nu, nu mi-a zis nimic.

La care am dat din cap.

— Ei, aşa-i Ernie. N-a vrut şi pace. Asta-i singura lui greşeală: e prea timid şi modest. Chiar c-ar trebui să vorbiţi cu el, să se mai relaxeze din cînd în cînd.

Exact în clipa aia a venit conductorul să-i ceară biletul bietei doamne Morrow, ceea ce mi-a dat ocazia să iau o gură de aer după atîtea bălării. Totuşi, îmi pare bine c-am băgat la greu o vreme. Unu' ca Morrow, care plesneşte lumea cu prosopul peste cur – şi o face ca să doară, să ne înţelegem – nu e un jeg doar acum, în liceu. Cei ca el rămîn nişte jeguri cîte zile au. Dar pun pariu că, după toate gogoriţele pe care le-am îndrugat, doamna Morrow o să-l privească de acum ca pe băiatul ei foarte timid şi modest, care n-a vrut să ne lase să-l propunem şef de clasă. S-ar putea. Nu poţi să ştii niciodată. Mamele nu se prea prind la chestii de-astea.

— Nu doriţi un cocteil? am întrebat-o.

Eu, unul, aveam chef.

— Putem să mergem în vagonul-restaurant. Ce ziceţi?

— Dragul meu, ai voie să comanzi băuturi? m-a întrebat, dar nu de sus.

Era prea fermecătoare ca să te ia de sus.

— Păi, nu, nu tocmai, dar de obicei le obţin pe seama înălţimii. Şi-n plus, am şi un pic de păr alb.

M-am întors într-o parte şi i-am arătat firele albe. Asta a vrăjit-o.

— Haideţi, nu vreţi să veniţi cu mine?

Mi-ar fi plăcut să vină cu mine.

— Chiar nu cred. Totuşi, mulţumesc foarte mult, dragule. Oricum, vagonul-restaurant e, aproape sigur, închis. Ştii, e destul de tîrziu.

Avea dreptate. Uitasem cu totul cît e ceasul. Apoi m-a privit şi m-a întrebat exact ce mă temeam c-o să mă întrebe.

— Ernest ne-a scris că vine acasă miercuri, că atunci începe vacanţa de Crăciun. Sper că n-ai fost chemat acasă inopinat pe motiv de boală în familie.

Chiar părea îngrijorată. Nu-şi băga nasul ca să se afle în treabă, se vedea cu ochiul liber.

— Nu, toţi ai mei sînt bine. De mine e vorba. Trebuie să fac o operaţie.

— Ah! Îmi pare aşa de rău!

Chiar îi părea. Mi-a părut şi mie rău imediat c-am scos-o, dar era prea tîrziu.

— Nu e foarte grav. Am o tumoare mică de tot pe creier.

— O, nu!

Şi-a pus mîna la gură şi tot tacîmul.

— A, o să fiu bine, totul e OK! E chiar la exterior. Şi e foarte mică. Pot să mi-o scoată în aproape două minute.

După asta am început să citesc *Mersul trenurilor*, pe care-l aveam în buzunar. Doar că să mă opresc din minciuni. Odată pornit, pot să continuu ore-n şir dacă am chef. Fără glumă. Ore şi ore-n şir.

După aceea, n-am mai vorbit prea mult. Doamna Morrow a început să citească revista *Vogue* pe care o avea la ea şi eu m-am uitat o vreme pe geam. A coborît la Newark. Mi-a urat succes cu operaţia şi toate cele. Îmi tot zicea Rudolf. Apoi m-a invitat să-i fac o vizită lui Ernie la vară, în Gloucester, Massachusetts. Mi-a spus că au o casă chiar pe plajă, cu teren de tenis şi altele, dar i-am mulţumit simplu şi i-am răspuns că mă duc în America de Sud cu bunica. Ceea ce era tare de tot, pentru că bunică-mea de-abia dacă mai iese din casă, în afară de cazul cînd merge la vreun matineu sau cine ştie ce. Dar nu m-aş duce la nesimţitul de Morrow pentru toţi banii din lume, nici de disperare.

9

Primul lucru pe care l-am făcut cînd am coborît la Penn Station a fost să intru într-o cabină de telefon. Aveam chef să dau un țîr cuiva. Mi-am lăsat valizele chiar lîngă cabină, ca să nu le pierd din ochi, dar în clipa în care am pus piciorul înăuntru nu mi-a venit în cap nimeni pe care să-l sun. Frate-meu, D.B., era la Hollywood. Sora mea mai mică, Phoebe, merge la culcare pe la nouă – așa că pe ea, personal, n-aveam cum s-o sun. N-ar fi deranjat-o deloc s-o trezesc, dar buba era că n-ar fi răspuns ea la telefon, ci ai mei. Deci a picat și asta. Apoi m-am gîndit s-o sun pe mama lui Jane Gallagher, ca să aflu cînd intră Jane în vacanță, dar nu mă trăgea inima. În plus, era cam tîrzior de dat telefoane. Apoi m-am gîndit s-o sun pe Sally Hayes, o prietenă cu care am ieșit destul de des, pentru că știam că intrase deja în vacanța de Crăciun – îmi scrisese o scrisoare lungă și cam ciudată, în care mă invita la ea, s-o ajut să împodobească bradul de Crăciun pentru noaptea de Ajun și alte alea –, dar mă temeam să nu răspundă maică-sa la telefon. Și maică-sa o cunoștea pe maică-mea și parc-o văd rupîndu-și picioarele să ajungă la telefon mai repede ca să-i spună lu' mama că sînt în New York. Bașca, nu prea mă omoram să vorbesc la telefon cu madam Hayes. I-a zis o dată lui Sally că sînt sălbatic. A zis că sînt sălbatic și n-am nici o direcție în viață. Apoi m-am gîndit să-l sun pe un tip pe care l-am cunoscut cînd eram la școala Whooton, Carl Luce, dar nu mă prea omoram după el. Așa că în cele din urmă n-am mai sunat pe nimeni. Am ieșit din cabină după vreo douăzeci de minute, mi-am apucat valizele, m-am dus pe jos pînă la pasajul unde stau taxiurile și am luat un taxi.

Eram așa de cu mintea dusă, că, din obișnuință, i-am dat șoferului adresa mea normală. Uitasem complet că urma să trag la un hotel vreo două zile și să nu mă duc acasă pînă începe vacanța. Nu mi-a dat prin cap decît cînd ajunsesem pe la jumătatea parcului. Atunci am zis:

— Vreți să întoarceți cu prima ocazie? V-am dat adresa greșit. Vreau să mă întorc în centru.

Șoferul era un fel de șmecher.

— N-am cum să-ntorc aici, frăție. Asta-i cu sens unic. Acum trebuie să merg pîn' la capăt, pe Strada 90.

N-am vrut să încep o ceartă.

— Fie, i-am zis.

Apoi, brusc, mi-a venit o idee.

— Auziți? Știți rațele alea de pe iazul de lîngă intrarea de sud în Central Park? Lacul acela mic? Se întîmplă cumva să știți unde se duc rațele cînd îngheață tot la suprafață? Se întîmplă să aveți idee?

Mi-am dat seama că n-aveam decît o şansă la un milion. S-a întors şi s-a uitat la mine ca la un nebun.

— Ce zici acolo, frăţie? Faci mişto de mine?

— Nu, doar că mă interesa şi-atît.

N-a mai zis nimic, aşa c-am tăcut şi eu. Asta pînă am ieşit din parc pe Strada 90. Atunci a întrebat:

— Bine, amice. Încotro, acum?

— Păi, chestia e că nu vreau să stau la hotelurile din East Side, unde aş putea să dau nas în nas cu vreo cunoştinţă. Călătoresc incognito.

Urăsc să scot clişee de-astea expirate, gen „călătoresc incognito“, dar, cînd sînt cu ciudaţii, mă dau după ei.

— Se întîmplă să ştii ce trupă cîntă la Taft sau la New Yorker?

— Habar n-are băiatu'.

— Păi, atunci du-mă la Edmont. N-ai vrea să ne oprim în drum şi să bei un cocteil cu mine? Fac cinste. Sînt blindat.

— Nu se poa'. Îmi pare rău.

Aşa companie plăcută mai zic şi eu. Grozavă personalitate.

Am ajuns la Hotelul Edmont şi m-am cazat. În taxi îmi pusesem şapca de vînătoare pe cap, aşa, de-al naibii, dar mi-am dat-o jos pînă s-ajung la recepţie. Nu voiam să par vreun ţăcănit sau ceva. Ceea ce e chiar ironic, pentru că în clipa aia nu ştiam că hotelul ăla amărît era plin de toţi perverşii şi nenorociţii. Mişunau ţăcăniţii ca furnicile.

Mi-au dat o cameră jegoasă, de unde tot ce vedeai pe geam era aripa cealaltă a hotelului. Nu mi-a păsat cine știe ce. Eram prea deprimat ca să-mi mai pese dacă am sau nu o priveliște frumoasă. Băiatul de serviciu care m-a condus la cameră era, mai precis, un boșorog la vreo șaizeci și cinci de cotolani. Omu' era mai deprimant decît camera. Un chelios din ăia care-și piaptănă tot părul dintr-o parte în alta ca să-și acopere țeasta. Mai bine chel și gata, decît să faci așa ceva. Și ce slujbă grozavă pentru unu' ajuns la vîrsta lui. Să cari valizele altora și să aștepți să-ți pice un bacșiș. Presupun că nu dădea pe-afară de deștept, dar, oricum, era groaznic.

După ce a plecat, m-am uitat pe geam o vreme, așa, cu haina pe mine. Oricum n-aveam altceva mai bun de făcut. Ce se petrecea pe partea cealaltă a hotelului era uimitor. Nici măcar nu se sinchiseau să tragă jaluzelele. Am văzut un tip grizonat și cu o figură foarte distinsă, care n-avea decît chiloții pe el, făcînd o chestie de n-o să mă credeți dacă vă povestesc. Mai întîi și-a pus geanta pe pat. Apoi a scos din ea haine de damă și s-a îmbrăcat cu ele. Haine de damă adevărate – ciorapi de mătase, pantofi cu toc, sutien și un corset din acelea cu portjartier. După care și-a pus o rochie de seară neagră, mulată pe corp. Jur pe ce-am mai sfînt. Și după aia a început să se plimbe de colo-colo prin cameră, cu pași foarte mici, ca o femeie. Fuma o țigaretă și din cînd în cînd se oprea să se studieze în oglindă. Pe deasupra, era singur. Asta dacă nu era careva în baie – nu vedeam chiar toată camera. După asta, la un geam de deasupra tipului, am văzut un bărbat și o femeie stropindu-se cu apă din gură. Poate că era whisky cu sifon, nu apă chioară, dar nu vedeam ce au în pahare. Nu contează. Ideea e că mai întîi lua el o gură și o stropea din cap pînă-n picioare, după care urma ea. Făceau cu schimbul, Doamne păzește. Trebuia să-i fi văzut. Rîdeau isteric încontinuu, de parcă făceau cel mai distractiv lucru de pe lume. Nu glumesc, hotelul ăla mustea de perverși. Cred că eram singurul individ normal în toată hărăbaia, și asta nu spune mare lucru. Mai că-mi venea să-i trimit o telegramă lui Stradlater, să-i spun să vină la New York cu primul tren. L-ar fi încoronat, fără discuție, regele hotelului.

Buba e că genul ăsta de ciudățenii, într-un fel, te fascinează și nu poți să-ți iei ochii de la ele nici să vrei. De exemplu, fata aia pe care o împroșca tipul cu apă pe față era chiar drăguță. Asta-i de fapt problema principală. În mintea mea, sînt probabil cel mai mare obsedat sexual pe care l-ați văzut vreodată. Uneori pot să-mi treacă prin cap niște chestii nasoale-nasoale și nu m-ar deranja să le încerc, dacă s-ar ivi ocazia. Sînt în stare să-mi imaginez că ar putea fi superdistractiv, la modul pervers, și dac-am fi amîndoi beți și bla-bla, să iei o fată și să te stropești cu apă sau ceva pe față. Totuși, chestia e că nu-mi place ideea. Dacă stai s-o judeci, chiar pute. Cred că dacă nu-ți place pe bune o fată, n-ar trebui să-ți faci de cap cu ea deloc, iar dacă-ți place, atunci e de presupus că-ți place fața ei, și dacă-ți place fața ei, atunci s-ar cuveni să fii atent la chestiile nasoale pe care i le-ai putea face, de exemplu, s-o împroști cu apă. Ce păcat că atîtea treburi jegoase sînt așa de distractive uneori. Lasă că nici fetele nu dau în brînci să te ajute, cînd încerci să nu te porți prea de tot nasol, cînd încerci să nu strici un lucru frumos. Am cunoscut o fată, acum doi ani, încă mai pusă pe nasoale ca mine. Serios! Totuşi, ne-am distrat beton o vreme, la modul ciudat, fireşte. Sexul e o treabă pe care chiar că n-o înţeleg. Nu ştii niciodată pe ce picior stai. Îmi fac întruna reguli pentru sex, pentru ca-n clipa următoare să le încalc. Anul trecut mi-am făcut o regulă că, gata, termin cu zbenguiala cu fetele care, în sinea mea, chiar mă calcă pe bătături. Am încălcat-o în săptămîna în care mi-am fixat-o – de fapt, chiar în aceeaşi seară. Mi-am petrecut toată noaptea giugiulindu-mă cu o închipuită îngrozitoare pe care o chema Anne Louise Sherman. Sexul e ceva ce pur şi simplu nu pricep. Jur pe ce-am mai sfînt.

Cum stăteam acolo, am început să cochetez cu ideea s-o sun pe Jane, adică s-o sun interurban la B.M., unde învăţa, în loc să-i dau telefon maică-sii ca să aflu cînd se întoarce acasă. N-aveai voie să dai telefon după elevi noaptea tîrziu, dar îmi făcusem un plan. Aveam de gînd să-i zic oricui o răspunde la telefon că sînt unchiul lui Jane, că mătuşa ei tocmai a murit într-un accident de maşină şi trebuia să vorbesc cu Jane imediat. Ar fi mers, sigur. Singurul motiv pentru care n-am făcut-o e că n-aveam starea necesară. Dacă n-ai chef, chestiile astea nu-ţi ies ca lumea.

După o vreme m-am aşezat pe scaun şi am fumat două ţigări. Trebuie să recunosc, mă simţeam destul de încins. Atunci, brusc, mi-a venit o idee. Mi-am scos portofelul şi-am început să caut o adresă pe care mi-o dăduse un tip de la Princeton la o petrecere, astă-vară. Pînă la urmă am găsit-o. Căpătase o culoare ciudată, care se luase din portofel, dar încă se mai vedea scrisul. Era adresa unei tipe, care nu era, cum s-ar spune, curvă sau ceva, dar nici n-o deranja s-o mai facă din cînd în cînd – aşa îmi zisese tipul de la Princeton. O luase o dată cu el la o petrecere dansantă la Princeton şi mai că nu l-au dat afară pe chestia asta. Gagica era stripteuză de vodevil sau ceva de genul. Oricum, m-am dus la telefon şi i-am dat un ţîr. O chema Faith Cavendish şi stătea la Hotelul Stanford Arms de la intersecţia Străzii 65 cu Broadway. O bombă, mai mult ca sigur.

Cîteva clipe, am crezut că nu-i acasă sau mai ştiu eu. Nu răspundea nimeni. Apoi, în cele din urmă, a ridicat cineva receptorul.

— Alo? am zis.

Mi-am îngroşat vocea, ca să nu-i trezesc bănuieli în legătură cu vîrsta mea. Oricum am o voce destul de groasă.

— Alo, mi-a răspuns o voce de femeie.

Nu dădea pe-afară de prietenoasă.

— Sînteţi domnişoara Faith Cavendish?

— Cine-i la telefon? Care mă sună la ora asta complet aiurea?

Chestie care m-a speriat un pic.

— Păi, ştiu că e cam tîrziu, am început cu o voce, aşa, foarte matură. Sper să mă iertaţi, dar eram foarte nerăbdător să iau legătura cu dumneavoastră.

Pe asta am zis-o cît am putut de suav. Pe bune.

— Cine e?

— Păi, nu mă cunoaşteţi, dar sînt un prieten al lui Eddie Birdsell. El mi-a spus că dacă se întîmplă să trec prin oraş la un moment dat, am putea să ieşim împreună la un cocteil, două.

— Al cui? Al cui prieten ziceai că ești?

Frate, tipa răgea ca o tigroaică în telefon. La naiba, mai că nu țipa la mine.

— Edmund Birdsell. Eddie Birdsell.

Nu-mi aminteam dacă îl chema Edmund sau Edward. Nu l-am văzut decît o dată în viața mea, la o petrecere cretină.

— Dom'le, nu cunosc pe nimeni cu numele ăsta. Și dacă-ți imaginezi că-mi face și plăcere să mă trezești la miezul...

— Eddie Birdsell nu-ți spune nimic? De la Princeton?

Era clar că i se învîrteau rotițele în cap, doar și-o aminti.

— Birdsell, Birdsell... de la Princeton... Colegiul Princeton?

— Corect.

— Și tu ești de la Princeton?

— Păi, aproximativ.

— Ah... Ce mai face Eddie? La ce oră aiurea ți-ai găsit și tu să suni. Doamne ferește!

— E bine. M-a rugat să-ți transmit cele bune.

— Mersi. Și din partea mea, la fel. Ce om de caracter! Cum îi mai merge?

Brusc, devenise prietenoasă de nu se poate.

— Cum știi, ca întotdeauna.

De unde dracu' era să știu ce făcea tipu'? De-abia îl cunoșteam. Nici măcar nu știam dacă mai învață sau nu la Princeton.

— Auzi, te-ar interesa să ne întîlnim undeva să bem un cocteil?

— Se întîmplă să ai idee cît e ceasul? Și, apropo, pot să te întreb cum te cheamă?

Brusc, își trăsese un accent englezesc.

— Am impresia că eşti cam tinerel.

Am rîs.

— Mulţumesc de compliment, i-am răspuns, suav rău de tot. Holden Caulfield mă cheamă.

Ar fi trebuit să-i dau un nume fals, dar nu mi-a trecut prin cap.

— Păi, uite, domnule Cawffle. Nu-mi stă în obicei să-mi dau întîlniri în miez de noapte. Sînt fată muncitoare.

— Mîine e duminică.

— Chiar şi aşa. Trebe să-mi fac somnul de frumuseţe. Ştii cum e.

— Mă gîndeam c-am putea să bem măcar un cocteil împreună. Nu e prea tîrziu.

— Foarte drăguţ din partea ta. De unde suni? Şi unde eşti acum, că veni vorba?

— Eu? Într-o cabină de telefon.

— Aha.

Apoi a urmat o pauză lungă de tot.

— Păi, mi-ar plăcea mult să ieşim împreună la un moment dat, domnule Cawffle. Păreţi foarte atrăgător. Păreţi o persoană foarte atrăgătoare. Dar chiar e tîrziu.

— Aş putea veni la tine.

— În mod normal, aş zice vai, magnific. Adică mi-ar face mare plăcere să treceţi pe la mine la un cocteil, dar se întîmplă ca acum colega mea de cameră să fie bolnavă. A zăcut în pat toată noaptea fără să pună geană pe geană. De-abia în clipa asta a reuşit şi ea să închidă ochii. Asta e.

— Ah, ce păcat!

— Unde trageţi la noapte? Poate reuşim să ne vedem mîine.

— Mîine nu pot eu. Doar în seara asta am timp.

Ce găgăuță am fost. N-ar fi trebuit să spun chestia asta.

— Aa. Păi, atunci îmi pare teribil de rău.

— O să-i transmit salutări lui Eddie din partea dumneavoastră.

— Serios? Sper să-ți placă în New York. E un loc super.

— Știu. Mulțumesc. Noapte bună.

Apoi am închis. Frate, da' chiar c-am zbîrcit-o. Ar fi trebuit măcar de-un cocteil, acolo, s-o conving și eu.

10

Era încă destul de devreme. Nu ştiu sigur cît era ceasul, dar nu prea tîrziu. Dacă urăsc o chestie, e să mă bag în pat cînd nu sînt nici măcar obosit. Aşa că mi-am deschis valizele, am scos o cămaşă curată, după care m-am dus la baie, m-am spălat şi mi-am schimbat cămaşa. Mă gîndeam să mă duc jos, să văd ce naiba mişca la Lavender Room. Aveau un club de noapte, Lavender Room, în hotel.

În timp ce-mi schimbam cămaşa, de-abia m-am abţinut să nu-i dau telefon surioarei mele Phoebe. Aveam un chef nebun să stau de vorbă cu ea la telefon. Cu cineva cu judecată, adică. Dar nu puteam să risc s-o sun, pentru că nu era decît un copil şi sigur nu era trează, ca să nu mai zic, pe lîngă telefon. M-am gîndit c-aş putea să închid dacă răspundeau ai mei, dar nici asta n-ar fi mers. Şi-ar fi dat seama că sînt eu. Mama întotdeauna ştie cînd sînt eu. Are puteri paranormale. Dar cu siguranţă nu mi-ar fi displăcut să stau un pic la palavre cu draga de Phoebe.

Ar trebui s-o cunoaşteţi. N-aţi văzut în viaţa voastră un copil aşa de drăguţ şi de deştept. E foarte inteligentă. A luat numai note mari de cînd a început şcoala. Dacă mă gîndesc mai bine, eu sînt singurul tîmpit din familie. Fratele meu D.B. e scriitor şi fratele meu Allie, cel care a murit, de care v-am povestit, era un adevărat magician. Eu, tîmpitul casei. Dar trebuie s-o vedeţi pe Phoebe a noastră. Are părul spre roşu, cam cum îl avea Allie, şi vara e tunsă foarte scurt. Îl poartă prins după urechi pe timpul verii. Are nişte urechiuţe frumoase şi drăgălaşe. Iarna îşi lasă părul să crească. Uneori, mama i-l împleteşte şi alteori nu. Dar e tare frumos. N-are decît zece ani. E slabă, ca şi mine, dar la modul plăcut. Slabă ca patinatoarele pe rotile. Am studiat-o o dată atent în timp ce traversa Fifth Avenue în drum spre parc şi aşa e, subţire ca o patinatoare. V-ar plăcea de ea. Cînd îi spui ceva lui Phoebe, ştie exact despre ce naibii vorbeşti. Poţi s-o iei cu tine oriunde. Dacă, de exemplu, o iei la un film prost, îşi dă seama că-i prost. Dacă o iei la un film foarte bun, îşi dă seama că-i un film foarte bun. D.B. şi cu mine am luat-o cu noi să vadă un film franţuzesc, *Nevasta brutarului*, în care juca Raimu. I-a plăcut de-a murit. Dar preferatul ei e *39 de trepte*, cu Robert Donat. Ştie tot filmul pe dinafară, pentru că am dus-o să-l vadă de vreo zece ori. Cînd Donat ajunge la ferma aia scoţiană, de exemplu, atunci cînd fuge de poliţai şi tot tacîmul, Phoebe zice-n gura mare, în timpul filmului – exact în acelaşi timp cu scoţianul din film:

— Ai vreo problemă să mănînci hering?

Știe toate dialogurile pe de rost. Și cînd profesorul din film, care e de fapt spion german, ridică degetul mic, din care-i lipsește o parte din falangă, ca să îl arate pe Robert Donat, Phoebe a mea îl taie la chestia asta – fiindcă își îndreaptă și ea degetul mic spre mine pe întuneric și mi-l bagă drept în față. E OK. V-ar plăcea de ea. Singura problemă e că-i un pic prea afectuoasă uneori. E foarte sensibilă, pentru un copil. O altă chestie pe care-o face, scrie cărți tot timpul. Numai că nu le termină. Toate sînt despre un copil pe care-l cheamă Hazel Weatherfield – doar că Phoebe îi scrie numele „Hazle". Hazle Weatherfield e o fată detectiv. Teoretic e orfană, dar taică-său tot apare prin carte. Tatăl ei e, invariabil, un „domn înalt și bine, în vîrstă de vreo 20 de ani". Chestia asta mă dă pe spate. Draga de Phoebe. Jur pe ce-am mai sfînt că v-ar plăcea de ea. Încă de cînd era mică, mică de tot, era isteață. Cînd era mică-mică de tot, eu și Allie o luam cu noi în parc, mai ales duminica. Allie avea o barcă cu pînze pe care o fîțîia de colo-colo duminica și o luam și pe Phoebe cu noi. Purta mănuși albe și mergea chiar între noi, ca o doamnă, mă-nțelegeți. Și cînd Allie și cu mine discutam despre tot felul de lucruri, Phoebe asculta. Uneori se întîmpla să uităm că era prin preajmă, fiind așa de mică, dar avea ea grijă să ne anunțe. Te întrerupea încontinuu. Îl înghiontea ușor pe Allie sau pe mine și întreba:

— Cine? Cine a zis asta? Bobby sau doamna?

La care noi îi spuneam cine ce-a zis și ea făcea:

— A!

Apoi asculta mai departe. Allie era și el mort după ea. Vreau să spun, și el o iubea. Acum are zece ani, nu mai e chiar mică-mică, dar încă îi lasă pe toţi cu gura căscată. Oricum, măcar pe ăia cu ceva în cap.

Să ne întoarcem. Ideea e că-ţi venea să vorbeşti cu ea la telefon oricînd. Dar mă temeam c-ar răspunde ai mei şi ar afla că sînt în New York, că m-au zburat de la Pencey şi aşa mai departe. Aşa că am terminat să-mi bag cămaşa în pantaloni. Apoi m-am făcut gata şi am luat liftul pînă jos, să văd ce mai e pe acolo.

În afară de cîţiva tipi cu feţe de peşti şi cîteva blonde cu feţe de paraşute, holul era aproape gol. Dar din Lavender Room se auzea cîntînd o formaţie, aşa că am intrat. Nu era foarte aglomerat, dar tot mi-au dat o masă proastă, tocmai în fundul sălii. Ar fi trebuit să-i vîr sub nas un dolar şefului de sală. La New York, frate, banii vorbesc pe bune – fără glumă.

Formaţia cînta infect. Buddy Singer. Alămurile sunau foarte metalic, dar nu aşa cum trebuie. Te zgîriau pe timpane. Başca, erau foarte puţini oameni de-o seamă cu mine prin jur. De fapt, mai nimeni. Cei mai mulţi erau boşorogi care ieşiseră să se dea mari cu gagica la toartă. Excepţie făcea masa de lîngă mine. La masa de lîngă mine stăteau trei fete la vreo treizeci de ani. Toate trei erau naşparlii şi purtau tustrele genul ăla de pălărie care strigă că nu sînt din New York, dar una, blonda, nu era tocmai rea. Oarecum drăguţă, blonda. Am început să-i fac zîmbre, dar tocmai atunci a venit chelnerul să-mi ia comanda. Am cerut un whisky cu sifon şi i-am spus să nu le amestece. Am zis chestia asta cît am putut de repede pentru că, dacă vorbeşti cu juma' de gură, îşi dau seama că ai sub douăzeci şi unu de ani şi refuză să-ţi vîndă băuturi alcoolice. Şi tot am avut probleme cu tipul.

— Îmi pare rău, domnule, dar aveţi ceva cu care să faceţi dovada vîrstei? Poate permisul de conducere?

I-am aruncat o privire de gheaţă, ca şi cum m-ar fi insultat pînă-n străfunduri, şi l-am întrebat:

— Arăt eu mai mic de douăzeci şi unu de ani?

— Îmi pare rău, domnule, dar avem...

— Bine, bine.

M-am gîndit s-o dau dracului de treabă.

— Adu-mi o Cola.

S-a îndepărtat, dar l-am chemat înapoi.

— Nu poţi s-o îndoi cu un pic de rom sau ceva? l-am întrebat, cît am putut de drăguţ. Nu pot să stau într-un loc aşa nasol fără nimic la bord. Nu poţi să-i pui un pic de rom sau ceva?

— Îmi pare foarte rău, domnule..., a zis şi mi-a întors spatele.

Totuşi, nu i-am purtat pică. Îşi pierd slujba dacă îi prinde cineva că vînd băutură minorilor. Şi eu sînt minor, vezi bine.

Am început din nou să le arunc ocheade vrăjitoarelor de la masa de alături. Mai exact, blondei. Celelalte două erau bune doar dacă mureai de foame. Dar nu mă holbam ca mitocanu'. Le-am aruncat doar o privire de-aia, detaşată. Şi ce credeţi că fac toate trei la chestia asta? Au început să chicotească, toantele. Probabil, în ideea că sînt prea tînăr ca să cîntăresc o femeie din priviri. Asta m-a enervat la culme – ai fi zis că voiam să mă însor cu ele sau cine ştie ce... Ar fi trebuit să le dau în bălării după chestia asta, dar problema e că aveam un chef nebun să dansez. Îmi place mult să dansez, cîteodată, și asta era una din acele dăți. Așa că mă trezesc aplecîndu-mă spre ele și întrebîndu-le:

— Fetelor, vrea vreuna dintre voi să danseze?

N-am fost grosolan sau ceva. De fapt, am fost chiar suav. Dar, fir-ar să fie, și chestia asta li s-a părut absolut delirantă, drept care s-au pus mai tare pe chicotit. Fără glumă, erau niște tute.

— Haideți! Dansez cu fiecare pe rînd. Bine? Ce ziceți? Haideți!

Chiar aveam chef să dansez.

În cele din urmă, blonda s-a ridicat să danseze cu mine, fiindcă era evident că de fapt cu ea vorbeam, și ne-am îndreptat spre ringul de dans. Pe celelalte două ciume le-a lovit damblaua de rîs la chestia asta. Ar fi trebuit să fiu chiar mangă să mă obosesc să mă uit la vreuna.

Dar a meritat. Blonda dansa de nu se poate. Era una dintre cele mai bune dansatoare cu care am dansat vreodată. Nu glumesc. Unele din fetele astea proaste grămadă pot să te lase cu gura căscată pe ringul de dans. O tipă deșteaptă ori o să încerce să te conducă ea pe tine pe ring jumate din timp sau, invers, dansează așa de prost, că mai bine stai la masă, te îmbeți cu ea și-ai terminat povestea.

— Ce bine dansezi! i-am zis blondei. Ar trebui să te faci dansatoare. Vorbesc serios. Am dansat cu o profesionistă o dată și tu ești de două ori mai bună. Ai auzit vreodată de Marco și Miranda?

— Ce?

Nici măcar nu mă asculta. Se uita în jur, prin toate colțurile localului.

— Te întrebam dacă ai auzit de Marco și Miranda.

— Nu știu. Nu. Nu știu.

— Sînt dansatori. Tipa e dansatoare. Totuși, nu e chiar trăsnet. Face tot ce trebuie, dar tot nu-i trăsnet. Știi cînd poți să spui de-o fată că dansează nemaipomenit?

— Ce-ai zis?

Tot nu mă asculta. Îi stătea mintea unde vrei, numai la mine nu.

— Ziceam, știi cînd poți să spui de-o fată că dansează nemaipomenit?

— Ă-hă.

— Păi, vezi unde-mi țin mîna pe spatele tău? Dacă simt că nu am nimic sub mînă – nu fund, nu picioare, nu nimic – atunci fata respectivă e o dansatoare nemaipomenită.

Tot nu asculta. Așa că am ignorat-o o vreme. Am dansat și-atît. Doamne, fata asta cu minte de găină știa să danseze de-adevăratelea. Buddy Singer și formația lui groaznică cîntau *Just One of Those Things* și nici măcar ei nu puteau s-o distrugă pe de-a-ntregul. E o melodie ritmată. N-am încercat nici o figură în timp ce dansam – mă enervează tipii care se rup în figuri ca să se dea în spectacol pe ringul de dans –, dar am învîrtit-o la greu și n-a pierdut pașii o clipă. Partea amuzantă e că-mi imaginam că-i face și ei plăcere, pînă cînd, deodată, a scos o remarcă absolut cretină.

— Io și prietenele mele l-am văzut pe Peter Lorre aseară, a zis. Actorul de film. În carne și oase. Cumpăra un ziar. E așa drăguțel...

— Ce noroc pe voi. Chiar, ce noroc! Știi ceva?

Fata era toantă rău. Dar ce dansatoare! Nu m-am putut stăpîni să n-o pup în creştetul capului ei de găină, ştiţi, fix pe cărare. S-a ofticat la chestia asta.

— Hei! Care-i treaba?

— Nimic. Nici o treaba. Îmi place mult cum dansezi. Am o soră mai mică, de-abia în clasa a patra. Eşti aproape la fel de bună ca ea, şi ea dansează mai bine ca oricine pe lumea asta, viu sau mort.

— Vezi cum vorbeşti, dacă nu te superi.

Frate, ce doamnă. O prinţesă, nu alta.

— De unde sînteţi voi, fetelor? am întrebat-o.

Nu s-a obosit să-mi răspundă. Era ocupată să se uite roată, aşteptînd să apară Peter Lorre, cred.

— De unde sînteţi voi, fetelor? am întrebat-o din nou.

— Ce?

— De unde sînteţi voi, fetelor? Nu-mi răspunde dacă n-ai chef. N-aş vrea să te epuizezi.

— Seattle, Washington.

Îmi făcea un hatîr uriaş să-mi spună.

— Te pricepi la conversaţie. Ştii ceva?

— Ce?

Am lăsat-o moartă. Oricum o depăşea.

— Ce-ai zice să dansăm un jitterbug, dacă încep una rapidă? Nu fîţîială de doi bani, nu ţopăieli sau ceva –, ci aşa frumos, lejer. Toată lumea o să se aşeze dacă or să cînte una rapidă, mai puţin boşorogii şi chelioşii, şi-o să avem loc berechet. Bine?

— Mi-e egal, a zis. Auzi, chiar aşa, cîţi ani ai?

Asta m-a enervat, nu ştiu de ce.

— Of, Doamne, nu strica seara. Am doişpe ani, pentru numele lui Dumnezeu. Sînt bine dezvoltat pentru vîrsta mea.

— Ascultă-mă bine. Ţi-am zis deja o dată. Nu-mi place genul ăsta de limbaj. Dacă ai de gînd să-l foloseşti, pot foarte bine să mă duc să stau cu prietenele mele, să ştii.

Mi-am cerut scuze ca disperatul, pentru că orchestra ataca una rapidă. A început să se bîţîie în draci – dar frumos, lejer, nu ţipător. Era bună de tot. Nu trebuia decît s-o atingi uşor. Şi cînd s-a întors cu spatele, poponeţul ăla drăguţ îi tresărea aşa de frumos. M-a lăsat mască. Vorbesc serios. Cînd ne-am aşezat la masă, eram pe jumătate îndrăgostit. Asta-i problema cu fetele. De fiecare dată cînd fac ceva mişto, chiar dacă nu arată cine ştie ce sau chiar dacă sînt cam tontuţe, eşti pe jumătate îndrăgostit de ele şi apoi nu ştii niciodată pe ce picior stai. Fetele. Doamne, Dumnezeule. Pot să te înnebunească. Chiar pot.

Nu m-au invitat să stau la masa lor – în principal, pentru că erau prea ignorante –, dar m-am aşezat oricum. Pe blonda cu care dansasem o chema Bernice nu ştiu cum, Crabs sau Krebs. Pe cele două urîte le chemau Marty şi Laverne. Le-am spus că mă numesc Jim Steele, doar aşa, de-al naibii. Apoi am încercat să le atrag într-o conversaţie inteligentă, dar era practic imposibil. Ar fi trebuit să le suceşti mîinile la spate. Greu de spus care dintre ele era cea mai stupidă. Şi tustrele se uitau încontinuu de jur împrejurul localului, de parcă aşteptau să apară dintr-o clipă în alta un stol de vedete de cinema. Probabil că-şi imaginau că vedetele de cinema îşi fac veacul prin Lavender

Room cînd vin la New York, și nu la Stork Club sau El Marocco. Nu contează. Mi-a luat aproape o jumate de oră să află unde lucrează și ce fac în Seattle. Munceau toate la același birou de asigurări. Le-am întrebat dacă le place acolo, dar credeți că puteai să scoți un răspuns inteligent de la cele trei găini? Am avut la un moment dat impresia că urîtele, Marty și Laverne, sînt surori, dar amîndouă s-au simțit teribil de insultate cînd le-am întrebat. Era limpede că nici una nu voia să semene cu cealaltă și nu le puteai condamna pe chestia asta, dar oricum a fost foarte distractiv.

Am dansat pe rînd cu toate trei. Din cele două urîte, Laverne nu dansa chiar rău, dar cealaltă, Marty, era crimă. Cu Marty, săraca, dansai de parcă tîrai Statuia Libertății după tine. Singurul mod în care mă mai puteam și eu simți bine în timp ce o tîram de colo-colo era să mă amuz în sinea mea. Așa că i-am spus că tocmai l-am văzut pe Gary Cooper, vedeta de cinema, în celălalt colț al ringului.

— Unde?! m-a întrebat, surescitată la culme. Unde?!

— Ah, tocmai l-ai ratat. Acum a ieșit. De ce nu te-ai uitat cînd ți-am zis?

S-a oprit pur și simplu din dansat și-a început să se uite peste capetele tuturor, ca să vadă dacă nu cumva îl zărește.

— Of, fir-ar să fie! a zis.

Îi frînsesem inima, pe bune. Mi-a părut tare rău c-am glumit pe seama ei. Cu unii oameni nu e bine să faci chestia asta, chiar dac-o merită.

Dar abia acum urmează partea cea mai amuzantă. Cînd ne-am întors la masă, Marty a mea le-a spus celorlalte două că Gary Cooper tocmai plecase din local. Frate, bietele Laverne şi Bernice mai că nu s-au sinucis cînd au auzit. Au sărit de trei metri şi au întrebat-o pe Marty dacă l-a văzut şi alea-alea. Marty a noastră le-a zis că n-a apucat decît să-l zărească o clipă. Asta m-a dat pe spate.

Barul se închidea, aşa că le-am cumpărat tuturor cîte două băuturi de căciulă, repede, ca la ultima comandă, şi pentru mine am luat încă două Cola. Masa gemea de pahare. Una din urîte, Laverne, tot făcea glume pe seama mea, cum că nu beam decît Cola. Avea un simţ al umorului clasa-ntîi. Ea şi cu amica Marty beau cocteiluri Tom Collins – în mijlocul lui decembrie, pentru Dumnezeu ! Atîta puteau ele. Blonda, Bernice, bea bourbon cu apă. Şi, ca să zic aşa, nu ducea paharul la ureche. Tot timpul n-au făcut decît să se uite după vedete de cinema. Nu prea au vorbit, nici măcar între ele. Marty a pălăvrăgit mai mult ca celelalte două. Scotea chestii de-astea expirate, plicticoase, botezînd toaleta „camera fetiţelor“, iar bietul clarinetist bătrîn şi expirat din formaţia lui Buddy Singer i s-a părut fenomenal cînd s-a ridicat şi a trîntit două improvizaţii învăţate pe dinafară. Clarinetului îi zicea „beţigaşul din lemn dulce“. Expirată rău. Cealaltă urîtă, Laverne, se credea tare spirituală. Îmi zicea tot timpul să-l sun pe tata şi să-l întreb ce face diseară. M-a întrebat dacă tata are sau nu prietenă. De patru ori la rînd m-a întrebat chestia asta. Spirituală de dădea pe-afară. Bernice, blonda, n-a scos un cuvînt. De fiecare dată cînd o întrebam ceva, făcea :

— Ce ?

După un timp te cam calcă pe nervi. Ca la un semn, după ce au terminat de băut, s-au ridicat toate trei și au zis că trebuie să se ducă la culcare. Au adăugat că trebuie să se scoale devreme, ca să vadă primul spectacol de la Radio City Music Hall. Am încercat să le conving să mai rămînă un pic, dar au refuzat. Așa că ne-am luat la revedere. Le-am zis că o să le caut în Seattle, dacă trec vreodată prin zonă, dar am dubii c-o s-o fac vreodată. Să le caut, vreau să spun.

Cu țigări cu tot, nota era de aproape treișpe dolari. Mă gîndesc c-ar fi putut cel puțin să se ofere să plătească ce au băut înainte de a mă muta la masa lor. Firește, nu le-aș fi lăsat, dar ar fi putut măcar să se ofere. Nu m-am enervat prea tare. Prea erau toante. Plus că purtau pălăriile alea jalnice și cochete. Și treaba aia cu sculatul de dimineață ca să vadă primul spectacol la Radio City Music Hall m-a deprimat. Dacă cineva, o fată cu o pălărie îngrozitoare pe cap, de exemplu, bate atîta drum pînă la New York – tocmai din Seattle, Washington, pentru numele lui Dumnezeu – și ajunge să se trezească cu noaptea-n cap ca să vadă primul spectacol la Radio City Music Hall, chestia asta mă deprimă așa de tare, că nu pot să suport. Le-aș fi făcut cinste la toate trei cu o sută de pahare, numai să nu-mi zică treaba asta.

Am plecat la scurt timp după ele. Oricum, Lavender Room urma să se închidă, iar trupa își terminase programul de mult. În primul rînd că era unul din locurile alea unde te simți foarte nasol dacă nu ai cu cine să dansezi sau dacă ospătarul nu te lasă să cumperi băutură adevărată, și nu doar Cola. Nu există club de noapte pe lume în care să poţi să stai mai mult timp, dacă nu poţi cel puţin să cumperi ceva cu alcool şi să te îmbeţi. Sau dacă nu eşti cu vreo fată care-ţi ia piuitul.

11

Ca din senin, în drum spre hol, mi-a zburat gîndul din nou la Jane Gallagher. Mi-a intrat în cap și n-am putut să mi-o mai scot de acolo. M-am așezat pe un fotoliu soios de pe hol și m-am gîndit la ea și la Stradlater stînd în blestemata de mașină a lui Ed Banky și, deși eram sigur sută-n sută că Stradlater nu-i făcuse nimic – doar o cunosc pe Jane ca-n palmă –, tot nu puteam să mi-o scot din cap. O știam ca-n palmă. Pe bune. Uite, în afară de dame, îi plăceau și toate sporturile, și după ce ne-am apropiat mai mult am jucat tenis aproape în fiecare dimineață și golf aproape-n fiecare după-masă, cît a fost vara de lungă. Am ajuns într-adevăr s-o cunosc foarte intim. Asta nu înseamnă c-a fost ceva fizic, sau pe-aproape, între noi – pentru că n-a fost –, ci doar că ne vedeam tot timpul. Nu-i întotdeauna nevoie să treci prin chestii sexi ca să cunoști bine o fată.

Cum am cunoscut-o... Dobermanul lor pitic venea și se ușura pe gazonul nostru și maică-mea a fost foarte iritată pe chestia asta. A sunat-o pe mama lui Jane și a făcut tărăboi. Maică-mea e exact genul care face tam-tam pe chestii de-astea. Ce s-a întîmplat mai încolo, peste două zile am văzut-o pe Jane stînd lungită pe burtă lîngă piscina de la club și i-am zis bună. Știam că stă în casa de alături, dar nu vorbisem niciodată cu ea pînă atunci sau ceva. M-a expediat cu răceală cînd i-am spus bună în ziua aia. M-am dat de ceasul morții s-o conving că mie, unul, mi se rupea unde se ușurează cîinele ei. Din partea mea, putea să facă și-n sufragerie. Nu mai contează. După aia s-a făcut de ne-am împrietenit. Am jucat golf cu ea chiar în după-amiaza zilei respective. A pierdut opt mingi, țin minte. Opt ! Ce m-am chinuit s-o fac măcar să deschidă ochii cînd rotește crosa ca să lovească mingea. Dar i-am îmbunătățit jocul imens în cele din urmă. Joc golf foarte bine. Dacă v-aș spune ce schimbări de traiectorie fac, probabil că nu m-ați crede. O dată era cît pe-aci să apar într-un scurtmetraj, dar m-am răzgîndit în ultima clipă. Mi-am zis că, la cît de mult urăsc eu filmele, chiar c-aș fi un nasol dac-aș accepta să mă bage într-un scurtmetraj.

Jane era o fată mai altfel. N-aș putea s-o descriu ca fiind frumoasă în sensul strict al cuvîntului, dar pe mine mă dădea pe spate. Era oarecum gureșă. Adică, atunci cînd vorbea și se ambala pe o chestie, gura i se mișca în cincizeci de părți, și buzele și tot. Asta mă termina. Și n-o închidea niciodată de tot, gura, vreau să zic. O ținea întotdeauna un pic, un pic deschisă, mai ales cînd se pregătea să lovească mingea la golf sau cînd citea o carte. Citea tot timpul, și citea cărți foarte bune. Citea multă poezie și de-astea.

Ea e singura, în afara familiei mele, căreia i-am arătat mănușa de baseball a lui Allie, cu toate poeziile scrise pe ea. Nu-l cunoscuse pe Allie, pentru că aia era prima ei vară în Maine – înainte mersese la Cape Cod –, dar i-am povestit mult despre el. O interesa genul ăsta de povești.

Maică-mii nu-i prea plăcea de ea. Mama trăia cu impresia că Jane și maică-sa o sfidau sau ceva cînd treceau pe lîngă ea fără să-i dea bună ziua. Mama le vedea des în sat, pentru că Jane și cu maică-sa mergeau la cumpărături cu Chevrolet-ul lor decapotabil. Mama n-o considera pe Jane nici măcar drăguță. Mie așa-mi părea. Pur și simplu îmi plăcea cum arată, asta-i tot.

Țin minte, într-o după-amiază... A fost singura oară cînd Jane și cu mine am ajuns vreodată aproape de un sărut. Era sîmbătă și afară ploua cu găleata și eram la ea acasă, pe verandă. Aveau veranda asta mare, închisă. Jucam dame. O mai necăjeam din cînd în cînd, pentru că nu voia să-și mute regii de pe ultimul rînd. Dar nu exageram. Nu-ți prea venea s-o necăjești. Cel mai mult îmi place să nu pierd nici o ocazie să fac mișto de o fată, dar se întîmplă o chestie ciudată. Pe fetele de care-mi place foarte mult nu prea-mi dă ghes inima să le tachinez. Uneori îmi spun că poate le-ar plăcea s-o fac – de fapt, știu sigur că da –, dar e greu să te pornești, dacă le știi de ceva vreme și nu le-ai tachinat niciodată. Dar nu contează. Vă povesteam de după-masa cînd Jane și cu mine mai aveam puțin și ne sărutam. Ploua cu spume și noi stăteam pe verandă, cînd, la un moment dat, a ieșit din casă drojdierul ăla cu care era măritată mama ei și a întrebat-o pe Jane dacă mai sînt ţigări. Nu-l cunoşteam prea bine, dar părea genul de individ care nu se omora să-ţi vorbească dacă nu voia ceva de la tine. Avea un caracter oribil. Oricum, Jane a refuzat să-i răspundă cînd a întrebat-o dacă ştie pe unde mai sînt nişte ţigări. Aşa că a întrebat-o din nou, dar ea tot n-a vrut să-i răspundă. Nici măcar nu şi-a ridicat privirea de la joc. Pînă la urmă, individul a intrat la loc în casă. Atunci am întrebat-o pe Jane ce naiba se petrece. Pe moment, nici măcar mie n-a vrut să-mi răspundă. S-a făcut că se concentrează pe următoarea mutare din joc şi aşa mai departe. Apoi, deodată, pe tablă a căzut, *pic*, o lacrimă. Pe un pătrat roşu – frate, parcă o văd şi acum. A şters-o cu degetul, ca şi cum nu s-ar fi întîmplat nimic. Nu ştiu de ce, dar lucrul ăsta m-a tulburat ca naiba. Aşa că ce-am făcut... m-am dus la ea şi-am împins-o uşor către balansoar, în aşa fel încît să pot să mă aşez lîngă ea – ca s-o zic pe-aia dreaptă, am stat practic pe genunchii ei. Atunci a-nceput cu adevărat să plîngă şi următorul lucru pe care mi-l amintesc e că o sărutam peste tot – oriunde-mi venea – pe ochi, pe nas, pe frunte, pe sprîncene, peste tot, pe urechi – pe toată faţa, în afară de gură. Oarecum evita să mă lase să ajung la buze. Oricum, atunci am ajuns cel mai aproape de un sărut. După o vreme, s-a ridicat, a intrat în casă şi şi-a pus un pulover roşu cu alb, care-mi plăcea mie, şi am plecat împreună la nu ştiu ce film. Pe drum, am întrebat-o dacă domnul Cudahy – aşa îl chema pe drojdier – încercase vreodată să facă pe nebunul cu ea. Era destul de mică, dar avea un corp extraordinar şi nu m-aş fi mirat ca nemernicul ăla de Cudahy să încerce ceva. Totuşi, ea a zis că nu. N-am aflat niciodată care era problema. Cu unele fete, nu afli practic niciodată care e problema.

Nu vreau să rămîneţi cu impresia că era stană de piatră, doar pentru că nu ne-am sărutat niciodată sau nu ne-am făcut de cap prea mult. Nici vorbă. Uite, de exemplu, ne ţineam tot timpul de mînă. Nu sună a mare lucru, îmi dau seama, dar era minunat s-o ţii de mînă. Cu majoritatea fetelor, dacă le iei de mînă, fie parcă ai o bucată de plastilină în palmă, fie se simt datoare să-şi bîţîie mîna de colo-colo în permanenţă, ca şi cum s-ar teme să nu te plictisească sau ceva. Cu Jane era altfel. Intram la cîte un film sau ceva şi din clipa următoare ne luam de mînă. Nu ne despărţeam pînă nu se termina filmul. Şi asta fără să ne schimbăm poziţia sau să facem mare tevatură din chestia asta. Cu Jane nici măcar nu-ţi făceai griji vreodată dacă ţi-a transpirat palma sau nu. Nu ştiai decît atît, că eşti fericit. Şi chiar erai.

Şi-un alt lucru care tocmai mi-a venit în minte. O dată, în timpul unui film, Jane a făcut ceva care aproape m-a dat pe spate. Rula jurnalul, parcă, şi deodată, simt o mînă pe ceafă. Era Jane. Mi s-a părut un gest neobişnuit. Vreau să spun, era destul de mică, înţelegeţi, şi fetele în general, dacă le vezi punînd mîna pe ceafa cuiva, au la douăzeci şi cinci, treizeci de ani şi o fac de obicei cu soţul sau copilul lor – eu, de exemplu, fac aşa cu sora mea Phoebe din cînd în cînd. Dar cînd o face o fată de vîrsta ei, e aşa de frumos, că simţi că mori.

La asta mă gîndeam în timp ce stăteam pe fotoliul ăla soios din hol. La Jane. De fiecare dată cînd ajungeam la partea cu ea şi Stradlater în amărîta de mașină a lui Ed Banky, mai că mă lovea strechea. Știam că nu i-a dat voie să meargă mai departe, dar tot mă apuca nebunia. Nici măcar nu suport să vorbesc despre asta, dacă vreți să aflați adevărul.

Nu rămăsese mai nimeni în hol. Pînă și blondele cu fețe de parașute se evaporaseră și așa, ca din senin, mi-a venit să mă car naibii din locul ăla. Era prea deprimant. Și nici nu eram obosit sau ceva. Așa că am urcat în cameră și mi-am pus haina. Am aruncat și o privire pe geam, să văd dacă perverșii mai erau la muncă, dar se stinseseră luminile. Am coborît cu liftul, m-am suit într-un taxi și i-am spus șoferului să mă ducă la Ernie's. Ernie's e un club de noapte din Greenwich Village la care mergea destul de des fratele meu D.B., înainte să plece la Hollywood să se prostitueze. Din cînd în cînd, mă lua și pe mine cu el. Ernie e un tip de culoare, mare și gras, care cîntă la pian. E un snob de nu se poate și nu catadicsește să stea de vorbă cu tine dacă nu ești vreun grangur sau o celebritate sau ceva, dar cîntă la pian nemaipomenit. E așa de bun, că-i aproape ciudat, de fapt. Nu știu exact ce vreau să spun cu asta, dar știu că așa e. Îmi place tare mult să-l ascult cîntînd, dar uneori îți vine pur și simplu să-i întorci pianul cu picioarele în sus. Asta – cred – pentru că uneori, cînd cîntă, chiar sună ca fiind genul de tip care nu catadicsește să stea de vorbă cu tine dacă nu ești vreun grangur.

12

Taxiul pe care l-am luat era o vechitură care mirosea de parcă tocmai dăduse la boboci careva în el. Mereu nimeresc soioşenii de-astea dacă plec undeva noaptea tîrziu. Ca lucrurile să fie şi mai rele, afară era aşa de linişte şi de pustiu, deşi era sîmbătă seara. N-am văzut aproape nici un om pe stradă. Doar din cînd în cînd cîte un bărbat şi o fată traversînd o stradă, ţinîndu-se de mijloc, sau vreun grup de băieţi cu feţe de gangsteri, cu gagicile după ei, care rîdeau în cor ca descreieraţii de ceva ce puteai să pui pariu că nu era de rîs. New York-ul e groaznic cînd rîde cineva pe stradă noaptea tîrziu. Se aude de la kilometri distanţă. Te face să te simţi singur şi trist. Şi aş fi vrut în continuare să pot să mă duc acasă şi să stau puţin la taclale cu Phoebe. Dar, în cele din urmă, după ce-am mers o vreme, s-a încropit o oarecare conversaţie cu taximetristul. Îl chema Horwitz. Era un tip mult mai mişto decît cel de dinainte. Oricum, m-am gîndit că poate ştie el ce-i cu raţele.

— Auzi, Horwitz, am zis, ai drum vreodată pe lîngă iazul din Central Park? Un pic mai jos de intrarea de sud?

— Pe lîngă ce?

— Iazul ăla mic din parc. Unde sînt rațe. Știi, nu?

— Da. Ce-i cu el?

— Păi, știi rațele alea care înoată de colo-colo? Primăvara și așa mai departe? Se întîmplă să știi unde se duc pe timp de iarnă?

— Cine să se ducă?

— Rațele. Se întîmplă cumva să știi? Adică vine cineva și le ia într-un camion sau zboară ele singure de acolo – se duc spre sud sau aiurea?

La care Horwitz al meu se întoarce cu totul ca să se uite la mine. Era genul de tip ușor isteric. Dar nu era băiat rău.

— De unde dracu' să știu eu? De unde dracu' să știu o tîmpenie ca asta?

— Haide, acum nu te inflama, i-am zis.

Se ambalase sau ceva...

— Cine s-a inflamat? Eu, în nici un caz.

Am renunțat să mai port o discuție cu el, din moment ce se ataca așa de tare. Dar acum a luat-o el de la capăt. S-a întors din nou spre mine și a zis:

— Peștii, sigur, nu pleacă nicăieri. Stau fix acolo unde sînt – peștii. Adică-n lac.

— Cu peștii e altceva. Altfel stau lucrurile cu ei. Eu vorbesc despre rațe.

— Și de ce ar fi altceva, mă rog? E același lucru, a zis Horwitz.

În tot ce zicea, suna supărat pe ceva.

— Pentru numele lui Dumnezeu, e mai greu pentru pești, pe timp de iarnă, decît pentru rațe. Doamne, folosește-ți și tu creierul!

N-am mai scos nici un cuvînt, aproape un minut. După care am spus:

— Bine. Atunci, ce fac peștii cînd iazul devine un sloi compact de gheață, de patinează lumea pe el?

Horwitz s-a întors din nou.

— Cum adică ce fac? a țipat la mine. Stau exact acolo unde sînt, pentru Dumnezeu!

— Nu pot să ignore gheața așa, pur și simplu. Nici n-au cum s-o ignore.

— Cine-o ignoră? N-o ignoră nimeni!

Se agita așa de mult, că mi-era frică să nu intre cu taxiul în vreun stîlp de telegraf sau cine știe ce.

— Trăiesc mai departe în gheață. E scris în genele lor, Doamne! Îngheață într-o poziție și rămîn așa toată iarna.

— Mda? Și-atunci ce mănîncă? Dacă îngheață bocnă, nu pot să înoate de colo-colo după hrană, nu?

— Organismul lor... Doamne, care-i problema cu tine? Organismul lor își ia hrana și ce-i mai trebuie din algele și rahaturile care-or mai fi în gheață. Au porii deschiși tot timpul. Asta le stă scris în gene, pentru numele lui Dumnezeu! Pricepi ce vreau să zic?

Și iar s-a întors cu totul ca să se uite la mine.

— A-ha, am făcut eu.

Am lăsat-o moartă. Mă temeam c-o să facă taxiul acordeon pe undeva. În plus, era așa de sensibilos, că nu-ți făcea nici o plăcere să discuți cu el.

— N-ai vrea să tragem pe dreapta și să bem ceva? l-am întrebat.

Nu mi-a răspuns imediat. Presupun că încă se gîndea. Am repetat întrebarea. Ca om, era de treabă și chiar distractiv.

— N-am timp de mers la șprițuri, amice. Și, că veni vorba, cîți ani ai? Cum de nu ești acasă, în pat?

— Nu sînt obosit.

Cînd am coborît în fața la Ernie's și am plătit cursa, Horwitz a adus iar vorba de pești. I se înfipsese lui în minte chestia asta.

— Ia ascultă, zice. Dac-ai fi pește, mama natură ar avea ea grijă și de tine, nu-i așa? Corect? Doar nu crezi că peștii ăștia mor și gata cînd se apropie iarna, nu?

— Nu, dar...

— Aici ai dreptate! Nu mor, a zis Horwitz și dus a fost de lîngă mine, cît ai clipi.

Cred că era cel mai sensibilos tip pe care l-am cunoscut în viața mea. Îi sărea țandăra din orice ziceai.

Deși era așa de tîrziu, la Ernie's stătea lumea ca sardelele. Cei mai mulți clienți erau ori cretini de liceu, ori cretini de colegiu. Aproape toate școlile de pe lumea asta termină mai repede pentru vacanța de Crăciun, toate, mai puțin școlile unde merg eu. De atîta aglomerație, de-abia aveai loc să-ți lași haina la garderobă. Totuși, înăuntru era destul de liniște, pentru că la pian cînta Ernie. Parcă era ceva sacru, Doamne, cînd se așeza el în fața pianului. Nimeni nu-i mai bun ca el. În afară de mine, mai așteptau mese vreo trei perechi, care se înghionteau și se ridicau pe vîrfuri ca să îl zărească, măcar, pe Ernie în timp ce cînta. Avea cîtamai oglinda în fața pianului și un cîtamai reflectorul pus pe el, astfel încît să-i vadă toată lumea chipul în timp ce cîntă. Degetele nu i se vedeau, doar fața lui mare și îmbătrînită. Mare scofală. Nu-s prea sigur cum se numea melodia pe care o cînta cînd am intrat, dar indiferent de titlu, o fușerea rău de tot. Băga niște floricele prostești și de paradă în notele înalte și o groază de alte artificii din alea care mă emoționează de-mi dau lacrimile. Dar ar fi trebuit să auziți publicul cînd a terminat. Îți venea să vomiți. A înnebunit toată lumea. Erau fix aceiași prostănaci care rîd de se strică la film la chestii care nu-s amuzante. Jur pe ce-am mai sfînt, dac-aș fi pianist sau actor sau ceva de genul și toți prostănacii ăștia m-ar crede grozav, cred c-aș muri. Nici măcar nu mi-aș dori să mă aplaude. Oamenii aplaudă întotdeauna la ce nu trebuie. Dacă aș fi pianist, aș cînta numai pentru mine. Oricum, după ce a terminat și toată lumea aplauda într-un delir, Ernie s-a rotit pe taburet și ne-a făcut o reverență, vezi Doamne, plină de modestie. Ca și cum nu era doar un pianist grozav, ci și un tip modest din cale-afară. Expirată faza, mai ales la el, marele snob. Dar, într-un mod ciudat, mi-a părut oarecum rău pentru el cînd a terminat. Nici măcar nu cred că-și mai dă seama cînd cîntă bine și cînd nu. Nu-i vina lui în întregime. De vină sînt și zevzecii care aplaudă pînă-i ustură palmele. Ăștia zăpăcesc pe oricine, dacă le dai voie. Oricum, regretul m-a făcut să mă simt iar așa de deprimat și de mizerabil, că mai că mi-a venit să-mi iau haina și să mă întorc la hotel, dar era prea devreme și nici n-aveam chef să stau singur cuc.

Mi-au dat, în cele din urmă, o masă foarte proastă, și lipită de perete, și în spatele unui stîlp, de la care nu vedeai nimic. Era una din mesele alea mici de tot la care, dacă cei de la masa de alături nu se ridică în picioare ca să te lase să treci – și n-o fac niciodată, ticăloșii –, nu poți să ajungi decît cățărîndu-te pe scaun. Am comandat whisky cu sifon, care e băutura mea preferată, în afară de Daiquiri cu gheață. Puteai să ai și șase anișori, că tot primeai alcool la Ernie's. Localul era foarte întunecos și, în plus, puțin le păsa de vîrsta ta. Puteai să fii chiar și vreun drogat, că tot nu le păsa.

Eram înconjurat de fițoși penibili. Nu glumesc. La altă masă minusculă, chiar în stînga, mai precis în capul meu, stăteau un ciudat și o ciudată. Păreau cam de-o seamă cu mine sau, poate, un pic mai mari. Puteai să mori de rîs. Se vedea cu ochiul liber că trăgeau de consumația minimă, să nu cumva s-o termine prea repede. În lipsă de altceva, am ascultat discuția dintre ei. El îi povestea ei despre un meci de fotbal profesionist pe care-l văzuse în după-amiaza aia. Cred că i-a ținut cîte o prelegere pentru fiecare pasă în parte. Nici c-am pomenit vreun tip mai plicticos, de cînd mă știu. Și era limpede că pe tipă o durea-n cot de meciul ăla amărît, dar arăta încă mai caraghios ca el, așa că-mi imaginez că îl asculta fiindcă n-avea încotro. Fetele urîte-urîte au o viață tare grea. Uneori îmi pare rău de ele. Uneori nici nu pot să le privesc, mai ales dacă sînt cu vreun băiat cu o minte cît bobul de mazăre, care le povestește de-a fir-a-păr un meci de fotbal. Dar în partea dreaptă conversația era și mai cretină. În dreapta mea stătea un tip cu o față pe care scria Yale, îmbrăcat într-un costum gri de flanel și cu o vestă cadrilată ca de poponar. Toți nemernicii ăștia din Ivy League arată la fel. Tata vrea să merg la Yale sau, poate, la Princeton, dar jur că nu m-aș duce la unul din colegiile alea din Ivy League nici mort. Oricum, individul de la Yale era cu o fată care arăta trăsnet. Frumoasă de pica, frate ! Dar trebuia să-i auziți ce vorbeau. În primul rînd, erau amîndoi ușor abțiguiți. Și ce făcea tipul ? O pipăia pe sub masă și-n tot acest timp îi povestea de unul de la el din cămin care înghițise o sticluță întreagă de aspirine și aproape că se sinucisese. Prietena lui zicea întruna :

— Îngrozitor... Dragule, nu. Încetează, te rog. Nu aici.

Imaginați-vă cum e să pipăi o gagică și-n același timp să-i povestești despre un tip care a încercat să se sinucidă ! Cuplul ăla m-a dat pe spate.

Cum stăteam așa, singur popîndău, evident c-am început să mă simt ca un bou cu diplomă. N-aveam altceva ce face decît să fumez și să beau. Ce-am făcut în plus a fost să-i spun chelnerului să-l întrebe pe Ernie dacă n-ar vrea să bea ceva cu mine. I-am zis să-i spună că sînt fratele lui D.B. Dar nu cred să-i fi transmis vreodată mesajul. Ticăloșii ăștia nu-ți transmit niciodată mesajul nimănui.

Ca din senin, a venit o fată la mine și a spus :

— Holden Caulfield !

O chema Lillian Simmons. Frate-meu D.B. ieșise cu ea o vreme. Avea niște balcoane uriașe.

— Bună, i-am zis.

Am încercat să mă ridic în picioare, fireşte, dar era o întreagă aventură, într-un loc ca ăla. O însoţea un ofiţer de marină care arăta de parcă avea un băţ în cur.

— Mă bucur extraordinar să te văd! a-nceput Lillian Simmons.

Afectată cît încape.

— Ce mai face fratele tău mai mare?

Asta-i tot ce-o interesa de fapt.

— E bine. E la Hollywood.

— La Hollywood! Extraordinar! Şi ce face acolo?

— Nu ştiu. Scrie.

N-aveam chef să discut subiectul. Era evident că plecarea lui la Hollywood i se părea o mare realizare, ca aproape tuturor, de altfel. Mai ales celor care n-au citit niciodată vreo nuvelă scrisă de el. Chestia asta mă înnebuneşte.

— Ce provocare, a zis Lillian.

După aia mi-a făcut cunoştinţă cu marinarul ei. Îl chema comandor Blop sau pe aproape. Era genul căruia i se pare că se poartă ca un fătălău dacă nu-ţi rupe vreo patruzeci de degete cînd îţi strînge mîna. Doamne, cît urăsc obiceiul ăsta.

— Eşti singur, puiule? m-a întrebat Lillian.

Bloca toată circulaţia pe culoarul dintre mese, fir-ar să fie. Se vedea că-i place să blocheze cît mai mult traficul. O aştepta un chelner să se dea la o parte din drum, dar ea nici măcar nu l-a observat. Era distractiv. Se vedea cu ochiul liber că îl enerva pe ospătar, îl enerva pe ofiţerul de marină, deşi ieşise cu ea, şi nici mie nu-mi era prea simpatică. Nu era pe placul nimănui. Într-un fel, îţi venea s-o compătimeşti.

— N-ai venit cu nimeni, puiule? m-a întrebat.

De-acum stăteam în picioare, dar nu mi-a spus nici o clipă să mă așez. Era exact genul care te ține în picioare ore în șir.

— Nu-i așa că-i drăguț? i-a zis tipului de la marină. Holden, te faci mai drăguț pe zi ce trece.

Marinarul i-a spus hai, să mergem, că blocăm tot locul de trecere.

— Holden, hai să stai cu noi, a zis Lillian. Adu-ți și paharul.

— Tocmai plecam. Trebuie să mă întîlnesc cu cineva.

Nu încerca decît să se pună bine cu mine, astfel încît să-i povestesc lui D.B. cu cine m-am întîlnit.

— Păi, ștrengar mic, ție-ți convine. Spune-i fratelui tău că-l urăsc, cînd îl vezi.

După care a plecat. Marinarul și cu mine ne-am explicat unul altuia ce bucuroși eram că ne-am întîlnit, chestie care mă dă pe spate de fiecare dată. Spun în mod invariabil „Mă bucur că te-am cunoscut“ unor persoane pe care nu mă bucur defel că le-am cunoscut. Dar dacă vrei să rămîi în viață, trebuie să spui treaba asta.

După ce-i zisesem că aveam întîlnire cu cineva, nu mai aveam de ales și trebuia să plec. Nu mai puteam să rămîn nici cît să-l ascult pe Ernie cîntînd ceva cît de cît decent. Sigur era că n-aveam de gînd nici să stau la masă cu Lillian Simmons și marinarul ei și să mă plictisesc de moarte. Așa c-am plecat. În timp ce așteptam să-mi iau haina, am început să mă înfurii. Întotdeauna se găsește careva să-ți strice ploile.

13

Am mers pe jos tot drumul pînă la hotel. Patruzeci și una de străzi minunate. N-am făcut-o pentru că aveam chef de plimbare sau ceva, ci mai mult pentru că n-aveam chef să mă sui și să cobor din alt taxi. Uneori te saturi de taxiuri, așa cum te saturi să iei liftul. Brusc, simți nevoia să mergi pe jos, indiferent cît de departe sau de sus. Cînd eram mic, urcam foarte des pe scări pînă la apartamentul nostru. Douăsprezece etaje.

De-abia se mai vedea că ninsese. Nu mai era deloc zăpadă pe trotuare. Dar era ger bine, așa că mi-am scos șapca roșie și mi-am pus-o – puțin îmi păsa cum arăt. Mi-am lăsat pînă și urechile. Tare aș fi vrut să aflu cine mi-a șmanglit mănușile la Pencey, pentru că-mi înghețaseră mîinile bocnă. Nu c-aș fi făcut cine știe ce dacă aflam. Sînt foarte laș. Încerc să n-o arăt, dar sînt. De exemplu, dac-aș fi descoperit cine îmi furase mănușile la Pencey, probabil că m-aș fi dus în camera hoțului și aș fi zis:

— Bine. Ce-ar fi acum să-mi dai mănușile?

Atunci hoţul care le furase probabil c-ar fi spus, cu o voce teribil de nevinovată:

— Care mănuşi?

Apoi ce-aş fi făcut, probabil, m-aş fi dus la dulapul lui şi aş fi găsit mănuşile pe undeva, ascunse prin galoşii tipului, de exemplu. Le-aş fi scos de acolo, i le-aş fi arătat şi aş fi zis:

— Presupun că astea sînt mănuşile tale, nu?

Apoi hoţul mi-ar fi aruncat, probabil, o privire de-aia prefăcută şi nevinovată şi ar fi zis:

— N-am văzut mănuşile astea în viaţa mea. Dacă sînt ale tale, ia-le. N-am nevoie de ele.

Apoi, probabil c-aş fi rămas proţap, în picioare, vreo cinci minute. Aş fi pus laba pe amărîtele de mănuşi, dar aş fi simţit că se cuvenea să-i trag una în meclă tipului, să-i rup falca sau ceva. Doar că n-aş fi avut sînge-n vine s-o fac. Aş fi stat pur şi simplu proţap, încercînd să fac pe duru'. Poate chiar i-aş fi zis vreo două, tăios şi cu tupeu, ca să-l oftic, dar asta în loc de pumnul în falcă. Oricum, dacă totuşi aş fi scos ceva tăios şi cu tupeu din mine, probabil că hoţul s-ar fi ridicat, ar fi venit spre mine şi ar fi spus:

— Ia ascultă, Caulfield! Mă faci tu pe mine escroc?

Atunci, şi aici e aici, în loc să răspund: „Ba bine că nu, ticălos hoţ şi împuţit!“, atunci probabil aş fi zis doar:

— Tot ce ştiu e că mănuşile mele erau în galoşii tăi!

Din clipa următoare, tipul şi-ar fi dat seama că n-aveam să-i ard un baros şi probabil c-ar fi zis:

— Ascultă. Să punem lucrurile la punct. Mă faci tu hoţ pe mine?

Atunci probabil că aş fi răspuns:

— Nimeni nu face hoţ pe nimeni. Tot ce ştiu e că mănuşile mele erau în galoşii ăia ai tăi.

Şi putea să continue aşa ore-n şir. În cele din urmă, aş fi plecat din camera lui fără măcar să-i trag un pumn. Probabil că m-aş fi dus la spălător şi aş fi tras pe şest o ţigară, făcînd pe duru' în oglindă. Oricum, la asta m-am gîndit tot drumul pînă la hotel. Nu-i amuzant să fii laş. Poate că nu sînt laş pe de-a-ntregul. Nu ştiu. Poate sînt doar pe jumate laş şi pe jumate genul care nu se dă de ceasul morţii dacă şi-a pierdut mănuşile. Una dintre problemele mele e că nu-mi pasă prea tare dacă pierd ceva. Chestia asta o înnebunea pe mama cînd eram mic. Unii oameni petrec zile întregi căutînd un lucru pe care l-au pierdut. În ce mă priveşte, se pare că n-am nimic anume de care să-mi pese din cale-afară, dacă l-aş pierde. Poate că de-asta sînt pe jumate laş. Dar tot n-am nici o scuză. Chiar n-am. Nu trebuie să fii laş nici un pic. Dacă e cazul să dai un pumn în gură şi simţi că ai chef s-o faci, trebuie s-o faci şi gata. Doar că eu nu sînt bun la asta. Mai curînd îl împing pe unul pe geam sau îi tai capul cu toporul, decît să-i trag un baros la falcă. Urăsc bătăile cu pumnii. Nu mă deranjează prea tare să încasez – deşi, evident, nu mă dau nici în vînt după treaba asta –, dar ce mă sperie cel mai tare în bătăile cu pumnii e figura tipului. Nu suport să mă uit la faţa celuilalt, asta-i problema la mine. N-ar fi rău dacă am putea să ne luptăm amîndoi legaţi la ochi sau ceva. Am un fel ciudat de laşitate, dacă stai să te gîndeşti, dar tot laşitate se numeşte, asta-i sigur. Nu mă îmbăt cu apă rece.

Cu cît mă gîndeam mai mult la mănușile mele și la lașitate, cu atît mai deprimat mă simțeam, așa că m-am hotărît, în timp ce mergeam, să fac o escală undeva ca să-mi iau ceva de băut. Nu băusem decît trei pahare la Ernie's, din care pe ultimul nici măcar nu l-am terminat. Ce-i al meu e pus deoparte : țin la băutură la greu. Pot să beau toată noaptea și să nu se cunoască deloc, dacă am chef. O dată, cînd eram la școala Whooton, am cumpărat cu alt băiat, Raymond Goldfarb, o sticlă de scotch și-am băut-o pe toată în capelă într-o noapte de sîmbătă, ca să nu ne vadă nimeni. El s-a machit rău, dar la mine nu se cunoștea nimic. M-am purtat pur și simplu foarte nonșalant și relaxat. Am vomat înainte de a mă băga în pat, dar n-aș putea spune că-mi venea. M-am forțat.

Oricum, pînă să ajung la hotel, am dat să intru într-o scursură de bar, dar taman ieșeau de acolo doi tipi, beți cui, care voiau să afle unde e o stație de metrou. Unu' din ei avea o față de-alea tipic cubaneze și-n timp ce i-am dat indicații mi-a suflat, duhnind a băutură, drept în nas. Pînă la urmă nici n-am mai pus piciorul în bomba aia. M-am dus direct la hotel.

Tot holul era gol. Mirosea a cincizeci de milioane de mucuri de țigară stătute. Pe bune. Nu mi-era somn sau ceva, dar mă simțeam nasol. Deprimat și tot tacîmul. Aproape c-aș fi vrut să fiu mort.

Apoi, ca din senin, am intrat într-o încurcătură cît casa. Prima treabă care mi s-a întîmplat cînd m-am suit în lift, m-a întrebat liftierul :

— Te-ar enteresa nițică distracție, tipu' ? Sau e prea tîrziu pentru tine ?

— Ce vrei să spui?

N-am priceput unde bătea.

— Te-ar enteresa o bucățică în seara asta?

— Pe mine?

Un răspuns de-a dreptul cretin, dar e jenant cînd te întreabă cineva așa o chestie pe nepusă masă.

— Cîți ani ai, șefu'?

— De ce întrebi? Douășdoi.

— Da-da. Ei, ce zici? Te bagi sau nu? Cinci parai număru'. Cinșpe toată noaptea.

S-a uitat la ceas.

— Pînă-n prînz. Cinci parai numărul, cinșpe pînă-n prînz.

— OK.

Era împotriva principiilor mele, dar eram așa de deprimat, că nici nu m-am mai gîndit. Ăsta-i tot necazul. Cînd te simți foarte deprimat, nici să gîndești nu mai ești în stare.

— OK ce? Un număr sau pîn' la prînz? Tre' să știu.

— Un număr și-atît.

— Bine. La ce cameră stai?

M-am uitat la chestia aia roșie prinsă de cheie, pe care era scris numărul.

— 1222.

Îmi părea deja rău c-am lăsat treaba s-o ia la vale, dar era prea tîrziu s-o opresc acum.

— Bine. Trimit o fată sus într-un sfert de oră.

A deschis ușile și am ieșit.

— Auzi, arată bine? Nu vreau orice ofilitură bătrînă.

— Nici o ofilitură. Nu-ți face tu griji de asta, șefu'.

— Cui dau banii?

— Ei. Să-i dăm drumu', șefu'.

Și a închis ușile, drept în nasul meu.

M-am dus în cameră și m-am dat cu niște apă pe păr, dar e imposibil să piepteni o freză periuță. După care am încercat să văd dacă-mi mirosea gura, după atîtea țigări și pahare de scotch cu sifon cîte băusem la Ernie's. Tot ce trebuie să faci e să-ți ții palma sub gură și să sufli în sus, spre nări. Nu mi s-a părut că puțea prea tare, dar m-am spălat pe dinți, pentru orice eventualitate. După aia, mi-am pus din nou o cămașă curată. Îmi dădeam seama că n-avea nici un rost să mă gătesc atîta pentru o prostituată, dar îmi făceam de lucru. Aveam oarece emoții. Începusem să mă simt destul de încins, dar tot mă treceau emoțiile. Dacă vreți să știți adevărul, sînt virgin. Serios. Am avut suficiente ocazii să-mi iau adio de la virginitate, dar n-am ajuns niciodată s-o fac. Întotdeauna se întîmplă ceva. De exemplu, dacă ești acasă la o fată, părinții ei se întorc în cel mai nepotrivit moment – sau te temi c-or să se întoarcă. Sau dacă ești pe bancheta din spate a mașinii nu știu cui, întotdeauna stă cineva pe locul din față – vreau să spun, o fată – care ține morțiș să afle ce se petrece în toate ungherele mașinii ăleia. Mai exact, fata din față întoarce încontinuu capul ca să vadă cu ochii ei ce naiba se petrece. Oricum, ideea e că întotdeauna intervine cîte ceva. Dar de două ori a fost cît pe-aci s-o fac. Îmi amintesc acum că o dată a fost aproape pe bune. Ceva a mers prost și atunci, nici măcar nu mai știu ce. Chestia e că, de cele mai multe ori cînd mai ai la un colț s-o faci cu o fată – mă refer la o fată care nu-i prostituată sau ceva – ea îţi zice non-stop să te opreşti. Buba cu mine e că mă şi opresc. Majoritatea tipilor, nu. N-am ce-i face. Nu ştii niciodată dacă vor cu adevărat să te opreşti, dacă sînt doar speriate ca naiba sau dacă îţi spun să te opreşti pentru ca, în cazul în care termini ce-ai început, vina să cadă pe tine, nu pe ele. Oricum, eu mă opresc de fiecare dată. Chestia e că începe să-mi pară, într-un fel, rău pentru ele. Adică, majoritatea fetelor sînt aşa de fără minte, mă-nţelegeţi. După ce le giugiuleşti un pic, te uiţi la ele cum îşi pierd pur şi simplu minţile. Cînd o apucă amocu', o fată n-are creier şi punct. Nu ştiu. Îmi spun să mă opresc, aşa că mă opresc. Întotdeauna îmi pare rău după ce le duc acasă, dar asta e.

În timp ce-mi puneam altă cămaşă curată, mă gîndeam că, într-un fel, se apropia şansa mea cea mare. Mă gîndeam că, dacă tot era prostituată, puteam să capăt niscaiva experienţă cu ea, în caz că mă însor vreodată sau ceva. Îmi fac griji pentru treaba asta uneori. Am citit odată o carte, cînd eram la şcoala Whooton, în care apărea un tip foarte sofisticat, rafinat şi sexos. Îl chema Monsieur Blanchard, ţin minte şi acum. Cartea nu făcea două parale, dar Blanchard ăsta era tare de tot. Avea un *château* imens pe Riviera, în Europa, şi faptul că trebuia să se ferească de femei ca de muşte îi ocupa tot timpul liber. Era un curvar, dar avea un efect devastator asupra lor. Zicea, într-un loc, că trupul unei femei este ca o vioară şi că trebuie să fii un muzician excelent ca să cînţi la ea aşa cum trebuie. Mirosea a naftalină cartea, îmi dau seama, dar n-am putut să-mi scot din minte chestia asta cu vioara. Într-un fel, de-asta și voiam să capăt ceva experiență, în caz că mă însor vreodată. Caulfield și vioara sa fermecată, frate! E kitsch, știu, dar nu peste măsură. Nu m-ar deranja să ajung să mă pricep la treaba asta. În jumătate din cazuri, dacă chiar vreți să știți adevărul, cînd îmi fac de cap cu vreo fată, trec prin chinurile iadului doar ca să găsesc ce caut, pentru Dumnezeu, dacă înțelegeți ce vreau să spun. De exemplu, cu fata asta, cînd am ratat ocazia de a întreține raporturi sexuale, cea de care v-am povestit deja. Mi-a luat aproape o oră – șaizeci de minute! – doar să-i dau jos sutienul. Pînă am reușit să i-l dau jos, nu mai avea mult și mă scuipa în ochi.

Oricum, mă plimbam de colo-colo prin cameră, așteptînd să apară prostituata. Speram să arate bine, dar nu-mi păsa prea mult. Într-un fel, îmi doream să termin mai repede cu chestia asta. În cele din urmă, a bătut cineva la ușă. Cînd m-am dus să deschid, mi s-a pus valiza în drum și am căzut peste ea, lua-o-ar dracu'. Aproape că mi-am rupt genunchiul. Așa am eu talentul, să-mi aleg cel mai bun moment să mă împiedic de-o valiză sau ceva.

Am deschis și-n ușă a apărut prostituata. Purta o haină polo și n-avea pălărie. Era oarecum blondă, dar se vedea că se vopsește. Măcar nu era o ofilitură.

— Bună seara, am spus, suav de nu se poate, frate.

— Tu ești tipul de mi-a zis Maurice?

Nu părea din cale-afară de prietenoasă.

— Liftierul?

— Da.

— Da, eu sînt. Intră, te rog.

Deveneam din ce în ce mai nonşalant pe măsură ce mergea treaba. Pe bune.

A intrat şi imediat şi-a dat jos haina, pe care a aruncat-o pe pat. Pe dedesubt avea o rochie verde. S-a aşezat într-o rînă pe scaunul de la masa din cameră şi a-nceput să dea din picior. Stătea picior peste picior şi pe cel de deasupra îl bîţîia în sus şi-n jos. Era foarte agitată pentru o prostituată. Chiar aşa. Cred că unde era aşa de tînără. Cam de-o seamă cu mine. M-am aşezat pe scaunul mare, lîngă ea, şi i-am oferit o ţigară.

— Nu fumez, mi-a spus.

Avea o voce leşinată şi piţigăiată. De-abia se auzea ce zice. Şi nici nu zicea niciodată mulţumesc, cînd îi ofereai ceva. Mai mult nu putea.

— Dă-mi voie să mă prezint. Numele meu e Jim Steele.

— Ai un ceas?

Fireşte, puţin îi păsa cum mă cheamă.

— Chiar aşa, cîţi ani ai?

— Eu? Douăşdoi.

— Gogoşi.

Mi s-a părut că sună ciudat din gura ei expresia asta ca de copil. Ai crede că o prostituată ţi-ar răspunde ceva de genul „Ai pe dracu'" sau „Lasă gargara", nu „Gogoşi".

— Dar tu cîţi ani ai?

— Suficienţi cît să ştiu mai bine.

Spirituală fata.

— Ai ceas pe tine? m-a întrebat din nou, după care s-a ridicat şi şi-a scos rochia peste cap.

M-am simţit de-a dreptul ciudat cînd a făcut-o. Vreau să zic, a făcut-o aşa de brusc, înţelegeţi.

Știu c-ar trebui să te ia cu fierbințeală cînd se ridică cineva și-și scoate rochia peste cap, dar n-a fost și cazul meu. Căldurile erau ultimul lucru pe care-l simțeam la ora aia. Eram mai mult deprimat decît pus pe acțiune.

— Alo, ai ceas sau nu?

— Nu. Nu, n-am.

Frate, da' ciudat mă simțeam.

— Cum te cheamă? am întrebat-o.

Mai avea doar un furou roz pe ea. Era jenant de-a binelea. Pe bune.

— Sunny. Hai să-i dăm drumu'.

— N-ai vrea să stăm un pic de vorbă?

Știu că suna copilăresc, dar mă simțeam așa de ciudat, fir-ar să fie.

— Ești foarte, foarte grăbită?

S-a uitat la mine ca la un nebun.

— Și ce pisici să vorbim?

— Nu știu. Nu de ceva anume. Mă gîndeam doar că poate nu te-ar deranja să stăm un pic de vorbă.

S-a așezat la loc pe scaunul de lîngă masă. Dar se vedea clar că nu-i convine. A-nceput din nou să dea din picior. Frate, da' nervoasă fată!

— Acum pot să-ți ofer o țigară?

Uitasem că nu fuma.

— Nu fumez. Ascultă, dacă vrei vorbărie, dă-i drumu'. Eu am treburi de făcut.

Problema e că nu-mi venea nici un subiect în cap. Mă gîndeam s-o întreb cum s-a făcut de-a ajuns prostituată, dar mă temeam. Și-așa, probabil că nu mi-ar fi răspuns.

— Nu ești din New York, nu? am zis în cele din urmă.

Asta-i tot ce-am putut să scot din mine.

— Hollywood, mi-a răspuns.

Apoi s-a ridicat şi s-a dus înspre pat, unde-şi pusese rochia.

— Ai un umeraş? Nu vreau să mi se şifoneze rochia de tot. De-abia am luat-o de la curăţat.

— Desigur, am sărit imediat, bucuros să mă ridic şi să fac ceva.

I-am dus rochia în şifonier şi am agăţat-o pe umeraş. A fost straniu. M-am întristat oarecum, cînd am agăţat-o. Mi-am imaginat-o pe fată intrînd într-un magazin şi cumpărînd-o, fără ca cineva din magazin să ştie că e prostituată şi aşa mai departe. Vînzătorul a crezut, probabil, că e o fată obişnuită care-şi ia o rochie. Chestia asta m-a făcut să mă simt trist ca dracu' – nu ştiu exact de ce.

M-am aşezat la loc şi am încercat să întreţin conversaţia începută. Stătea prost la capitolul ăsta.

— Lucrezi în fiecare noapte? am întrebat-o.

După ce mi-a ieşit porumbelul, mi-am dat seama c-a sunat îngrozitor.

— Da.

Se plimba de colo-colo prin cameră. A luat meniul de pe masă şi l-a citit.

— Ce faci în timpul zilei?

A ridicat scurt din umeri. Era tare slăbuţă.

— Dorm. Mă duc la film.

A lăsat meniul din mînă şi s-a uitat la mine.

— Hei, hai să-i dăm drumu'. N-am toată noaptea...

— Uite. Nu mă simt deloc în apele mele în seara asta. Am avut o noapte grea. Jur pe

Dumnezeu. Te plătesc, bine-nţeles, dar te deranjează foarte tare dacă n-o facem? Te deranjează foarte tare?

Buba era că pur şi simplu nu voiam s-o fac. Mă simţeam mai curînd trist, decît excitat, dacă vreţi să ştiţi adevărul. Ea însăşi era deprimantă. Rochia verde atîrnată în şifonier şi toate cele. Pe deasupra, nu mă văd făcînd-o în viaţa mea cu cineva care stă moţ la cinema cît e ziua de lungă. Chiar nu cred c-aş putea.

S-a apropiat de mine, cu o expresie amuzată pe faţă, ca şi cum nu m-ar fi crezut.

— Care-i problema?

— Nu-i nici o problemă.

Frate, mă simţeam din ce în ce mai neliniştit, nu glumă.

— Chestia e că am suferit o operaţie de curînd.

— Da? Unde?

— La, cum se numeşte, la clavicord.

— Da? Şi unde naiba-i asta?

— Clavicordul? Păi, de fapt, e în canalul spinal. Adînc de tot în canalul spinal.

— Da? Ce nasol.

Apoi mi s-a aşezat în poală, fir-ar să fie.

— Eşti drăguţ.

Mă tulbura aşa de tare, că-mi trăgeam incontinuu capul într-o parte.

— Sînt încă în recuperare.

— Arăţi ca un tip din filme. Ştii care. Cum îi zice? Ştii cine vreau să spun. Cum pisici îl cheamă?

— Nu ştiu.

Şi nu se mai dădea odată jos din poala mea.

— Sigur îl ştii. A jucat în filmu' ăla cu Mel... Melvine Douglas, parcă? Ăla care era fratele mai mic a' lu' Melvine Douglas. Care cade din barcă? Știi cine vreau să spun.

— Nu, nu știu. Mă duc la film cît de rar pot.

Atunci a-nceput să se umfle tărîța-n ea. A fost grosolană.

— Te superi dacă o lăsăm moartă? Nu am chef, tocmai ți-am spus. Am făcut operație de curînd.

Nu mi s-a ridicat din brațe sau ceva. În schimb, mi-a aruncat o privire îngrozitor de vulgară.

— Ia ascultă aici! Dormeam – pricepi? – cînd m-a trezit nebunu' de Maurice. Dacă crezi că am...

— Doar ți-am zis că te plătesc pentru că ai venit. Vorbesc serios. Am mălai cît cuprinde. Doar că acum practic mă recuperez dintr-o boală gravă...

— Și-atunci de ce pisici i-ai mai zis lu' nebunu' de Maurice că vrei o fată? Dacă taman ai făcut operație la cum i-o fi zicînd? Hă?

— Credeam c-o să mă simt mult mai bine. M-am pripit puțin cu socotelile. Nu glumesc. Îmi pare rău. Dacă te ridici o clipă, acum îmi iau portofelul. Vorbesc serios.

Era ofticată rău, dar s-a ridicat de pe mine ca să pot să mă duc la șifonier să scot portofelul. Am scos o hîrtie de cinci și i-am dat-o.

— Mulțumesc mult. Mii de mulțumiri.

— Asta-i de cinci. Te costă zece.

Devenise amenințătoare, clar. Mă temeam eu c-așa o să se-ntîmple. Pe bune.

— Maurice mi-a zis cinci. A zis cinșpe pînă la prînz și doar cinci numărul.

— E zece numărul.

— El a zis cinci. Îmi pare rău. Chiar îmi pare rău, dar de mai mult nu mă jumulești.

A ridicat din umeri, ca mai înainte, după care a zis, pe un ton de gheață:

— Îmi aduci și mie țoalele? Sau e un deranj prea mare?

Băga spaima în om puștoaica. Chiar și cu vocea aia înceată și pițigăiată, era-n stare să te sperie ceva. De-ar fi fost o prostituată din alea bătrîne și grase, fardate la greu, n-ar fi fost nici pe jumătate așa înfricoșătoare.

M-am dus și i-am adus rochia. S-a îmbrăcat, după care și-a luat singură haina de pe pat.

— Pa și pusi, băi, țîști-bîști.

— La revedere.

Nu i-am spus mulțumesc sau ceva. Mă bucur că n-am făcut-o.

14

După ce-a plecat amica Sunny, am mai rămas o vreme pe scaun și am fumat două țigări. Afară se lumina de ziuă. Mă simțeam jalnic. Mă simțeam așa de deprimat, că nici nu puteți să vă imaginați. Și ce-am făcut? M-am apucat să îi vorbesc, cu voce tare, lui Allie. Fac asta uneori, cînd sînt deprimat rău. Îi spun de fiecare dată să se ducă acasă să-și ia bicicleta și apoi să ne întîlnim în fața casei lui Bobby Fallon. Bobby Fallon stătea chiar lîngă noi în Maine – asta era acum niște ani. Oricum, s-a întîmplat așa, că, într-o zi, Bobby și cu mine am plănuit să mergem la lacul Sedebego cu bicicletele. Urma să ne luăm de mîncare la pachet pentru prînz și puștile cu aer comprimat și tot tacîmul. Eram copii și ne gîndeam că poate, cine știe, împușcăm ceva. Allie ne-a auzit vorbind și a vrut să vină cu noi, dar nu i-am dat eu voie. I-am zis că e prea mic. Astfel că acum, din cînd în cînd, atunci cînd sînt foarte deprimat, îi spun mereu același lucru: „Bine. Du-te acasă, ia-ți bicicleta și ne întîlnim în fața casei lui Bobby. Fuga".

Nu că nu l-aş fi luat în general cu mine cînd plecam undeva. Îl luam. Dar în ziua aia anume, n-am făcut-o. Nu s-a supărat – el nu se supăra niciodată din nimic –, dar tot mă gîndesc la asta, cînd fac o depresie mai serioasă.

Pînă la urmă, m-am dezbrăcat şi m-am băgat în pat. Mi-a venit chef să spun o rugăciune, dar n-am putut. Nu întotdeauna pot să mă rog atunci cînd îmi vine. În primul rînd, sînt, într-un fel, ateu. Îmi place de Isus şi aşa mai departe, dar multe din chestiile celelalte din Biblie nu prea-mi sînt pe plac. Uite, de exemplu, apostolii. Ca să vă spun adevărul, mă enervează ca naiba. S-au purtat OK după moartea lui Isus, dar în timp ce trăia El, i-au fost de ajutor fix ca o gaură-n cap. N-au făcut decît să-l dezamăgească întruna. Nu-s deloc preferaţii mei din Biblie. Dacă vreţi să ştiţi adevărul, preferatul meu din Biblie, în afară de Isus, e nebunul care trăia în morminte şi se tot tăia cu pietre. Mi-e de zece ori mai simpatic, nenorocitul, decît apostolii. Am avut cîteva discuţii aprinse pe tema asta, cînd învăţam la Whooton, cu un băiat care stătea pe acelaşi palier, Arthur Childs. Childs era quaker şi citea Biblia tot timpul. Era un puşti tare de treabă, îmi plăcea de el, dar n-a fost chip să cădem de acord despre o grămadă de chestii din Biblie, mai ales în privinţa apostolilor. O ţinea pe-a lui, zicîndu-mi că dacă nu-mi plac apostolii, atunci nu-mi place nici de Isus şi aşa mai departe. După părerea lui, trebuia să-ţi placă de apostoli, tocmai pentru că au fost aleşi de Isus. Eu îi răspundeam că ştiu că El i-a ales, dar la întîmplare. Că El n-a avut timp să umble teleleu şi să analizeze pe toată lumea. Nu îl învinuiam pe

Isus, sau ceva. N-a fost vina Lui că n-a avut timp deloc. Țin minte că l-am întrebat pe Childs dacă credea că Iuda, cel care l-a trădat pe Isus, a ajuns în Iad după ce s-a sinucis. Childs a zis că sigur că da. Exact în chestia asta nu cădeam noi de acord. I-am spus c-aș paria pe-o mie de dolari că Isus nu l-a trimis pe Iuda în Iad. Și acum aș pune banii la bătaie, dacă i-aș avea. Cred că oricare dintre apostoli l-ar fi trimis într-adevăr în Iad, și-ncă repejor, dar pun rămășag pe orice că Isus n-a făcut-o. Childs spunea că buba la mine e că nu mergeam la biserică sau ceva. Într-un fel, avea dreptate. Nu merg la biserică. În primul rînd, părinții mei au religii diferite și toți copiii din familie sînt atei. Ca să vă spun adevărul, nici nu pot să-i sufăr pe preoți. Toți de pe la școlile unde am învățat își luau vocea aia de Doamne miluiește cînd începeau să țină predica. Doamne, urăsc chestia asta. Nu pricep de ce naiba nu pot să vorbească cu vocea lor naturală. Sună așa de contrafăcut.

În fine, eram în pat și nu puteam să mă rog nici de frică. De fiecare dată cînd începeam, o vedeam în fața ochilor pe Sunny făcîndu-mă țîști-bîști. Pînă la urmă, m-am ridicat în capul oaselor și am tras înc-o țigară. Mi-a lăsat un gust rău. Cred că fumasem aproape două pachete de cînd plecasem de la Pencey.

Deodată, cum zăceam acolo, fumînd, a bătut cineva la ușă. Speram să nu fie ușa mea, dar știam al naibii de bine că sper degeaba. Nu știu cum de știam, dar știam sigur. Știam și cine era. Am puteri paranormale.

— Cine e? am întrebat.

Mă speriasem de-a binelea. Sînt tare laş la chestii de-astea. Drept răspuns, n-au făcut decît să ciocănească din nou. Mai tare.

În cele din urmă, m-am dat jos din pat, în pijama, şi am deschis uşa. Nici nu mai trebuia să aprind lumina în cameră, pentru că se luminase deja de ziuă. Sunny şi Maurice, liftierul-peşte, stăteau moţ în uşă.

— Ce s-a întîmplat? Ce vreţi?

Frate, da-mi tremura vocea ca naiba.

— Nu cine ştie ce, a zis Maurice. Doar cinci verzişori.

Tipu' vorbea în numele amîndurora. Sunny doar stătea lîngă el, cu gura căscată.

— I-am plătit deja. I-am dat cinci dolari. Întreab-o.

Frate, ce-mi tremura vocea!

— Face zece, şefu'. Io ţi-am zis. Zece numărul, cinşpe pîn' la prînz. Cu gura mea ţi-am zis.

— Nu asta mi-ai spus. Ai spus cinci dolari numărul. Ai spus cinşpe dolari pînă la prînz, corect, dar te-am auzit foarte clar...

— Deschide uşa, şefu'.

— Pentru ce?

Doamne, da' îmi bătea inima, săraca, de să mă lipească de pereţi. Cel puţin dac-aş fi fost îmbrăcat... E oribil să ţi se întîmple una ca asta cînd eşti doar în pijama.

— Hai odată, şefu', a zis Maurice al meu, după care m-a îmbrîncit c-o labă de nu m-am văzut.

Aproape c-am căzut pe chiuvetă. Era cît casa jigodia. Următoarea chestie de care-mi amintesc e că el şi Sunny se aflau în cameră. Se purtau ca pe moşia lor. Sunny s-a aşezat pe pervazul ferestrei. Maurice s-a aşezat pe scaunul mare şi şi-a slăbit un pic gulerul. Purta uniformă de liftier tipu'. Frăţie, da' mă luase o agitaţie!

— Bine, şefu'. Dă-ni-i odată. Tre' să mă-ntorc la muncă.

— Ţi-am zis de zece ori pînă acum. Nu-ţi datorez nici un cent. I-am dat ei deja cinci...

— Lasă gargara. Dă-ni-i odată, cînd îţi spun.

— De ce să-i dau încă cinci dolari?

Începuse să mi se taie vocea bine de tot.

— De fapt, încerci să mă storci de bani.

Maurice şi-a descheiat toţi nasturii de la uniformă. N-avea pe dedesubt decît un guler de cămaşă fals, dar cămaşă sau ceva, ioc. Avea o burtă mare, umflată şi păroasă.

— Nimenea nu-ncearcă să stoarcă pe nimenea. Dă-ne banu', şefu'.

— Nu!

Cînd am zis chestia asta, s-a ridicat de pe scaun şi a-nceput să facă paşi spre mine. Îşi trăsese o faţă foarte, foarte obosită sau foarte, foarte plictisită. Doamne, mă speria tipul. Parcă mi-am încrucişat braţele la piept, ţin minte. Nu cred c-ar fi fost aşa de nasol, dacă n-aş fi avut doar pijamaua pe mine.

— Dă-ne banu', şefu'.

A venit la un pas de unde stăteam. Asta-i tot ce putea el să zică.

— Dă-ne banu', şefu'.

Dobitoc cu acte-n regulă.

— Nu!

— Şefu', mă obligi să te zgîlţîi un pic. Io nu vreau, dar văd c-aşa stă treaba. Ne datorezi cinci mardei.

— Ba nu vă datorez nimic. Și dacă te dai la mine, o să țip cît mă ține gura. O să scol din somn toată lumea din hotel. Inclusiv poliția.

Îmi tremura vocea din toate balamalele.

— N-ai decît. Urlă pînă-ți cade capu'. Foarte bine, a zis Maurice. Vrei să afle părinții lu' matale că ți-ai petrecut noaptea cu o curvă? Un puști din lumea bună ca tine?

Era chiar isteț, în felul lui jegos. Da, da.

— Lasă-mă în pace. Dac-ai fi zis zece, ar fi fost altceva. Dar, clar...

— Ai de gînd să ni-i dai, sau nu?

M-a lipit cu spatele de ușa aia nenorocită. Mai că nu se suise pe mine, cu burta lui păroasă și jegoasă.

— Lasă-mă-n pace. Ieșiți dracu' din camera mea.

Încă țineam mîinile încrucișate la piept. Doamne, ce căcăcios am fost. Atunci Sunny a deschis gura pentru prima oară.

— Hei, Maurice? Vrei să-i iau io portofelul? E chiar pe chestia aia... Zi să-i zic.

— Da, ia-l.

— Nu pune mîna pe portofelul meu!

— M-am servit deja, a zis Sunny și mi-a fluturat o hîrtie de cinci.

— Vezi? Nu iau decît ăia cinci verzișori pe care mi-i datorezi. Nu-s „excroacă".

Și deodată am început să țip. Aș da orice să n-o fi făcut, dar am făcut-o și gata.

— Nu, nu sînteți escroci! Doar că furați cinci...

— Tacă-ți gura, mi-a spus Maurice și mi-a dat un brînci.

— Lasă-l în pace, s-a băgat Sunny. Haide. Avem mălaiul pe care ni-l datora. Hai să mergem.

— Vin acum, a răspuns Maurice.

Dar nu s-a mişcat din loc.

— Hei, Maurice, vorbesc serios. Lasă-l în pace.

— Cine-i face ceva? a spus, nevinovat ca un prunc.

Şi ce-a făcut atunci, mi-a dat un bobîrnac vîrtos în pijama. N-o să vă spun în ce loc anume, dar a durut ca naiba. I-am explicat că e un cretin împuţit.

— Ce-ai zis?

Şi-a făcut mîna pîlnie la ureche, de parcă nu auzea prea bine.

— Ce-ai zis? Ce sînt?

Eu am continuat să urlu. Eram aşa de nervos şi scos din minţi şi toate alea.

— Eşti un cretin împuţit! Un cretin tîmpit care înşală lumea, şi-n cel mult doi ani o să ajungi un zdrenţăros din ăia care vin la tine pe stradă să-ţi ceară un bănuţ de-o cafea. O să fii plin de muci pe paltonul oricum jegos şi puturos şi-o să fii...

Atunci m-a pocnit. Nici măcar n-am încercat să mă dau la o parte sau să mă ghemuiesc sau ceva. N-am simţit decît un pumn uriaş în burtă.

Totuşi, nu m-a făcut KO, fiindcă îmi amintesc cum mă uitam în sus de pe podea şi i-am văzut pe amîndoi ieşind şi închizînd uşa după ei. După aia am stat pe jos destul de multişor, cam cum făcusem şi cu Stradlater. Doar că de data asta am crezut c-o să mor. Pe bune. Parcă mă înecam sau ceva. Problema era că nu puteam să respir. Cînd m-am ridicat într-un final, a trebuit să merg pînă la baie încovoiat de durere, ţinîndu-mă cu mîinile de burtă.

Dar sînt nebun. Jur pe ce-am mai sfînt. La jumătatea drumului spre baie, am început să mă prefac că am un glonț în mațe. Mă ciuruise Maurice și acum mă duceam la baie să iau o gură zdravănă de bourbon sau ceva, ca să-mi calmez nervii și să mă ajute să intru în acțiune pe bune. Mă imaginam ieșind din baie, îmbrăcat, cu pistolul automat în buzunar și aruncînd priviri fioroase prin colțurile camerei. Apoi o luam în jos pe scări, în loc să chem liftul. Mă țineam de balustradă. Din colțul gurii mi se prelingea din cînd în cînd cîte-o picătură de sînge. Coboram cîteva etaje, ținîndu-mă de burtă și lăsînd după mine o dîră de sînge, și apoi apăsam pe soneria de la lift. Imediat ce Maurice al meu deschidea ușile, mă vedea cu pistolul în mînă și începea să țipe la mine să-l las în pace, cu o voce foarte pițigăiată de laș pișăcios. Dar tot îl ciuruiam. Șase focuri, drept în burta aia grasă și păroasă. Apoi aruncam arma în puțul liftului – după ce, firește, ștergeam toate amprentele de pe ea. După care mă tîram înapoi în cameră și o sunam pe Jane și-i ziceam să vină la mine ca să-mi bandajeze burta. Mi-o imaginam cum îmi ținea țigara ca să fumez în timp ce sîngeram.

Ale naibii filme. Pot să te distrugă. Nu glumesc.

Am stat în baie aproape o oră și-am făcut o cadă. După aia m-am băgat la loc în pat. Mi-a luat ceva timp să adorm – nu eram nici măcar obosit –, dar în cele din urmă am reușit. Ce-mi venea să fac, de fapt, era să mă sinucid. Îmi venea să mă arunc pe geam. Probabil c-aș fi și făcut-o, dacă aș fi fost sigur că-mi acoperă cineva trupul imediat ce aterizam. Nu voiam să se holbeze la mine niscaiva zevzeci, să mă vadă mustind de sînge.

15

N-am dormit prea mult. Cred că era în jur de zece cînd m-am trezit. De cum am fumat o ţigară, mi-am dat seama că mi-e foarte foame. Nu mai mîncasem nimic de la hamburgerii ăia doi pe care mi i-am cumpărat cînd am ieşit la film în Agerstown cu Brossard şi Ackley, şi asta fusese cu ceva vreme în urmă. Mi se părea că trecuseră cincizeci de ani de atunci. Telefonul era lîngă mine şi am dat să sun la recepţie ca să-mi trimită micul dejun în cameră, dar mă temeam să nu mi-l trimită prin amicu' Maurice. Dacă vă imaginaţi că muream de dorul lui, nu sînteţi în toate minţile. Aşa că m-am lungit în pat şi am zăbovit cît să mai trag o ţigară. M-am gîndit să-i dau un ţîr lui Jane, să văd dacă ajunsese acasă, dar chiar n-aveam chef.

În schimb, am sunat-o pe Sally Hayes. Sally învăţa la Mary A. Woodruff şi ştiam că venise acasă în vacanţă, pentru că primisem o scrisoare de la ea cu două săptămîni în urmă. Nu prea mă omoram după ea, dar ne ştiam de ani de zile. În prostia mea, o crezusem destul de inteligentă la început. Motivul acestei convingeri e că știa o mulțime de lucruri despre teatru și piese și literatură și alte chestii. Dacă întîlnești pe cineva care știe multe de-astea, îți ia ceva timp să-ți dai seama dacă e prost sau nu. În cazul lui Sally, mie mi-au trebuit ani întregi. Cred c-aș fi aflat mult mai devreme dacă nu ne-am fi giugiulit intens. Marea mea problemă e că orice fată cu care mă giugiulesc mi se pare o persoană tare inteligentă. N-are nici o legătură una cu alta, dar n-am ce face.

Nu contează. I-am dat un țîr. Mai întîi a răspuns menajera. Apoi, taică-său. Apoi a venit ea la telefon.

— Sally? am zis.

— Da... cine e?

Suna cam făcută vocea. De-abia îi spusesem lui taică-său cine sînt.

— Holden Caulfield! Ce mai faci?

— Holden! Eu sînt bine! Tu ce faci?

— Beton. Știi... Dar tu cum o duci? Cum merge școala?

— Bine. Știi și tu cum e...

— Beton. Păi, voiam să-ți zic ceva. Mă întrebam dacă ai vreun program pentru azi. E duminică, dar bagă mereu unu' sau două matinee și duminica. Spectacole caritabile și chestii de-astea. Ai vrea să mergem?

— Mi-ar face mare plăcere. Magnific!

Magnific. Dacă urăsc un cuvînt pe lume, ăsta e. Mi se pare așa de fals. O clipă, m-a tentat să-i zic s-o lăsăm baltă cu matineul. Dar am mai stat la taclale o vreme. Mai bine spus, nu i-a tăcut fleanca o secundă, cît să arunci și tu măcar o vorbuliță. Pentru început, mi-a povestit de nu știu ce tip de la Harvard – cred că era boboc, dar ea, evident, a uitat să pomenească de asta – care se dădea la ea rău de tot. O suna zi și noapte, încontinuu. Zi și noapte – asta m-a dat pe spate. După care mi-a explicat cum stau ploile și cu alt tip, un cadet de la West Point, care și ăla aproape că-și tăiase venele pentru ea. Să cazi pe jos, nu alta. I-am zis să ne întîlnim la ceasul de la Biltmore la două și să nu întîrzie, pentru că se putea ca spectacolul să înceapă la două jumate. Întotdeauna întîrzia. După care am închis. Mă scotea din pepeni, dar arăta foarte bine.

După ce am aranjat întîlnirea cu Sally, m-am dat jos din pat, m-am îmbrăcat și mi-am făcut valiza. Pînă să ies din cameră, am aruncat o privire pe geam, ca să văd ce mai fac perverșii, dar aveau toți jaluzelele lăsate. Dimineața erau niște monumente de discreție. După care am luat liftul pînă jos și am predat camera. Nu l-am văzut pe Maurice al meu pe nicăieri. Evident, nici nu mi-am rupt gîtul căutîndu-l, ticălosul.

Am luat un taxi din fața hotelului, dar n-aveam nici cea mai vagă idee încotro s-o iau. N-aveam unde să mă duc. Era de-abia duminică și nu puteam să ajung acasă pînă miercuri... sau marți, cel mai devreme. Cert e că n-aveam chef să merg la alt hotel și să-mi toc nervii pe-acolo. Așa că ce-am făcut, i-am zis șoferului să mă ducă la gara centrală, care e chiar lîngă Biltmore, unde-mi dădusem întîlnire cu Sally pentru mai tîrziu. M-am gîndit să-mi las bagajele într-un seif din alea pentru care primești cheie, după care să mănînc și eu ceva. Mi-era cam foame. În taxi, am scos portofelul şi mi-am numărat banii. Nu mai ţin minte exact cît îmi rămăsese, dar nu era vreo avere sau ceva. Cheltuisem ca un belfer timp de două săptămîni. Pe bune. Sînt mînă spartă. Şi ce nu cheltuiesc pierd. Jumătate din timp, uit să iau pînă şi restul la restaurante şi cluburi. Chestia asta îi scoate din minţi pe ai mei. Nici nu poţi să-i învinuieşti. Dar taică-meu e destul de bogat. Nu ştiu cîţi bani scoate – n-a discutat niciodată chestii de-astea cu mine –, dar îmi imaginez că destul de mulţi. E avocat pentru marile corporaţii şi băieţii ăştia fac parale cu toptanu'. O altă chestie de unde ştiu că stă bine cu finanţele e că investeşte mereu în spectacole de pe Broadway. O dă în bară de fiecare dată, iar pe mama o apucă pandaliile cînd bagă bani. Nu stă prea bine cu sănătatea de cînd a murit fratele meu Allie. E foarte agitată. Asta-i încă un motiv pentru care nu voiam nici mort să afle că iar mi-au dat papucii de la şcoală.

După ce mi-am pus valizele într-un seif la gară, am intrat într-un băruleţ şi mi-am luat ceva de mîncare. A fost un mic dejun copios, după standardele mele – suc de portocale, omletă cu şuncă, pîine prăjită şi cafea. De obicei beau doar nişte suc de portocale. Mănînc cît o vrabie. Pe bune. De-aia şi sînt aşa de slăbănog. Ar fi trebuit să ţin un regim anume, la care mănînci o mulţime de chestii bogate în amidon şi alte rahaturi, ca să mai pun pe mine, dar nu l-am urmat niciodată. Cînd ies pe undeva, mănînc în general doar un sandviş cu brînză topită şi un milkshake. Nu-i cine ştie ce, dar iei o groază de vitamine din milkshake. H.V. Caulfield. Holden Vitamină Caulfield.

În timp ce mîncam omleta, două călugărițe cu geamantane și tot tacîmul – am presupus că se mutau la altă mănăstire și așteptau trenul – au intrat în local și s-au așezat lîngă mine la tejghea. Se încurcaseră naibii de tot în geamantane, așa că le-am dat o mînă de ajutor. Aveau niște geamantane de-alea cu îmbrăcăminte ieftină, din imitație de piele. Nu contează, știu, dar nu pot să sufăr cînd cineva are geamantane ieftine. Sună îngrozitor, dar sînt în stare să urăsc pe cineva cu valize ieftine, numai cînd mă uit la ele. Să vă spun ce mi s-a întîmplat o dată. Cît am fost la Elkton Hills, am stat o vreme în cameră cu un băiat, Dick Slagle, care avea niște geamantane foarte ieftine. Și le ținea sub pat, în loc să le pună pe raft, ca să nu i le vadă nimeni așezate lîngă ale mele. Asta mă întrista ca dracu' și-mi tot venea să le arunc pe ale mele sau ceva, sau chiar să facem schimb. Ale mele erau cumpărate de la Mark Cross. Erau din piele de vițel veritabilă și presupun că nu costaseră puțin. Dar a ieșit o chestie ciudată. Uitați ce s-a întîmplat. Pînă la urmă, am preferat să-mi bag și eu valizele sub pat, în loc să le mai țin pe raft, ca să nu-i creeze un complex de inferioritate lui Slagle. Dar să vă spun urmarea. A doua zi după ce le-am mutat, le-a scos și le-a pus la loc pe raft. Motivul pentru care a făcut chestia asta – și mi-a trebuit ceva vreme să-mi dau seama – e că voia să creadă lumea că valizele erau, de fapt, ale lui. Chiar așa. Era un tip foarte ciudat, din punctul ăsta de vedere. Spunea în permanență chestii obraznice, despre valizele mele, de exemplu. Zicea întruna că par prea noi și burgheze. Ăsta era cuvîntul lui preferat. Îl citise sau îl auzise pe undeva. Tot ce aveam i se părea burghez pînă-n pînzele albe. Pînă și stiloul meu era burghez. Mi-l cerea cu împrumut non-stop, dar tot zicea că-i burghez. N-am stat în aceeași cameră decît două luni. După aia am cerut amîndoi să ne mutăm. Partea ciudată e că mi-a fost oarecum dor de el după ce ne-am mutat, pentru că avea un simț al umorului dat naibii și uneori ne distram pe rupte. Nu m-ar surprinde dacă și lui i-a fost dor de mine. La început doar glumea cînd îmi făcea lucrurile burgheze și nici că-mi păsa. De fapt, era chiar amuzant. Apoi, după ceva timp, se vedea că nu mai glumește. Problema e că nu-i deloc ușor să ai un coleg de cameră dacă valizele tale sînt mult mai de calitate decît ale lui, dacă ale tale sînt bune-bune și ale lui, nu. Ai crede că e inteligent și alea-alea, celălalt vreau să spun, că are simțul umorului, că nu mai poate de ale cui valize sînt mai bune, dar de fapt îi pasă. Chiar îi pasă. Ăsta-i unul dintre motivele pentru care am stat în cameră cu un nemernic tîmpit ca Stradlater. Cel puțin valizele lui erau la fel de bune ca ale mele.

Nu contează. Călugărițele astea două stăteau lîngă mine și-am încropit o conversație. Cea de lîngă mine ducea un coș de nuiele, din alea în care strîng lovele de Crăciun călugărițele și gagicile de la Armata Salvării. Le vezi stînd la colț de stradă, mai ales pe Fifth Avenue, în fața marilor magazine universale. Oricum, cea de lîngă mine l-a scăpat pe jos și m-am aplecat să i-l ridic. Am întrebat-o dacă ieșise să strîngă bani pentru acțiuni caritabile. A răspuns că nu. A zis că nu i-a încăput în geamantan, așa că-l ducea separat. Zîmbea tare frumos cînd te privea. Avea nasul mare și purta niște ochelari cu rame de metal, deloc atrăgători, dar avea o față tare plăcută.

— Mă gîndeam că, dacă strîngeți fonduri, aș putea contribui și eu cu puțin. Puteți să păstrați banii pînă la prima colectă.

— O, foarte drăguț din partea ta, a zis, și cealaltă, prietena ei, a ridicat ochii să mă privească. Cealaltă citea o carte mică, neagră, în timp ce-și bea cafeaua. Arăta ca o Biblie, dar părea prea subțire. Dar era sigur ceva de genul ăsta. Amîndouă mîncau pîine prăjită cu cafea. Asta m-a deprimat. Nu pot să sufăr cînd eu mănînc ouă cu șuncă și altul nu mănîncă decît niște pîine prăjită cu cafea.

M-au lăsat să le dau zece dolari ca donație. M-au întrebat de n ori dacă sînt sigur că-mi permit și așa mai departe. Le-am spus că am ceva bani pe mine, dar n-au părut să mă creadă. Totuși, în cele din urmă, i-au acceptat. Mi-au mulțumit amîndouă atîta, pînă a devenit stînjenitor. Am condus conversația spre subiecte generale și le-am întrebat unde se duc. Mi-au zis că sînt profesoare de gimnaziu și că taman veniseră de la Chicago și că urmau să înceapă să predea la nu știu ce mănăstire de pe Strada 168 sau 186 sau cine știe care din străzile alea care cad de pe hartă. Cea de lîngă mine, cu ochelarii cu rame metalice, a zis că predă engleza și că prietena ei e profesoară de istorie și administrație americană. Și atunci am început să mă întreb în sinea mea, ca un ticălos, ce părere avea cea care stătea lîngă mine, care preda engleză, călugăriță fiind, mă-nțelegeți, cînd citea anumite cărți despre care trebuia să le vorbească elevilor. Nu neapărat pe cele cu o groază de chestii sexi, ci alea cu iubiți și tot tacîmul. De exemplu, Eustacia Vye din *Întoarcerea băștinașului* de Thomas Hardy. N-avea bucurii trupești tipa, dar chiar și-așa, nu te poți abține să te-ntrebi la ce se gîndește o călugăriță cînd citește de Eustacia a noastră. Totuși, n-am suflat un cuvînt, evident. N-am spus decît că engleza e materia la care sînt eu cel mai bun.

— O, adevărat? Ce mă bucur! a zis cea cu ochelari, profa de engleză. Ce ai citit anul acesta? M-ar interesa foarte tare să aflu.

Era chiar drăguță.

— Păi, cea mai mare parte a timpului i-am făcut pe anglo-saxoni. *Beowulf* și *Grendel* și balada aceea cu Lordul Randal și toate celelalte. Dar am avut și lecturi suplimentare din cînd în cînd, pentru extracredite. Am citit *Întoarcerea băștinașului* de Thomas Hardy și *Romeo și Julieta* și *Iulius*...

— Ah, *Romeo și Julieta*! Ce frumos! Ți-a plăcut, nu-i așa?

Un lucru e sigur: nu vorbea defel ca o călugăriță.

— Da. Mi-a plăcut mult. Au fost și cîteva lucruri care nu mi-au plăcut, dar mi s-a părut mișcătoare, pe ansamblu.

— Ce anume nu ți-a plăcut? Îți mai amintești?

Ca să vă spun adevărul, era oarecum stînjenitor, într-un fel, să vorbești cu ea despre *Romeo și Julieta*. La o adică, piesa are unele părți cam fără perdea, ea era totuși călugăriță... Dar ea m-a întrebat, așa c-am discutat despre piesă o vreme.

— Păi, nu mă prea omor după Romeo şi Julieta. Adică, îmi place de ei, dar... nu ştiu. Devin cam enervanţi din cînd în cînd. De exemplu, mi-a părut mult mai rău cînd a fost ucis Mercutio decît cînd au murit Romeo şi Julieta. Ideea e că nu mi-a mai plăcut deloc de Romeo după ce Mercutio a fost înjunghiat de celălalt bărbat... vărul Julietei... cum îl chema?

— Tybalt.

— Aşa-i. Tybalt.

Întotdeauna uit cum îl cheamă pe tip.

— A fost din vina lui Romeo. Mercutio era preferatul meu din toată piesa. Nu ştiu... Toţi cei din familiile Montague şi Capulet, n-am ce zice, sînt OK – mai ales Julieta –, dar Mercutio... el era... e greu de explicat. Foarte inteligent şi pus pe distracţie şi aşa mai departe. Mă enervează la culme cînd moare cineva – mai ales cineva foarte inteligent şi de viaţă – şi de fapt e vina altcuiva. La Romeo şi Julieta, dac-o luăm aşa, cel puţin a fost din vina lor.

— Ce şcoală urmezi? m-a întrebat.

Probabil că voia să scape de subiectul Romeo şi Julieta. I-am zis că sînt la Pencey. Auzise de şcoală şi-a zis că e foarte bună. Am lăsat-o cum a căzut. Apoi cealaltă, cea care preda istorie şi administraţie, a zis c-ar fi timpul să plece. Le-am luat nota de plată, dar n-au vrut să mă lase s-o achit. Cea cu ochelari m-a obligat să i-o dau înapoi.

— Ai fost mai mult decît generos. Eşti un băiat tare dulce.

Chiar că era drăguţă. Îmi amintea un pic de mama lui Ernest Morrow, doamna pe care o cunoscusem în tren. Mai ales cînd zîmbea.

— Ne-a făcut mare plăcere să stăm de vorbă cu tine, a adăugat.

Am răspuns că și mie mi-a făcut plăcere să stau de vorbă cu ele. Și chiar așa era. Dar mi-ar fi făcut încă și mai mare plăcere, cred, dacă nu mi-ar fi fost oarecum teamă, tot timpul cît am discutat cu ele, c-or să încerce, ca din senin, să afle dacă sînt catolic sau nu. Catolicii încearcă mereu să afle dacă ești catolic. Mi se întîmplă des chestia asta, știu, în parte pentru că numele meu de familie e irlandez și majoritatea celor cu ascendență irlandeză sînt catolici. De fapt, tata chiar a fost catolic odată. A renunțat la religia lui cînd s-a însurat cu mama. Dar catolicii încearcă oricum să afle dacă ești catolic, chiar dacă nu-ți știu numele de familie. Am cunoscut un băiat catolic, Louis Shaney, cînd mergeam la Whooton. A fost primul tip care mi-a ieșit în cale acolo. Stăteam unul lîngă altul pe primele două scaune din fața infirmeriei, în ziua cînd am început școala, așteptînd să ne cheme la controlul medical, și am intrat în vorbă, despre tenis. Îl interesa tenisul, ca și pe mine. Mi-a povestit că merge la naționale la Forest Hills în fiecare vară, la care i-am răspuns că da, și eu merg, după aia am vorbit o vreme despre cîțiva jucători tari. Știa o groază de chestii despre tenis, pentru un puști de vîrsta lui. Chiar știa. Apoi, după un timp, chiar în mijlocul discuției, a trîntit-o:

— S-a întîmplat să observi pe unde e biserica catolică în oraș?

Chestia e că se vedea din felul în care m-a întrebat că de fapt încerca să afle dacă sînt catolic. Pe bune. Nu pentru c-ar fi avut prejudecăți sau ceva, dar pur şi simplu voia să afle. Îi făcea plăcere să stăm la taclale despre tenis, dar puteai să ghiceşti că i-ar fi făcut şi mai mare plăcere dacă eram catolic. Treburile de genul ăsta mă înnebunesc. N-aş zice că ne-a stricat de tot conversaţia sau ceva – pentru că n-a stricat-o –, dar bag mîna-n foc că nici n-a ajutat-o. De-aia mă bucuram că nu mă întrebaseră cele două călugăriţe dacă sînt catolic. N-ar fi distrus conversaţia, ştiu, dar probabil c-ar fi fost totul altfel. Nu că i-aş învinui de ceva pe catolici. Departe de mine gîndul. Poate că şi eu aş proceda la fel dac-aş fi catolic. Într-un fel, e cam ca-n chestia cu valizele alea de care vă ziceam. Nu spun decît că nu dă bine într-o conversaţie plăcută. Atîta tot.

Cînd s-au ridicat să plece – e vorba de călugăriţe acum –, am făcut o treabă foarte cretină şi jenantă. Fumam o ţigară şi, cînd m-am ridicat să-mi iau la revedere, le-am suflat din greşeală fum în faţă. N-am vrut, dar aşa s-a întîmplat. Mi-am cerut scuze într-o disperare şi ele au reacţionat foarte politicos şi amabil, dar tot jenant se numeşte c-a fost.

După ce au plecat, a-nceput să-mi pară rău că le dădusem doar zece dolari pentru colectă. Dar problema e că bătusem în cuie întîlnirea aia cu Sally Hayes, ca să mergem la un matineu, şi trebuia să păstrez niscaiva mălai pentru bilete şi ce-o mai fi. Şi totuşi îmi părea rău. Ai naibii bani. Întotdeauna ajung să te întoarcă pe dos.

16

După ce-am terminat micul dejun, se făcuse de-abia vreo douăşpe, iar întîlnirea cu Sally era tocmai la două, aşa că m-am pus pe-o plimbare lungă. Nu-mi ieşeau din cap cele două călugăriţe. Mă tot gîndeam la coşul de nuiele vechi şi ponosit cu care umblau de colo-colo să strîngă bani cînd nu predau la ore. Încercam să mi-o imaginez pe maică-mea sau pe altcineva, pe mătuşă-mea sau pe nebuna de maică-sa lui Sally Hayes, stînd în faţa unui magazin şi strîngînd parale pentru săraci într-un coş de nuiele vechi şi ponosit. Mi-era greu să le văd în postura asta. Nu atît pe mama, cît pe celelalte două. Mătuşa mea e destul de caritabilă – lucrează mult pentru Crucea Roşie şi aşa mai departe –, dar şi foarte bine înţolită, iar cînd face orice act caritabil, e negreşit pusă la patru ace şi dată cu ruj şi tot tacîmul. Nu puteam să mi-o imaginez făcînd ceva pentru o cauză nobilă dacă ar fi trebuit să poarte haine negre şi să se lipsească de ruj. Şi mama lui Sally Hayes. Doamne, Dumnezeule! Asta nu s-ar plimba de colo-colo cu un coş ca să strîngă parale, decît dacă toată lumea ar pupa-o un pic şi-n fund cînd contribuie cu ceva. Dacă trecătorii ar da drumul la mălai în coş şi basta, apoi ar pleca fără să-i spună nimic, ignorînd-o adică, ar renunţa cam într-o oră. S-ar plictisi. Şi-ar preda coşul, după care s-ar duce într-un loc şic să ia prînzul. Asta mi-a plăcut la călugăriţe. Se vedea cu ochiul liber, asta-i sigur, că nu se duseseră niciodată în vreun loc şic la prînz. M-am întristat aşa de tare cînd m-am gîndit la chestia asta, cum nu s-au dus ele niciodată undeva şic la prînz sau ceva. Îmi dădeam seama că nu-i important, dar tot m-a apucat tristeţea.

Am luat-o încet spre Broadway, aşa, de chichi, pentru că nu mai pusesem piciorul pe acolo de ani de zile. În plus, voiam să găsesc un magazin de discuri deschis duminica. Căutam un disc anume pe care voiam să i-l iau lui Phoebe, *Little Shirley Beans.* O placă foarte greu de găsit. Era vorba de-o fetiţă care nu voia să iasă din casă pentru că-i căzuseră doi dinţi din faţă şi se ruşina. L-am ascultat la Pencey. Îl avea un băiat care stătea la etajul de deasupra. Am încercat să i-l cumpăr, pentru că ştiam c-ar da-o pe spate pe Phoebe, dar tipul refuza să-l vîndă. Era un disc grozav, foarte vechi, pe care-l înregistrase o cîntăreaţă de culoare, Estelle Fletcher, acum vreo douăzeci de ani. Fata îl cîntă într-un stil foarte „dixieland“ şi cu răguşeală de bordel, dar nu sună deloc dulceag. Dacă l-ar fi cîntat o cîntăreaţă albă, l-ar fi făcut să sune drăgălaş ca dracu', dar Estelle Fletcher a noastră ştia meserie – aşa că era unul dintre cele mai bune discuri pe care le-am ascultat în viaţa mea. Mă gîndeam să-l cumpăr din vreun magazin deschis duminica și-apoi să-l iau cu mine în parc. Era duminică, și duminica Phoebe merge să se dea cu rotilele în parc destul de des. Știam pe unde colindă cel mai mult.

Se mai domolise frigul față de ziua dinainte, dar tot nu ieșise soarele. Nu era prea plăcut pentru plimbare, dar ceva plăcut tot mi s-a întîmplat. În fața mea mergea o familie care se vedea că tocmai ieșise de la biserică. Tata, mama și un copil cam de șase ani. Arătau oarecum sărăcăcios. Tatăl avea o pălărie din alea gri-perle de care poartă tipii săraci cînd vor să pară înțoliți. El și nevastă-sa mergeau înainte liniștiți și stăteau de vorbă, fără să-i dea nici o atenție puștiului. Puștiul era beton. O luase pe stradă, în loc să meargă pe trotuar, dar chiar pe lîngă bordură. Se făcea că urmează o linie dreaptă-dreaptă, ca toți copiii, și-n tot acest timp fredona și mormăia ceva. M-am apropiat de el, ca să aud ce cîntă. Era cîntecul ăla, „Dacă cineva prinde pe cineva venind prin secară". Avea o voce firavă și tare drăguță. Fredona doar așa, de chichi. Mașinile treceau zumzăind, frînele scrîșneau peste tot în jur, părinții nu-i dădeau nici o atenție și el mergea pe lîngă bordură, cîntînd „Dacă cineva prinde pe cineva venind prin secară". M-a făcut să mă simt mai bine. M-a făcut să nu mă mai simt așa de deprimat.

Broadway-ul colcăia de lume. Duminică, de-abia ora douășpe, dar tot era plin de oameni. Toată lumea se îndrepta spre cinematografe – Paramount, sau Astor, sau Strand, sau Capitol, sau cum le-o mai zice locurilor ălora țăcănite. Toată lumea își pusese hainele bune, pentru că era duminică, și asta înrăutățea lucrurile. Dar partea cea mai rea vine cînd îți dai seama că toți oamenii ăia își doresc cu adevărat să se ducă la film. Nu suportam nici să mă uit la ei. Pot să înțeleg că cineva merge la un film fiindcă n-are altceva de făcut, dar cînd își dorește pe bune, și chiar tropăie să ajungă mai repede, treaba asta mă deprimă ca naiba. Mai ales cînd văd milioane de persoane stînd la cozile alea lungi, îngrozitoare, care nu se termină cît e strada de lungă, și așteptînd cu o răbdare nemaipomenită să-și ia bilete cu loc. Frate, nu mai nimeream cum să scap de pe Broadway mai repede. Am avut baftă. În primul magazin de discuri în care am intrat aveau *Little Shirley Beans*. M-au taxat cinci dolari, fiindcă se găsea greu, dar nu mi-a păsat. Frate, chestia asta m-a făcut, deodată, așa de fericit. De-abia așteptam să ajung în parc să văd dacă e Phoebe pe-acolo, ca să i-l dau odată.

După ce am ieșit, am trecut pe lîngă un magazin cu de toate. Am intrat, gîndindu-mă ce-ar fi să-i dau un țîr lui Jane, să văd dacă venise acasă în vacanță. Așa că m-am dus la o cabină de telefon și am sunat-o. Singura problemă a fost că mi-a răspuns maică-sa și a trebuit să închid. N-aveam chef să încep o conversație interminabilă cu ea. Și-așa nu mă dau în vînt deloc să stau de vorbă la telefon cu mamele fetelor. Ar fi trebuit s-o întreb măcar dacă Jane e sau nu acasă. Doar nu muream. Dar n-am avut chef. Chiar trebuie să ai stare pentru treburi de-astea.

Și tot nu luasem bilete la teatru, fir-ar să fie. Așa c-am cumpărat un ziar ca să văd ce spectacole se joacă. Pe motiv că era duminică, nu se jucau decît vreo trei piese. Drept care m-am dus şi am cumpărat două bilete la parter pentru *Îmi cunosc dragostea*, la o reprezentaţie în scopuri caritabile. Nu muream să-l văd, dar ştiam că drăguţa de Sally, regina închipuiţilor, o să leşine de plăcere cînd o să-i spun c-am luat bilete la ăsta, pentru că era cu celebrul cuplu Alfred Lunt şi Lynn Fontanne. Îi plăceau spectacolele cu pretenţii de sofisticărie, seci, cu soţii Lunt şi celelalte ingrediente de rigoare. Mie nu. Nu-mi place nici un fel de spectacol prea tare, dacă vreţi să ştiţi adevărul. Nu-s aşa rele ca filmele, dar, sigur, nici ceva după care să-ţi pierzi minţile. În primul rînd, detest actorii. Niciodată nu joacă precum oamenii. Doar li se pare. Cîţiva dintre cei buni da, o fac, foarte-foarte puţin, dar nu într-un fel care să fie şi amuzant de privit. Iar dacă vreun actor e cu adevărat bun, se vede de la o poştă că ştie că-i bun, şi-asta strică totul. Uite, de exemplu, Sir Laurence Olivier. L-am văzut în *Hamlet*. D.B. ne-a dus pe Phoebe şi pe mine să-l vedem anul trecut. Mai întîi ne-a tratat cu un prînz, după care ne-am dus la film. El îl mai văzuse, şi după cum vorbea despre el în timpul mesei, eram nerăbdător la culme să-l văd şi eu. Dar nu prea mi-a plăcut. Pur şi simplu nu pricep ce-i aşa de extraordinar la Sir Laurence Olivier, atîta tot. Are o voce nemaipomenită, e bărbat frumos şi arată bine cînd îl priveşti plimbîndu-se de colo-colo sau cînd se duelează sau ceva, dar n-a fost deloc aşa cum mi l-a descris D.B. pe Hamlet. Aducea mai mult a general, în loc să se poarte ca un tip trist şi răvăşit. Partea cea mai tare din tot filmul a fost cînd fratele Ofeliei – cel care se bate în duel cu Hamlet la sfîrşit –

pleacă și tatăl lui îi dă o mulțime de sfaturi. În timp ce taică-său îi servea sfaturi la greu, Ofelia se hîrjonea cu frate-său, scoțîndu-i pumnalul din teacă, și-l necăjea, în timp ce el încerca să pară interesat de polilogbia pe care i-o ținea tatăl. Asta a fost a-ntîia. Mi-a plăcut de-am dat în benga. Dar nu vezi multe treburi de-astea în film. Singura chestie care i-a plăcut lui Phoebe a fost cînd Hamlet și-a mîngîiat cîinele pe cap. I s-a părut distractiv și frumos, și chiar a fost. O să trebuiască să citesc piesa. Problema cu mine e că simt mereu nevoia să citesc textul cu ochii mei. Dacă un actor șarjează, nici n-apuc să-l ascult, fiindcă mă tem c-o să bage vreuna răsuflată dintr-o clipă într-alta.

După ce am cumpărat biletele la spectacolul cu soții Lunt, am luat un taxi pînă la parc. Ar fi trebuit să iau metroul sau ceva, pentru că începusem să rămîn pe drojdie cu banii, dar voiam să mă car de pe Broadway cît mai repede.

În parc, nasol. Nu prea frig, dar tot nu ieșise soarele și nu prea părea să fie mare lucru pe acolo, în afară de rahați de cîine și flegme și chiștocuri de trabuc de la bătrîni și băncile arătau toate de parcă erau ude, asta în caz că voiai să te așezi. Te deprima și, din cînd în cînd, fără nici un motiv, în timp ce mergeai, ți se făcea pielea ca de găină. Nu părea deloc să se apropie Crăciunul. Nu părea să se apropie nimic. Dar am ținut-o întins pînă la Mall, pentru că acolo se duce Phoebe de obicei cînd merge în parc. Îi place să se dea pe rotile lîngă estrada fanfarei. Ce ciudat. Exact acolo îmi plăcea și mie să mă dau cînd eram mic.

Cînd am ajuns la locul cu pricina, n-am văzut-o pe nicăieri prin preajmă. Erau cîţiva copii care se dădeau cu patinele şi doi băieţi care jucau oină, dar nici urmă de Phoebe. Am văzut o fetiţă cam de vîrsta ei care stătea singură pe-o bancă, strîngîndu-şi patina. M-am gîndit că poate o cunoaşte pe Phoebe, aşa că m-am dus şi m-am aşezat lîngă ea şi am întrebat-o:

— O cunoşti cumva pe Phoebe Caulfield?

— Pe cine?

Era îmbrăcată doar în pantaloni şi vreo douăzeci de pulovere. Se vedea că i le croşetase maică-sa, pentru că erau pline de noduri.

— Pe Phoebe Caulfield. Stă pe Strada 71. E în clasa a patra, la...

— O cunoşti pe Phoebe?

— Da. Sînt fratele ei. Ştii pe unde e?

— E-n clasă la domnişoara Callon, nu?

— Nu ştiu. Da, cred că da.

— Atunci, pro'abil că e la muzeu. Noi am fost sîmbăta trecută.

— La care muzeu?

A ridicat uşor din umeri.

— Nu ştiu. La muzeu!

— Înţeleg, dar la cel unde sînt desene sau unde sînt indienii?

— Cel cu indieni.

— Mulţumesc mult.

M-am ridicat şi-am dat să plec, dar în clipa următoare mi-am dat brusc seama că e duminică.

— Azi e duminică, i-am zis fetiţei.

A ridicat privirea spre mine.

— A, atunci înseamnă că nu e.

Se chinuia din greu să-și strîngă patina. Nu purta mănuși și avea degetele înghețate și roșii. Am ajutat-o eu. Frate, nu mai pusesem mîna pe-o cheie de patine de ani de zile. Totuși, nu m-am simțit deloc ciudat. Poți să-mi pui în mînă o cheie de patine, pe întuneric beznă, și peste cincizeci de ani, și tot mi-aș da seama ce e. După ce i-am strîns-o, mi-a mulțumit. Era o fetiță tare drăguță și bine crescută. Doamne, ce-mi place cînd un copil se poartă frumos și politicos după ce îi strîngi o patină sau ceva. Cei mai mulți nu se dezmint. Pe bune. Am întrebat-o dacă n-ar vrea să bea o ciocolată caldă cu mine, dar a zis nu, mulțumesc. Mi-a zis că trebuia să se întîlnească cu prietena ei. Copiii au întotdeauna întîlnire cu vreun prieten. Asta mă dă pe spate.

Deși era duminică și Phoebe n-avea cum să fie acolo cu clasa și, deși era așa de umed și de nasol afară, am traversat tot parcul pînă la Muzeul de istorie naturală. Știam că la el se referea fetița cu cheia de patine. Cunoșteam programul de vizite la muzeu ca pe-o carte deschisă. Phoebe mergea la fosta mea școală și pe noi ne duceau la muzeu tot timpul. Aveam o învățătoare, domnișoara Aigletinger, care ne aducea aproape în fiecare sîmbătă, fir-ar. Uneori ne uitam la animale și alteori ne uitam la chestiile pe care le confecționaseră indienii demult de tot. Ceramică și coșuri de nuiele și alte lucruri. Îmi face o plăcere enormă să-mi aduc aminte de asta. Chiar și acum. Țin minte că, după ce ne uitam la toate obiectele indiene, mergeam de obicei să vedem un film în amfiteatrul mare. Columb. Întotdeauna puneau filmul în care Columb descoperea America, după ce se dădea de ceasul morții convingîndu-i pe Ferdinand și Isabella să-i împrumute bănetul ca să cumpere corăbii și apoi arăta cum s-au răsculat marinarii împotriva lui și așa mai departe. Ne durea-n cot pe noi de bătrînul Columb. Partea bună e că aveam mereu o mulțime de bomboane și de ciungă și alte chestii cu noi și în amfiteatru mirosea așa de frumos. Mirosea mereu ca și cum afară ar fi plouat, chiar dacă de fapt nu ploua, și tu te aflai în singurul loc plăcut, uscat și confortabil de pe lume. Tare-mi plăcea la muzeul ăla. Țin minte că trebuia să treci prin sala indiană ca să ajungi în amfiteatru. Era o sală lungă de tot și n-aveai voie să vorbești decît în șoaptă. Profesoara mergea prima, urmată de clasă. Copiii erau încolonați cîte doi și trebuia să ai un partener. De cele mai multe ori, perechea mea era o fată pe care o chema Gertrude Levine, care voia întotdeauna să te țină de mînă și avea mîna ba lipicioasă, ba transpirată, ba cine știe cum. Pardoseala era din piatră și dacă aveai niște bile la tine și le dădeai drumul din mînă, săreau și ricoșau de colo-colo ca dementele, făcînd un zgomot de-ți țiuiau timpanele, la care profesoara oprea rîndul pe loc și se întorcea ca să vadă ce s-a întîmplat. Dar domnișoara Aigletinger nu se oftica niciodată. Apoi treceai pe lîngă o canoe indiană lungă, lungă, cam de lungimea a trei ditamai Cadillac-uri puse-n șir, cu vreo douăzeci de indieni în ea, unii vîslind, alții pur și simplu stînd, cu o atitudine de duri. Toți, vopsiți în culorile războiului pe față. Ultimul din canoe era un tip foarte fioros, care purta o mască. Vraciul satului. Mă cam băga în sperieți, dar tot îmi plăcea tipul. Și-nc-o chestie, dacă atingeai vreo vîslă sau ceva în timp ce mergeai, unul din paznici zicea invariabil: „Nu atingeți nimic, copii", dar pe un ton amabil, nu de polițai. După aia treceai pe lîngă o vitrină mare de sticlă în care erau niște indieni care frecau bețe ca să facă focul și o *squaw* care țesea o pătură. Femeia care țesea pătura stătea un pic aplecată și i se vedea pieptul. Ne holbam toți pe săturate acolo, chiar și fetele, pentru că nu erau decît niște fetițe și n-aveau încă nimic în plus față de noi, băieții. Apoi, înainte de intrarea în amfiteatru, chiar lîngă ușă, treceai pe lîngă un eschimos. Stătea deasupra unei copci făcute într-un lac înghețat și pescuia. Avea vreo doi pești lîngă copcă, pe care-i prinsese înainte. Frate, muzeul ăla era plin de vitrine de sticlă. Erau încă și mai multe la etaj, cu căprioare adăpîndu-se dintr-un ochi de apă și cu păsări care zburau spre sud ca să ierneze. Păsările mai apropiate de tine erau împăiate și atîrnate cu sîrmulițe, iar cele din spate erau doar vopsite pe perete, dar absolut toate arătau ca și cum ar fi zburat în realitate spre sud și, dacă aplecai un pic capul și te uitai la ele, cum ar veni, de jos în sus, păreau încă și mai grăbite în zborul lor spre sud. Dar partea cea mai bună la muzeul ăla e că toate rămîneau mereu la locul lor. Nu se mișca nimeni. Puteai să te duci de o sută de mii de ori și eschimosul tocmai va fi terminat de prins cei doi pești, păsările tot ar fi fost în drum spre sud, căprioarele tot s-ar fi adăpat din ochiul de apă, cu coarnele lor frumoase și picioarele lor frumoase și subțiri, și indianca, cea cu pieptul dezgolit, ar fi țesut la aceeași pătură. Nimeni n-ar fi diferit. Singurul lucru care diferea erai doar tu.

Nu c-ai fi fost mult mai bătrîn sau ceva. Nu-i asta. Erai pur și simplu altfel, atîta tot. De data asta aveai pe tine o geacă. Sau copilul care era perechea ta în coloană data trecută se îmbolnăvise de scarlatină și aveai pe altcineva drept pereche. Sau grupul era condus de o suplinitoare, care-o înlocuia pe domnișoara Aigletinger. Sau îi auziseși pe mama și tata certîndu-se îngrozitor în baie. Sau tocmai trecuseși pe lîngă vreo băltoacă, pe stradă, în care se vedea un curcubeu de benzină. Ce vreau să spun e că erai, într-un fel sau altul, diferit. Nu pot să explic ce înțeleg prin asta. Și chiar dac-aș putea, nu sînt sigur că am și chef s-o fac.

În timp ce mergeam, mi-am scos șapca de vînătoare din buzunar și mi-am pus-o. Știam că n-o să mă întîlnesc cu cineva cunoscut și afară era destul de umed. Și-am mers și-am mers, tot gîndindu-mă cum se ducea Phoebe la muzeul ăla în zilele de sîmbătă, întocmai cum făcusem și eu. Mă gîndeam cu ce ochi vedea aceleași chestii pe care le-am văzut eu și cum era ea diferită de fiecare dată cînd le vedea. N-aș putea spune că m-a întristat să mă gîndesc la asta, dar nici nu dădeam pe-afară de veselie. Anumite lucruri trebuie să rămînă așa cum sînt. Ar fi bine dac-ai putea să le bagi într-una dintre vitrinele alea mari de sticlă și să le lași în pace. Îmi dau seama că nu se poate, dar tot e păcat. Oricum, la toate astea mă gîndeam în timp ce mergeam.

Am trecut pe lîngă un teren de joacă, unde m-am oprit să mă uit la doi copilași mici de tot, care se dădeau în balansoar. Unul din ei era mai grăsuț, așa c-am pus mîna la capătul unde stătea cel mai ușor, ca să echilibrez cumva greutatea, dar se vedea că nu mă doreau prin preajmă, așa că i-am lăsat în pace.

Apoi s-a întîmplat ceva ciudat. Cînd am ajuns la muzeu, așa, deodată, n-aș mai fi pus piciorul înăuntru nici pentru un milion de dolari. Pur și simplu nu mi-a dat ghes – după ce traversasem cîtamai parcul și de-abia așteptasem să ajung mai repede. Dac-ar fi fost Phoebe acolo, probabil că aș fi intrat, dar nu era. Așa că ce-am făcut, am luat un taxi din fața muzeului, pînă în Biltmore. N-aveam nici un chef. Dar îmi dădusem întîlnirea aia cu Sally, fir-ar.

17

Am ajuns mult mai devreme, aşa că m-am aşezat pe o canapea de piele chiar lîngă ceasul din hol şi m-am uitat la fete. O mulţime de şcoli le dăduseră deja drumul elevilor acasă pentru vacanţă şi erau un milion de fete care stăteau prin jur, care aşezate, care în picioare, aşteptînd să le apară prietenii. Fete stînd picior peste picior, fete care nu stăteau picior peste picior, fete cu picioare meseriaşe, fete cu picioare nasoale, fete care se vedea că-s ca lumea, fete care se vedea că-s nişte scorpii dacă ajungi să le cunoşti. Era o privelişte plăcută, dacă înţelegeţi ce vreau să spun. Într-un fel, era şi un pic deprimant, pentru că nu puteai să nu te întrebi ce naiba o să se aleagă de ele. Vreau să spun, după ce termină şcoala şi colegiul. Îţi imaginai că cele mai multe or să se mărite cu zevzeci. Ţipi care nu vorbesc decît despre cîtă benzină consumă maşina lor amărîtă la milă. Tipi care se oftică rău şi se poartă ca nişte copii dacă îi baţi la golf sau chiar şi la cine ştie ce joc stupid, ping-pong, de pildă. Tipi foarte răi. Tipi care nu citesc niciodată o carte. Tipi foarte plicticoşi... dar aici trebuie să fiu atent. Adică atunci cînd îi fac pe anumiţi oameni plicticoşi. Pur şi simplu, nu-i înţeleg pe tipii plicticoşi. Cînd eram la Elkton Hills, am stat în cameră vreo două luni cu un băiat, Harris Macklin. Era foarte deştept şi aşa mai departe, dar şi unul dintre cei mai plicticoşi oameni pe care i-am cunoscut în viaţa mea. Avea o voce de te zgîria pe ureche şi practic nu se oprea niciodată din vorbit. Nu-i tăcea gura o clipă, dar partea îngrozitoare e că nici nu spunea vreodată vreo chestie pe care să-ţi doreşti s-o asculţi. Dar la ceva se pricepea ca lumea. Nemernicul fluiera mai bine decît oricine altcineva am auzit de cînd mă ştiu. În timp ce îşi făcea patul sau îşi agăţa hainele în dulap – întotdeauna îşi punea hainele pe umeraş, ceea ce mă scotea din sărite – avea obiceiul să fluiere, asta dacă nu trăncănea cu vocea lui scîrţîită. Putea să fluiere pînă şi chestii clasice, dar de cele mai multe ori fluiera jazz. Putea să ia ceva foarte ritmat, cum ar fi *Tin Roof Blues*, şi s-o fluiere aşa de frumos şi lejer – fix cînd îşi agăţa hainele în dulap –, că te dădea pe spate. Evident, de zis nu i-am zis niciodată că fluieră super. La o adică, nu te duci la cineva şi-i spui pe nepusă masă: „Fluieri nemaipomenit". Dar am stat cu el în cameră aproape două luni bătute pe muchie, deşi mă plictisea de-mi venea să-mi iau cîmpii, doar pentru că fluiera aşa de bine, cel mai bine din cîte am auzit eu vreodată. Aşa că nu ştiu ce să cred despre tipii plicticoşi. Poate n-ar fi cazul să-ţi pară prea rău dacă vezi vreo tipă beton luîndu-l pe unul de bărbat. Nu fac nici un rău nimănui, cei mai mulţi, şi poate, în secret, sînt niște fluierători grozavi sau ceva. Cine naiba știe? Eu, nu.

Într-un final, o văd și pe Sally a mea urcînd pe scări. Am coborît s-o întîmpin. Arăta grozav. Pe bune. Avea o haină neagră și o beretă neagră. Nu purta pălării aproape niciodată, dar bereta aia îi venea bine. Partea distractivă e că mi-a venit să mă însor cu ea din clipa în care am zărit-o. Nu-s întreg la cap. Nici măcar nu-mi plăcea de ea prea mult, și totuși, ca din senin, m-am simțit de parcă o iubeam și voiam să-i cer mîna. Jur pe ce-am mai sfînt că nu-s întreg la cap. Recunosc.

— Holden! Mă bucur extraordinar să te văd! Nu ne-am văzut de-un secol!

Cînd te întîlneai cu ea undeva, vorbea foarte tare, cît să te facă să te simți prost. O lăsam în pace pentru că arăta așa de bine, dar chestia asta m-a scos din pepeni întotdeauna la ea.

— Și eu pe tine! Beton!

De data asta, chiar așa era.

— Ce mai faci?

— Absolut extraordinar. Am întîrziat?

I-am zis că nu, dar întîrziase cam zece minute, de fapt. Și de-aia nu mai puteam eu. Toate tîmpeniile alea pe care le vezi în benzile desenate din *Saturday Evening Post*, cu tipi pe la colțuri de stradă devastați că le întîrzie iubitele, nu-s decît gargară. Dacă o fată arată beton cînd ajunge la întîlnire, cui îi pasă c-a întîrziat? Nimănui.

— Ar trebui să ne grăbim. Spectacolul începe la trei fără douăzeci.

Am coborît pe scări spre locul unde stau de obicei taxiurile.

— Ce vedem? m-a întrebat.

— Nu ştiu. Ceva cu soţii Lunt. Doar la asta am găsit bilete.

— Cu ei! Extraordinar!

V-am zis c-o s-o lovească strechea cînd o auzi că e cu cei doi.

Ne-am giugiulit un pic în taxi în drum spre teatru. La început n-a vrut, pentru că era dată cu ruj şi aşa mai departe, dar, unu, am fost seducător la maximum şi, doi, nici nu avea de ales. Aproape c-am căzut de pe banchetă de două ori, cînd taxiul a frînat brusc în trafic. Şoferii ăştia nu se uită niciodată pe unde conduc, pe cuvînt. Apoi, doar ca să vă daţi seama ce sărit de pe fix sînt, cînd ne desprindeam dintr-o îmbrăţişare pasională, i-am spus că o iubesc şi tot tacîmul. O minciună, bineînţeles, dar chestia e că exact aşa credeam cînd i-am spus-o. Nu-s întreg la cap. Jur pe ce-am mai sfînt.

— Ah, dragă, şi eu te iubesc, mi-a răspuns.

Şi-apoi, fără ca măcar să tragă aer în piept, a continuat:

— Promite-mi că-ţi laşi părul lung. Tunsorile periuţă au ieşit din modă. Şi tu ai un păr aşa de frumos...

Frumos pe dracu'.

Spectacolul n-a fost chiar dezastru. Dar tot a fost cam de cacao. Era vorba de cinci sute de mii de ani din viaţa unui cuplu de bătrîni. Piesa începe cu ei tineri, cînd părinţii fetei nu voiau s-o lase să se mărite cu băiatul, dar ea tot îl ia de bărbat. Apoi tot îmbătrînesc. Soţul merge la război şi soţia are un frate care-i un beţivan. N-aş putea spune că mi-a stîrnit interesul. Adică nu mi-a păsat prea mult cînd mai murea cineva din familie sau ceva. Nu erau decît o mînă de actori. Soțul și soția făceau o pereche în vîrstă foarte bună – spirituali și tot tacîmul –, dar nu mi-au stîrnit interesul. Unu, că au băut ceai sau ce-o fi fost acolo cît a fost piesa de lungă. Cum îi vedeai, hop, le mai punea un majordom niște ceai sub nas sau soția îi turna ceai cuiva. Și toată lumea intra și ieșea din scenă, încontinuu. Te lua amețeala privindu-i cum se așază și se ridică în picioare. Alfred Lunt și Lynn Fontanne jucau cuplul în vîrstă și erau foarte buni, dar nu mi-au plăcut prea mult. Totuși, erau diferiți, asta trebuie s-o spun. Nu jucau ca niște oameni obișnuiți și nici ca niște actori. E greu de explicat. Jucau ca și cum ar fi știut că sînt celebri și tot tacîmul. Adică, erau buni, dar parcă, totuși, prea buni. Cînd unul din ei își încheia replica, celălalt spunea ceva foarte repede, imediat după. Trebuia să fie cam cum stau oamenii de vorbă în realitate și se-ntrerup și alea-alea. Buba era că semăna prea mult cu felul în care stau oamenii de vorbă în realitate, întrerupîndu-se unul pe altul. Jocul lor îmi amintea un pic de felul în care cîntă la pian bătrînu' Ernie, din Village. Dacă faci o chestie prea de tot bine, atunci, după o vreme, dacă nu ești atent, începi să te etalezi. Și atunci nu mai ești așa de bun. Dar, oricum, au fost singurii din piesă – cei doi Lunt, la ei mă refer – care păreau să aibă minte de-adevăratelea. Asta trebuie s-o recunosc.

Cînd s-a terminat actul întîi, am ieșit cu restul penibililor la o țigară. A fost o întreagă aventură. N-ați văzut atîția snobi adunați la un loc niciodată, fumînd care mai de care ca șerpii și discutînd despre piesă în așa fel încît să audă și ceilalţi şi să afle ce pătrunzători sînt ei. Nu ştiu ce actor de film zevzec stătea lîngă noi. Pufăia o ţigară. Nu ştiu cum îl cheamă... E tipul care joacă mereu în filme de război roluri de soldat, pe care-l lasă curajul cînd trebuie să pornească atacul. Era cu o blondă superbă şi amîndoi încercau să pară foarte blazaţi şi tot tacîmul, ca şi cum el nici nu şi-ar fi dat seama că îl priveşte lumea. Modest de nu se poate. Mi s-au umplut ochii de lacrimi. Sally n-a vorbit prea mult, cu excepţia comentariilor extaziate faţă de soţii Lunt, fiindcă avea treabă – îi făcea capul ca giroscopul şi era ocupată să fie fermecătoare. Apoi, ca din senin, l-a văzut pe-un individ pe care-l cunoştea, în cealaltă parte a holului. Un tip îmbrăcat cu costum din alea de flanel gri închis-închis şi cu vestă în carouri. Ivy League din cap pînă-n picioare. Mare scofală. Stătea în picioare lîngă perete şi-şi înghiţea plămînii fumînd, cu o faţă plictisită de moarte. Sally mi-a zis de mai multe ori:

— Ştiu sigur că-l cunosc pe băiatul ăsta de undeva.

Ea întotdeauna cunoştea pe cineva, oriunde ieşeai cu ea, sau cel puţin i se părea. A ţinut-o langa aşa pînă m-am plictisit şi i-am spus:

— De ce nu te duci pînă la el să-i dai un sărut franţuzesc, dacă tot îl cunoşti? O să-i facă plăcere.

S-a supărat cînd i-am zis-o. Într-un final, a observat-o şi individul şi a venit s-o salute. Ar fi trebuit să-i vedeţi cum şi-au spus bună. Ai fi crezut că nu se mai văzuseră de douăzeci de ani. Ai fi crezut că au făcut baie în aceeaşi căditţă cînd erau mici de tot. Amici vechi din fragedă pruncie.

Te-apuca greața. Partea amuzantă e că, probabil, nu se întîlniseră decît o dată în viața lor, la cine știe ce petrecere fițoasă. În cele din urmă, după ce s-au îmbăloșat, Sally ne-a făcut cunoștință. Îl chema George nu-știu-cum – nici măcar nu mai țin minte – și învăța la Andover. Mare scofală. Cît casa. Ar fi trebuit să-l vedeți cînd l-a întrebat Sally cum i se pare piesa. Era genul de închipuit care simte nevoia să-și facă loc de jur împrejur cînd răspunde la o întrebare. A pășit înapoi și-a călcat-o pe picior pe doamna din spatele lui. Cred că i-a fracturat toate degetele. A spus că piesa în sine nu i se pare o capodoperă, dar soții Lunt, bineînțeles, sînt pur și simplu niște îngeri. Îngeri. Doamne ferește. Îngeri! Asta m-a dat pe spate. După care au început să vorbească despre o grămadă de cunoștințe comune. Cea mai falsă conversație pe care ați auzit-o vreodată. Ce făceau, se gîndea fiecare la cîte un loc, repede-repede, apoi se gîndeau la cineva care locuiește acolo și îi pomeneau numele. Cînd a venit timpul să ne întoarcem în sală, nu mai lipsea mult să vomit pe jos. Pe bune. Și mai tîrziu, cînd s-a terminat și actul doi, au continuat plicticoșenia de conversație. Au luat-o de la capăt, gîndindu-se la și mai multe locuri și la cine stă acolo. Partea cea mai rea e că nemernicul avea o voce din alea foarte afectate, gen Ivy League, și de-abia îi ieșeau vorbele din gură de oboseală și snobeală. Suna fix ca o fată. N-a avut nici o greață, netrebnicul, să se bage cu picioarele peste întîlnirea mea. O clipă, mi-a trecut prin cap că o să se suie cu noi în taxi, după ce s-a terminat spectacolul, pentru că a mers pe jos cu noi cam două cvartale, dar avea întîlnire cu o gașcă de închipuiți la un cocteil – așa a zis. Îi și vedeam stînd în cerc la vreun bar, cu panaramele lor de veste în carouri, criticînd spectacole și cărți și femei laolaltă, cu vocile lor obosite și snoabe. Pur și simplu mă omoară tipii ăștia.

Deja începusem oarecum s-o urăsc pe Sally cînd am ajuns să ne suim într-un taxi, după ce-l ascultasem pe netrebnicul ăla de la Andover juma' de zi. Eram chitit s-o conduc acasă – nu glumesc –, dar ea a spus:

— Am o idee fantastică!

Întotdeauna avea cîte o idee fantastică.

— Ascultă. La ce oră trebuie să te întorci acasă pentru cină? Ești pe grabă, cumva? Trebuie să ajungi acasă la o oră anume?

— Eu? Nu. N-am nici o oră.

Frate, gura păcătosului adevăr grăiește.

— Da' de ce?

— Hai să mergem să patinăm la sala Radio City!

Ăsta-i genul de idei pe care le avea ea.

— Să patinăm la Radio City? Cum ar veni, acum?

— Mergem doar o oră. Nu vrei? Ei, dacă nu vrei să...

— N-am spus că nu vreau. Sigur. Dacă vrei tu...

— Vorbești serios? Nu trebuie s-o spui dacă nu vrei. La o adică, mie mi-e egal, și-ntr-un fel și-n altul.

S-o creadă mutu'.

— Poți să închiriezi una din rochiile lor de patinaj adorabile, zise Sally. Jeannette Cultz s-a dus săptămîna trecută.

De-aia îi ardeau călcîiele așa de tare să meargă. Voia să se vadă îmbrăcată într-o rochiță de-alea care de-abia îți acoperă popoul.

Prin urmare, ne-am dus și, după ce ne-au dat patinele, Sally a primit o rochițică albastră care-ți dezvelește popoul la piruete. Realitatea e că arăta al naibii de bine în ea. Și nu cred că nu știa. Se tot vîntura prin fața mea, ca să-i văd drăguțul de fundulet. Și chiar arăta foarte drăguț. Trebuie să recunosc.

Partea distractivă e că eram cei mai proști patinatori de pe tot ringul. Da' chiar cei mai proști. Și n-aș putea spune că ringul ducea lipsă de pămpălai. Bietei Sally i se îndoiau gleznele spre înăuntru pînă cînd practic atingeau gheața. Nu numai că arătau idiot ca naiba, dar presupun că și dureau ca naiba. Ce știu e că pe mine sigur mă dureau gleznele. Cred că eram o priveliște de pomină. Și, ca și cum n-ar fi fost destul de rău, la mantinelă stăteau vreo două sute de gură-cască, pe puțin, care n-aveau altceva mai bun de făcut decît să se uite cum cade lumea grămadă.

— Vrei să luăm o masă înăuntru și să bem ceva? am întrebat-o într-un final.

— Asta-i cea mai fantastică idee pe care ai avut-o pe ziua de azi.

Literalmente, se sinucidea. Era brutal. Chiar mi-a părut rău de ea.

Ne-am dat jos belelele de patine și am intrat la bar, unde poți să bei un pahar și te uiți la patinatori, în ciorapi. Cum ne-am așezat, Sally și-a scos mănușile și eu i-am oferit o țigară. N-avea o mutră prea fericită. A venit ospătarul și am comandat o Cola pentru ea – nu bea – și un whisky cu sifon pentru mine, dar nesimţitul n-a vrut să-mi aducă, aşa că mi-am luat tot Cola. Apoi am început să aprind beţe de chibrituri. Fac chestia asta destul de des cînd sînt într-o anumită stare. Le las să ardă pînă nu le mai pot ţine între degete, după care le dau drumul în scrumieră. E un tic nervos.

Atunci, brusc şi din senin, Sally mi-a zis una:

— Uite. Vii sau nu vii la mine să mă ajuţi să împodobesc bradul în noaptea de Crăciun? Trebuie să ştiu.

Era încă prost dispusă, pe motiv de sucit glezne la patinaj.

— Ţi-am scris că da. M-ai întrebat de vreo douăzeci de ori. Vin sigur.

— Chiar trebuie să ştiu.

A-nceput să se uite de jur împrejurul încăperii. Deodată, am renunţat să mai aprind chibrituri şi m-am aplecat spre ea peste masă. Aveam cîteva subiecte de discuţie în minte.

— Hei, Sally!

— Ce?

Se uita la o fată din cealaltă parte a barului.

— Tu ai ajuns să te saturi vreodată? Vreau să spun, te-ai speriat vreodată c-o să se ducă toate de rîpă dacă nu faci imediat ceva? Îţi plac şcoala şi toate chestiile alea?

— E o plicticoşenie îngrozitoare.

— Adică o urăşti? Ştiu că-i o plicticoşenie îngrozitoare, dar te întreb dacă o urăşti cu adevărat.

— Păi, n-aş putea spune c-o urăsc propriu-zis. Întotdeauna trebuie să...

— Ei, bine, eu, unul, chiar o urăsc. Dar nu-i vorba doar de asta. Urăsc să stau în New York şi toate alea. Taxiurile şi autobuzele de pe Madison Avenue, cu şoferii care urlă mereu la tine să cobori pe uşa din spate; să fii prezentat unor închipuiţi care îi cred pe soţii Lunt nişte îngeri, şi să mergi în sus şi-n jos cu liftul cînd tu nu vrei decît să ieşi afară, şi tipii care-ţi retuşează pantalonii tot timpul la Brooks, şi oamenii care mereu...

— Nu ţipa, te rog, a intervenit Sally, ceea ce mi s-a părut foarte ciudat, pentru că nici măcar nu ţipam.

— Uite, de exemplu, maşinile, am continuat, cu o voce foarte înceată. Majoritatea oamenilor sînt nebuni după maşini. Se îngrijorează pentru orice mică zgîrietură şi vorbesc întruna cîtă benzină consumă la milă şi, cum îşi cumpără o maşină nou-nouţă, încep deja să se gîndească s-o schimbe pe una încă mai nouă. Mie, de altfel, nici maşinile deja vechi nu-mi plac. Pur şi simplu nu mă interesează. Mai degrabă mi-aş lua un cal. Calul, cel puţin, e mai uman, pentru Dumnezeu. Cu un cal poţi măcar să...

— Nu pricep ce tot vorbeşti acolo, m-a întrerupt Sally a mea. Sari de la una...

— Ştii ceva? Cred că tu eşti singurul motiv pentru care mă aflu în New York în clipa asta, sau pe oriunde. Dacă n-ai fi aici, probabil c-aş fi la dracu'-n praznic. În pădure sau cine ştie pe unde. Practic, tu eşti singurul motiv care mă ţine prin preajmă.

— Eşti un dulce, a zis ea.

Dar se vedea că ar fi vrut să schimbăm naibii subiectul.

— Ar trebui să te duci o dată la o şcoală de băieţi. Numai încearcă. E plin de prefăcuţi şi nu faci altceva decît să înveți, dar numai cît să ajungi suficient de deștept ca să poți să-ți cumperi un Cadillac cîndva, și trebuie să te prefaci întruna că te afectează la maxim dacă pierde echipa de fotbal și vorbești doar de fete și băutură și sex cît e ziua de lungă și toată lumea se strînge în bisericuțe jalnice. Tipii din echipa de baschet își fac veacul împreună, catolicii se strîng între ei, intelectualii la fel, jucătorii de bridge la fel. Pînă și tipii din Clubul de lectură, auzi, au gașca lor. Dacă încerci să ai o cît de neînsemnată discuție inteligentă...

— Acum, stai un pic ! O groază de băieți se aleg cu mai mult de la școală decît chestiile astea.

— Perfect de acord ! Unii, da ! Dar eu numai cu atîta mă aleg. Înțelegi ? Asta și spun. Exact asta-ți spun și eu, fir-ar să fie. Nu mă aleg cu nimic din nimic. Sînt într-o formă proastă. De fapt, chiar nasoală.

— Asta, în mod sigur.

Atunci, din senin, mi-a venit o idee.

— Uite ce. Am o idee. Ce-ai zice să ne cărăm de-aici ? Uite ce idee am. Știu un tip în Greenwich Village care ar putea să ne împrumute mașina lui pentru două săptămîni. Am fost colegi de școală și încă-mi datorează zece dolari. Și ce-am putea să facem... mîine dimineață mergem cu mașina pînă-n Massachusetts și Vermont și prin toată zona aia. Da ! E frumos de tot pe acolo. Chiar că da.

Cu cît mă gîndeam mai mult, cu atît mă ambalam mai tare. M-am aplecat și am luat-o pe Sally de mînă. Cît de prost am putut să fiu !

— Fără glumă, am continuat. Am vreo sută optezeci de dolari în bancă. Pot să-i scot cînd se deschide mîine dimineață, după care mă duc să iau maşina tipului ăstuia. Fără glumă. O să stăm în moteluri de-alea cu căsuţe pînă terminăm mălaiul. Apoi, după ce rămînem pe zero, pot să-mi găsesc ceva de lucru şi am putea să ne mutăm într-un loc cu un pîrîu în curte şi, mai tîrziu, am putea să ne căsătorim sau ceva. Eu aş putea tăia lemnele care ne trebuie pentru iarnă şi aşa mai departe. Pe ce-am mai scump, cred că ne-am simţi extraordinar! Ce zici? Haide! Ce zici? Vrei s-o facem împreună? Te rog!

— Aşa ceva nu faci, pur şi simplu, a spus Sally. Părea ofticată ca naiba.

— De ce nu? De ce nu, la naiba?

— Te rog să nu mai ţipi la mine.

Ceea ce a fost cam de rahat, pentru că nici măcar nu ţipam.

— De ce nu se poate? De ce?

— Pentru că nu se poate şi gata. În primul rînd, sîntem amîndoi practic nişte copii. Şi te-ai întrebat vreo clipă ce-o să faci dacă nu-ţi găseşti o slujbă după ce ţi se termină banii? O să murim pur şi simplu de foame. Toată chestia asta e aşa de fantasmagorică, încît nici măcar...

— Nu-i fantasmagorică. Mi-aş putea găsi de lucru. Nu-ţi face griji. Nu-i cazul să-ţi faci tu griji. Care-i problema? Nu vrei să mergi cu mine? Atunci spune-o, dacă nu vrei.

— Nu-i vorba că nu vreau. Nu-i deloc vorba de asta.

Începeam s-o urăsc, într-un fel.

— O să avem timp berechet să facem lucrurile astea, toate. Adică, după ce mergi la colegiu şi dacă o fi să ne căsătorim.... O să avem locuri minunate de vizitat, berechet. Eşti doar...

— Ba nu, nu-i așa. N-o să mai avem deloc o groază de locuri minunate de vizitat. E cu totul altceva.

Începuse iarăși să mă apuce depresia, rău de tot.

— Poftim? Nu te aud. Acum țipi la mine și-n clipa următoare...

— Am spus nu, n-o să mai avem deloc o groază de locuri minunate de vizitat după ce termin colegiul și alea-alea. Cască urechile. E cu totul altceva. O să fim nevoiți să coborîm cu liftul, din cauza geamantanelor și troacelor pe care-o să le luăm după noi. O să trebuiască să dăm telefon la toată lumea și să zicem frumos la revedere și să trimitem cărți poștale de prin hoteluri și așa mai departe. Și eu o să lucrez într-un birou, pe o leafă babană, și-o să mă duc la serviciu cu taxiul și autobuzele de pe Madison Avenue și o să citesc ziarele și o să joc bridge tot timpul și o să mă duc la film și o să văd o mulțime de documentare cretine și atracțiile din programul viitor și jurnale de actualități. Jurnale de actualități. Doamne Dumnezeule! Întotdeauna bagă cîte o cursă de cai idioată, o madamă din lumea bună care sparge o sticlă de-un vapor, plus un cimpanzeu care merge pe bicicletă îmbrăcat în chiloței. Nu-i deloc la fel. Nu-nțelegi ce vreau să spun, de fapt.

— Poate că nu! Poate nici tu nu înțelegi, mi-a răspuns Sally.

Deja în acest punct al discuției ne uram din răsputeri. Clar, n-avea nici un rost să încerc să purtăm o discuție inteligentă. Îmi părea rău ca naiba c-o începusem.

— Hai să plecăm de aici. Mă scoți din toți pepenii, ca să ți-o zic pe-aia dreaptă.

Frate, a sărit pînă în tavan cînd i-am zis treaba asta. Știu că n-ar fi trebuit s-o spun și probabil că în mod obișnuit nici n-aș fi făcut-o, dar mă deprima rău de tot. De obicei nu vorbesc așa grosolan cu fetele. Frate, da' a sărit pînă-n tavan. Mi-am cerut scuze ca nebunu', dar a refuzat să le accepte. A-nceput chiar să plîngă. Ceea ce m-a speriat nițel, pentru că mi-era un pic teamă c-o să se ducă acasă și-o să mă pîrască lui taică-său c-am făcut-o enervantă. Taică-său era o namilă de-alea mute și oricum nu se omora după mine. I-a zis o dată lui Sally că sînt prea zgomotos.

— Vorbesc serios. Îmi pare rău, îi ziceam întruna.

— Îți pare rău. Îți pare rău. Ce amuzant ești!

Încă plîngea și, deodată, chiar mi-a părut rău pentru ce spusesem.

— Hai, te duc acasă. Fără glumă.

— Pot să mă duc acasă și singură, mersi. Dacă crezi c-o să-ți permit să mă conduci, nu ești zdravăn. Nici un băiat nu mi-a vorbit așa, niciodată, în viața mea.

Toată chestia era oarecum amuzantă, dacă stăteai să te gîndești, și ca din senin am făcut ceva ce n-ar fi trebuit. Am rîs. Și eu rîd ca prostul, tare de tot. Vreau să spun că, dac-aș sta vreodată în spatele meu la un film sau ceva, probabil că m-aș apleca și m-aș pofti să tac. Asta a scos-o din minți și mai rău pe Sally.

Mi-am mai făcut de lucru pe lîngă ea o vreme, cerîndu-i iertare și încercînd s-o conving să-mi accepte scuzele, dar nu a vrut. Îmi spunea întruna să plec și s-o las în pace. Așa că-n cele din urmă m-am executat. Am intrat, mi-am luat pantofii și boarfele şi am plecat fără ea. N-ar fi trebuit, dar mă săturasem deja de întreaga tărăşenie.

Ca s-o zic pe-aia dreaptă, nici măcar nu ştiu de ce-am deschis discuţia aia cu plecatul undeva, în Massachusetts şi Vermont şi celelalte. Probabil că n-aş fi luat-o cu mine nici dac-ar fi vrut să meargă. N-ar fi fost persoana potrivită cu care să plec. Partea groaznică, totuşi, e că vorbeam serios cînd am întrebat-o. Jur pe ce-am mai sfînt că sînt nebun.

18

Cînd am plecat de la patinoar mi-era cam foame, așa c-am intrat într-un magazin și mi-am luat un sandviș cu brînză topită și un milkshake, după care am căutat o cabină de telefon. Mă gîndeam că poate o sun din nou pe Jane ca să văd dacă n-a ajuns acasă. La o adică, aveam toată seara liberă și m-am gîndit să-i dau un țîr și, dacă era acasă, s-o scot la un dans sau ceva. N-am dansat cu ea niciodată de cînd o cunosc. O dată, însă, am văzut-o dansînd. Părea foarte bună. Era la o seară dansantă de 4 Iulie la club. Nu o cunoșteam prea bine atunci și m-am gîndit că nu-i frumos să mă bag peste întîlnirea ei. Ieșise cu un tip îngrozitor, Al Pike, care învăța la Choate. Nu-l cunoșteam prea bine, dar am observat că-și făcea veacul pe lîngă piscină. Purta un șort alb supraelastic și nu sărea decît de la trambulina mare. Făcea aceeași săritură amărîtă și răsuflată, o jumătate de salt înapoi, cît era ziua de lungă. Era singura săritură pe care știa s-o facă, dar lui i se părea că-i cel mai tare din parcare. Musculos și fără creier. Oricum, cu el ieșise Jane în seara respectivă. Nu puteam să pricep chestia asta. Jur că nu puteam. După ce am început să ieșim împreună, am întrebat-o cum se făcea de se întîlnise cu unu' care se rupe-n figuri ca Al Pike. Jane mi-a zis că nu se dădea deloc mare. A mai zis că tipu' avea un complex de inferioritate. Aveam impresia că îi părea rău pentru el. Și nu se prefăcea. Vorbea serios. Asta-i o chestie ciudată la fete. De fiecare dată cînd aduci vorba de vreun tip care e un ticălos sadea – foarte rău sau foarte închipuit și alte alea – și-i zici fetei cum e tipul de fapt, ea o să-ți spună că bietul băiat suferă de un complex de inferioritate. Poate că așa și e, dar asta nu-l împiedică să fie un ticălos, după părerea mea. Fetele. Nu poți să știi niciodată ce gîndesc. O dată i-am aranjat o întîlnire colegei de cameră a unei fete pe care o cunoșteam, Roberta Walsh, cu un prieten al meu, Bob Robinson. El avea cu adevărat un complex de inferioritate. Se vedea că-i era foarte rușine cu părinții lui, pentru că spuneau „ei este“ și „ele face“ și alte chestii de-astea și nici nu-i dădeau banii afară din casă. Dar nu era deloc un ticălos. Era un tip foarte drăguț. Dar colegei de cameră a Robertei Walsh nu i-a plăcut deloc de el. I-a povestit Robertei că i se părea prea încrezut – și motivul pentru care l-a crezut așa a fost că el a pomenit întîmplător că e căpitanul echipei de dezbateri. O chichiță neînsemnată și gata, l-a crezut îngîmfat! Problema cu fetele e că, dacă le place de un băiat, indiferent cît de ticălos e tipul, or să spună că suferă de un complex de inferioritate, iar dacă nu le place, indiferent cît de drăguț e sau cît de mare complex de inferioritate cară după el, sigur or să spună că e încrezut. Pînă și cele deștepte fac treaba asta.

Nu contează. Am sunat-o pe Jane din nou, dar n-a răspuns nimeni. Am închis. După care a trebuit să apelez la agenda de telefoane, ca să văd cine naiba ar putea fi disponibil pentru diseară. Buba era că agenda mea conținea cam trei persoane. Jane și un ins, domnul Antolini, care mi-a fost profesor la Elkton Hills, și numărul de la birou al lui taică-meu. Uit în permanență să-mi trec în carnețel numele oamenilor. Așa că pînă la urmă l-am sunat pe Carl Luce. A terminat Whooton după plecarea mea. Era cu aproape trei ani mai mare și nu prea-mi plăcea de el, dar era unul din tipii ăia foarte intelectuali – avea cel mai mare coeficient de inteligență din toți băieții de la Whooton – și mă gîndeam că poate vrea să mîncăm undeva de seară și să stăm la o parolă lejer intelectuală. Chiar reușea uneori să te lumineze în niște treburi. Așa că i-am dat telefon. Era student la Columbia de-acum, dar stătea pe Strada 65 și mi-am făcut socoteala că trebuia să fie acasă la ora aia. Cînd l-am prins la telefon, mi-a zis că nu poate să ajungă la cină, dar că putem să ne întîlnim să bem ceva la zece la barul Wicker de pe Strada 54. Cred că a fost foarte surprins să mă audă. O dată l-am făcut nesimțit cu nasul pe sus.

Ca să-mi omor timpul pînă la zece – și aveam o grămadă – m-am dus la film la Radio City. Cred că o alegere mai proastă nici nu puteam să fac, dar era aproape, plus că nu mi-a dat prin cap altceva.

Am intrat în sală în timpul spectacolului de pe scenă. Fetele de la Rockettes dădeau din cap în toate direcţiile, cum fac ele cînd sînt aliniate pe-un rînd şi se ţin una pe alta pe după mijloc. Publicul aplauda nebuneşte şi un tip din spatele meu îi tot zicea nevesti-sii :

— Ştii ce-i asta ? Asta numesc eu precizie.

M-a dat pe spate. Apoi, după Rockettes a apărut un individ îmbrăcat în smoching şi cu patine cu rotile, care a început să treacă pe sub nişte mese mici, spunînd poante în acelaşi timp. Se dădea meseriaş pe patine, dar n-am putut să mă bucur de numărul lui, pentru că mi-l tot imaginam exersînd ca să ajungă în stare să facă ce făcea. Mi se părea idioată chestia. Cred că pur şi simplu n-aveam eu chef. După el, a-nceput schema aia pe care o bagă la Radio City în fiecare an. O droaie de îngeri încep să răsară de prin loje, din toate colţurile, nişte tipi cară crucifixe şi alte bagaje de colo-colo prin sală şi adunarea asta – parc-ar fi cu miile ! – cîntă „Veniţi voi, toţi credincioşii !“ ca apucaţii. Mare scofală. Ideea e c-ar trebui să fie al naibii de religios şi frumos tare, dar nu pot să-mi dau seama sub nici o formă ce poate fi religios sau frumos la o gaşcă de actori care plimbă crucifixe cît e scena de lată. După ce au terminat şi au luat-o spre loje ca să-şi facă ieşirea, puteai să juri că de-abia aşteptau să tragă şi ei o ţigară. Văzusem procesiunea cu Sally în urmă cu un an şi ea o ţinea cu ce minunat e, vai, şi ce costume... I-am zis că, dac-ar fi văzut parada asta de costume extravagante, lui Isus i-ar fi venit să verse. Sally m-a făcut ateu sacrileg. Probabil că sînt. Ce cred eu că i-ar fi plăcut cu adevărat lui Isus e tipul care cîntă la timpane în orchestră. L-am urmărit de cînd aveam vreo opt ani. Frate-meu Allie şi cu mine, dacă veneam cu părinţii, ne mutam de pe locurile noastre şi ne duceam în faţă de tot ca să-l vedem de aproape. E cel mai bun percuţionist pe care l-am văzut vreodată. N-are ocazia să zăngăne decît de două ori de-a lungul unui cîntec, dar nu arată niciodată plictisit atunci cînd n-are ce face. Apoi, cînd le loveşte, o face aşa de delicat şi de frumos, cu o expresie preocupată pe faţă. O dată, cînd am fost la Washington cu tata, Allie i-a trimis o vedere, dar pun pariu că n-a primit-o. Nu eram prea siguri cui s-o adresăm.

După ce s-a terminat chestia cu Crăciunul, a început şi amărăciunea de film. A fost o asemenea porcărie, că n-am putut să-mi dezlipesc ochii de la el. Era despre un englez, Alec nu-ştiu-cum, care luptă în război şi-şi pierde memoria la spital. Iese din spital în baston şi umblă şontîc de colo-colo, în lungul şi-n latul Londrei, fără să-şi amintească cine e. El de fapt e duce, dar nu ştie. Apoi întîlneşte într-un autobuz o fată drăguţă, simplă şi sinceră. Ea se suie, îi ia vîntul pălăria, el i-o prinde, după care urcă împreună pe platformă, se aşază unul lîngă altul şi încep să vorbească despre Charles Dickens. Care e scriitorul preferat al amîndurora. Tipul poartă tot timpul la el un *Oliver Twist*. Ea, aşijderea. Mai aveam puţin şi vomam. Oricum, se îndrăgostesc cît ai clipi, pe motiv că sînt amîndoi fani înrăiţi ai lui Charles Dickens, şi el începe s-o ajute să-şi conducă afacerea cu editura. Are o editură – fata, adică. Numai că n-o duce chiar pe roze, pentru că frate-său e un beţiv şi îi cheltuieşte tot mălaiul. E un tip foarte otrăvit, fratele, pentru că a fost doctor pe vremea războiului şi acum nu mai poate să opereze pentru că are nervii făcuţi praştie, aşa că trage la măsea non-stop, dar de mers îi merge capul. Asta e. Alec al nostru scrie o carte, fata o publică şi aşa fac ei împreună o pălărie de bani. Toate-s ca şi pregătite de nuntă, cînd apare fata astalaltă, Marcia. Marcia era logodnica lui Alec pînă să-şi piardă el memoria şi îl recunoaşte într-un magazin, unde el dă autografe pe cărţi. Îi povesteşte lui Alec că de fapt e duce şi aşa mai departe, dar el n-o crede şi nu vrea să meargă cu ea să-şi viziteze mama. Maică-sa e oarbă ca o cîrtiţă. Dar cealaltă, fata simplă, îl convinge să se ducă. Are un suflet foarte nobil. Aşa că se duce. Dar tot nu-şi recapătă memoria, nici măcar cînd îi sare în faţă dogul lui danez uriaş şi maică-sa îi pipăie faţa cu degetele şi îi aduce ursuleţul de care nu se despărţea cînd era mic. Dar, într-o bună zi, nişte copii joacă cricket pe-o pajişte şi îl lovesc cu mingea în cap. La care tipului îi revine memoria instantaneu şi intră în casă şi îşi pupă mama pe frunte. După care redevine un duce normal şi uită complet de gagica simplă cu editura. V-aş spune şi restul poveştii, dar chiar s-ar putea să vărs. Nu c-aş strica-o, Doamne fereşte. Nici n-ai ce strica, la naiba. Oricum, se termină cu nunta dintre Alec şi gagica simplă şi cum fratele beţivan se vindecă de nervi şi o operează pe mama lui Alec, ca să vadă iarăşi, şi după aia fratele beţivan şi draga de Marcia se consolează unul în braţele celuilalt. Ultima scenă din film e cu toţi la o masă lungă, rîzînd de le cad izmenele, pentru că dogul danez intră în cameră cu o droaie de pui după el. Toată lumea credea că e mascul, presupun, sau ceva. Nu pot să vă spun decît atît : să nu vă duceți să-l vedeți, dacă nu vreți să vă vărsați mațele.

Partea care mi-a mers mie la inimă, acum. Pe locul de lîngă mine era o doamnă care a plîns practic tot filmul. Cu cît devenea mai zaharisit, cu atît plîngea mai abitir. Ai fi crezut că plînge pentru că avea așa un suflet bun, dar stăteam chiar alături și, credeți-mă, nu era cazul. Avea cu ea un băiețel care se plictisea ca naiba și tot cerea la toaletă, dar tipa nu voia să-l ducă. Îi zicea întruna să stea locului și să se poarte frumos. Bună la suflet ca un lup, n-am ce zice. Luați pe oricine care plînge de i se usucă ochii la siropoșeniile din filme și-n nouă cazuri din zece o să vedeți că e rău la suflet și ticălos. Nu glumesc.

După ce s-a terminat filmul, am luat-o la pas către Wicker Bar, unde trebuia să mă văd cu Carl Luce. Mergînd, mă gîndeam la război și toate celelalte. Așa pățesc de la filmele de război. Nu cred c-aș suporta, dac-ar trebui să merg la război. Chiar n-aș putea. N-ar fi prea rău dacă te-ar scoate din rînd, te-ar împușca și gata. Nu, problema e că trebuie să stai în armată atîta timp. Frate-meu D.B. a făcut armata patru ani bătuți pe muchie. A fost și în război – a participat la debarcarea din Ziua Z și tot tacîmul –, dar impresia mea sinceră rămîne că a urît armata mai mult ca războiul. Eram un țînc pe vremea aia, dar țin minte că venea acasă în permisie și nu făcea nimic decît să zacă în pat toată ziua. Abia dacă apărea din cînd în cînd în sufragerie. Mai încolo, cînd a plecat peste ocean și a luat parte la război, n-a fost rănit și nici n-a trebuit să tragă în cineva. Nu trebuia decît să conducă mașina unui general cu față de cowboy, pe unde avea tipul treabă. O dată i-a spus lui Allie că, dac-ar fi trebuit să tragă în cineva, nici n-ar fi știut în ce direcție să țintească. Spunea că armata noastră era practic la fel de plină de ticăloși ca a naziștilor. Țin minte că Allie l-a întrebat la un moment dat dacă nu era, într-un fel, bine că a luat parte la război pentru că, scriitor fiind, îi dădea o groază de material pentru scris. L-a pus pe Allie să se ducă să-și aducă mănușa de baseball, după care l-a întrebat cine e cel mai bun poet de război, Rupert Brooke sau Emily Dickinson? Allie a răspuns că Emily Dickinson. Eu, unul, nu știu prea multe despre treburile astea, pentru că nu citesc prea multă poezie, dar știu sigur că m-ar apuca nebunia dac-aș fi nevoit să fac armata și să-mi petrec tot timpul cu o gașcă de tipi ca Ackley și Stradlater și amicu' Maurice, mărșăluind cu ei și așa mai departe. Am fost la cercetași mai demult, timp de-o săptămînă, și n-am suportat nici măcar să mă uit la ceafa tipului din fața mea. Asta ne ziceau încontinuu, să nu ne luăm ochii de la ceafa băiatului din față. Jur că, dac-ar începe un nou război, mai bine m-ar scoate pur și simplu din rînd și m-ar propti în fața plutonului de execuție. N-aș avea nimic de obiectat. Ce mă atacă la D.B. e că ura războiul așa de mult și totuși m-a pus să citesc *Adio, arme!* vara trecută. Mi-a zis că e grozavă. Asta nu pot să pricep. E cu un tip pe care-l chema locotenent Henry, un băiat, chipurile, foarte de treabă. Nu văd cum putea D.B. să urască armata și războiul așa de tare, și totuși să-i placă de-un prefăcut ca ăla. Cum ar veni, nu înțeleg cum poate să-i placă o carte expirată ca aia, dar, în același timp, şi aceea a lui Ring Lardner sau cealaltă după care e mort el, *Marele Gatsby*. D.B. s-a enervat cînd i-am spus-o şi mi-a răspuns că sînt prea necopt ca s-o gust la adevărata valoare, dar nu cred că e adevărat. I-am zis că-mi plac Ring Lardner şi *Marele Gatsby*. Aşa şi era. Eram înnebunit după *Marele Gatsby*. Bătrîne! Expresia asta m-a dat pe spate. Oricum, într-un fel mă bucur că au inventat bomba atomică. Dacă mai începe vreodată un război, o să mă aşez fix în vîrful ei. O să mă ofer voluntar, lua-o-ar naiba. Jur pe ce-am mai sfînt c-aşa fac.

19

În caz că nu stați în New York, barul Wicker e într-un hotel oarecum cu pretenții, Hotelul Seton. Mergeam acolo destul de des, dar m-am lăsat. Am tăiat-o, puțin cîte puțin. E unul din locurile alea cu aere de sofisticăreală, unde stau snobii ca-n vitrină. Aveau două gagici franțuzoaice, Tina și Janine, care ieșeau să cînte la pian și voce cam de trei ori pe seară. Una din ele cînta la pian – nasol de tot – și cealaltă din gură, și majoritatea cîntecelor erau ori deocheate, ori în franțuzește. Vocalista, Janine adică, avea obiceiul să șoptească în microfon pînă să înceapă să cînte. Spunea ceva de genul: „Și acum am vreaa să cîntăăm «Vuli Vu Franse» în varrianta noaastrră. E voorba desprre o fetișcană din Fransa care vine într-un oraș mare, așa, ca New York-ul, și se îndrăgostește de un băiat din Brookliin. Sper să vă plaacă". Apoi, după ce termina cu șușoteala și drăgălășeniile, începea să cînte un cîntec cretin, jumate în englezește, jumate în franțuzește, de-i înnebunea de plăcere pe toți adunații din local. Dacă stăteai acolo suficient de mult și îi auzeai pe toți închipuiții aplaudînd, ajungeai să urăști toți oamenii de pe lume, jur. Și barmanul era un păduche. Snob cît cuprinde. Nici nu catadicsea să-ți vorbească dacă nu erai vreun baștan sau o vedetă sau ceva. Dar dacă erai baștan sau vedetă, atunci devenea și mai grețos. Venea la tine și spunea, cu un zîmbet larg și fermecător, ca și cum ar fi fost de fapt un tip beton, dacă ajungeai să-l cunoști: „Ei, bine, ce mai face Connecticut-ul?“ sau „Ce mai face Florida?“ Groaznic loc, fără glumă. Am tăiat-o de tot cu dusul acolo, ușor-ușor.

Am ajuns destul de devreme. M-am așezat la bar – era mare aglomerație – și am băut două scotch-uri cu sifon pînă s-apuce măcar să apară Luce. M-am ridicat în picioare cînd le-am comandat, ca să vadă ce înalt sînt și să nu creadă că-s un minor amărît. După aia am contemplat snobimea o vreme. Un tip de lîngă mine o vrăjea la greu pe tipesa care era cu el. Îi tot zicea că ce mîini de aristocrată are. Asta m-a dat pe spate. În celălalt capăt al barului era plin de poponari. N-arătau prea de tot a fetițe – adică n-aveau părul lung sau ceva –, dar tot se vedea ce erau. În cele din urmă, și-a făcut apariția și Luce.

Luce al nostru. Ce tip. Fusese chipurile îndrumătorul meu la Whooton. Dar singura chestie pe care a făcut-o în această calitate a fost că ne ținea prelegeri despre sex, noaptea tîrziu, cînd ne adunam mai mulți la el în cameră. Știa o groază de chestii despre sex, mai ales despre perverși. Ne povestea tot timpul de tipi scabroși care fac dragoste cu oi și de tipi care se plimbă de colo-colo cu chiloți de damă cusuți în căptușeala pălăriei și alte treburi de-astea. Și despre poponari și lesbiene. Luce știa de fiecare poponar și lesbiană din Statele Unite. Nu trebuia decît să spui numele cuiva – al oricui – și Luce îți confirma dacă era sau nu. Uneori nu-ți venea să crezi, mă refer la oamenii de care zicea că-s poponari sau lesbiene, actori de film sau ce-or fi fost. Unii din cei de care spunea că sînt poponari erau chiar însurați! Și tu te mirai întruna:

— Vrei să spui că Icsulescu e poponar? Icsulescu? Tipul mare și tare care joacă numai gangsteri și cowboy?

La care Luce răspundea:

— Sigur.

Așa spunea mereu, „Sigur“.

Mai spunea că nu contează dacă un tip e însurat sau nu și că jumătate din bărbații însurați din toată lumea erau poponari fără să-și dea seama. Spunea că poți să ajungi așa practic peste noapte, dacă aveai trăsăturile necesare. Chestia asta ne speria de moarte. Eu, unul, așteptam încontinuu să mă transform în poponar sau ceva. Partea amuzantă cu Luce e că mi se părea cam poponar el însuși, într-un fel. Cînd mergeai pe hol, striga: „Vezi dacă-i mărimea ta“, după care, pac, te împungea cu degetul în fund. Și cînd se ducea la spălător, avea obiceiul să lase ușa deschisă și să stea de vorbă cu tine – da! – în timp ce te spălai pe dinți sau cine știe ce făceai. Asta mie-mi sună a poponăreală. Și chiar așa e. Am cunoscut pe la școli cîțiva care erau de-adevăratelea și așa se purtau, și de-aia am avut întotdeauna dubiile mele în privința lui Luce. Dar de inteligent, era inteligent. Serios.

Nu te saluta niciodată cînd te întîlneai cu el. Primul lucru pe care l-a spus cînd s-a așezat a fost că nu poate să stea decît cîteva minute. Mi-a zis că are o întîlnire. După care și-a comandat un Martini sec. I-a spus barmanului să i-l facă foarte sec și să nu-i pună măslină.

— Hei, ți-am făcut rost de un poponar, i-am spus. La capătul barului. Nu te uita acum. L-am păstrat pentru tine.

— Foarte amuzant. Același Caulfield pe care-l știm. Cînd ai de gînd să mai crești și tu?

Îl plictiseam de moarte. Serios. Dar mă amuza. Era unul din tipii care mă distrează foarte tare, nu știu de ce.

— Cum mai stai cu sexul?

Detesta să-l întrebi chestii de-astea.

— Relaxează-te. Simte-te și tu bine, pentru Dumnezeu.

— Sînt relaxat. Cum e la Columbia? Îți priește?

— Sigur că-mi place. Dacă nu-mi plăcea, nu m-aș fi dus acolo.

Uneori reușea să fie și el plicticos cît încape.

— Și-n ce-ți dai diploma? În perverși?

Mă prosteam și eu..

— Și tu cum încerci să fii? Amuzant?

— Nu. Glumeam. Auzi, Luce, voiam să-ți spun ceva. Tu ești din categoria intelectuali. Am nevoie de un sfat. Sînt într-o mare...

Aici a băgat un oftat din rărunchi.

— Ascultă-mă bine, Caulfield. Dacă vrei să stăm aici și să bem și noi ca oamenii, în liniște și pace și să avem o conversație liniștită – pricepi? – și plă...

— Bine, bine. Relaxează-te.

Era evident că n-avea chef să discutăm nimic serios. Asta-i buba cu intelectualii ca el. Nu vor să vorbească de ceva serios decît dacă au ei chef. Drept care nu-mi rămînea decît să intrăm în subiecte generale.

— Acum fără glumă, cum mai stai cu sexul? Te mai vezi cu gagica aia cu care erai la Whooton? Aia cu super...

— O, Doamne, nu!

— Cum așa? Ce s-a întîmplat cu ea?

— N-am nici cea mai vagă idee. Dacă mă întrebi, după cîte știu, cred c-a ajuns deja regina curvelor din New Hampshire.

— Nu-i frumos din partea ta. Dacă a avut bunul-simț să te lase să ajungi în patul ei, ai putea măcar să nu vorbești așa despre ea.

— O, Doamne! Ai de gînd să începem o discuție gen Caulfield? Vreau să aflu de acum.

— Nu, dar tot nu e frumos. Dacă a avut bunul-simț și amabilitatea să te lase să...

— Chiar trebuie să continuăm în direcția asta? Ești îngrozitor.

N-am spus nimic. Mi-era oarecum teamă c-o să se ridice și-o să plece, dacă nu-mi țin gura. Așa că m-am mulțumit să comand încă un pahar. Aveam chef să mă-mbăt mangă.

— Cu cine te mai vezi acum? l-am întrebat. Ai chef să-mi spui?

— N-o cunoști.

— Bine, dar cine? S-ar putea s-o știu.

— Cu o fată care stă în Village. Sculptoriță, dacă te interesează așa tare.

— Da? Vorbești serios? Cîți ani are?

— Doamne, îți dai seama că n-am întrebat-o niciodată!

— Bine, cam cu aproximaţie?

— Aş zice că e trecută binişor de treizeci.

— De treizeci? Da? Îţi place aşa? Îţi plac mai bătrîne?

Îl întrebam pentru că ştia de-adevăratelea o grămadă de chestii despre sex. Din cîţi tipi cunoşteam eu, era printre puţinii experţi. O făcuse prima oară la paişpe ani, în Nantucket. Vorbesc serios.

— Îmi plac persoanele mature, dacă la asta te referi. Sigur.

— Da? De ce? Acuma fără glumă, sînt mai bune în pat şi alea-alea?

— Ascultă. Hai să stabilim un lucru. Refuz să răspund la vreuna din întrebările tipice Caulfield în seara asta. Cînd dracului o să te maturizezi şi tu?

O vreme, n-am mai scos nici un cuvînt. Am lăsat-o moartă. Apoi Luce a comandat încă un Martini şi i-a spus barmanului să-l facă şi mai sec.

— Auzi, de cînd umbli cu gagica asta, sculptoriţa? l-am întrebat.

Chiar mă interesa povestea.

— O cunoşteai cînd erai la Whooton?

— N-aveam cum. De-abia a sosit în ţară acum cîteva luni.

— Da? De unde e?

— Din Shanghai, dacă întrebi.

— Faci mişto? Vrei să spui că e chinezoaică?

— Evident.

— Faci mişto? Şi-ţi place chestia asta? Vreau să spun, că-i chinezoaică?

— Evident.

— De ce? Chiar mă interesează să aflu, serios.

— Pur şi simplu mi se pare că filozofia orientală îmi oferă mai multe satisfacţii decît cea occidentală. Dacă te macină curiozitatea...

— Da? Cum adică „filozofia“? Adică sexul şi toate alea? E mai bun în China? Despre asta vorbim?

— Nu neapărat în China, pentru Dumnezeu. Eu mă refeream la Orient în general. Ţii neapărat să continuăm discuţia asta aberantă?

— Acum serios. Nu glumesc. De ce e mai bun în Orient?

— Doamne! E prea complicat să intrăm în subiectul ăsta acum. Pur şi simplu ei percep sexul ca pe o experienţă fizică şi spirituală în acelaşi timp. Dacă tu crezi că...

— La fel şi eu! Şi eu îl percep ca... aşa cum spuneai... o experienţă fizică şi spirituală şi aşa mai departe. Exact. Dar depinde cu cine o fac, la dracu'. Dacă o fac cu o fată pe care nici măcar...

— Nu-i nevoie să strigi în gura mare. Doamne, Caulfield! Dacă nu reuşeşti nici să-ţi stăpîneşti vocea, hai s-o lăsăm moartă...

— Bine, dar ascultă-mă puţin.

Mă luase valul şi, recunosc, vorbeam niţel cam tare. Uneori vorbesc un pic mai tare cînd mă ambalez.

— Exact asta susţin şi eu. Ştiu c-ar trebui să fie o chestie fizică şi spirituală şi artistică... Dar ideea e că nu poţi s-o faci cu absolut oricine, cu orice fată cu care te giugiuleşti, şi să-ţi iasă aşa. Tu poţi?

— Hai s-o lăsăm moartă. Bine?

— Bine, bine, dar ascultă-mă o clipă. Dacă te iei pe tine cu gagica asta chinezoaică... Ce-i așa deosebit la voi doi?

— Las-o moartă.

Intram în niște chestiuni prea personale. Îmi dau seama. Dar ăsta era unul din lucrurile care mă enervau la Luce. Cînd eram la Whooton, te făcea să-i descrii cele mai intime lucruri din viața ta, dar dacă începeai să-i pui întrebări care-l priveau pe el, se oftica. Tipilor ăstora intelectuali nu le place să poarte o conversație intelectuală decît dacă o conduc ei. Întotdeauna vor să taci cînd tac ei și să te întorci la tine-n cameră cînd se întorc ei. La Whooton, pe Luce îl scotea din sărite – trebuia să fii chior ca să nu vezi – dacă, după ce ne servea o prelegere despre sex la el în cameră, noi, ăștia cîțiva, o lălăiam pe acolo și mai stăteam la palavre o vreme. Adică ceilalți tipi și cu mine. În cameră la altcineva. Luce ura chestia asta. Voia să se întoarcă toți în camerele lor și să nu mai zică nimic după ce-și încheia el programul de primadonă. Părerea mea e că se temea să nu spună vreunul ceva mai deștept decît el. Mă făcea să rîd.

— Poate o să mă duc în China. Stau prost la capitolul sex.

— Firește. Ai o minte necoaptă.

— Da, așa-i. Sînt conștient. Știi care-i necazul la mine? Nu reușesc deloc să mă încing – să mă încing pe bune – cu o fată de care nu-mi place tare de tot. Trebuie să-mi placă foarte mult tipa. Dacă nu, îmi pierd oarecum dorința, fir-ar să fie. Frate, chestia asta chiar îmi dă peste cap viața sexuală, ceva de groază. Viața mea sexuală e varză.

— Bineînțeles că e, pentru numele lui Dumnezeu. Ți-am spus ultima oară cînd ne-am văzut ce cred eu că-ți trebuie.

— Adică să mă duc la un psihanalist?

Asta-mi zisese c-ar trebui să fac. Taică-său era psihanalist.

— Tu hotărăști. Nu mă privește nici cît negru sub unghie ce faci cu viața ta.

O vreme n-am mai spus nimic. Mă gîndeam.

— Presupunînd că m-aș duce la taică-tău și m-ar psihanaliza... Ce mi-ar face? Ce-ar putea să-mi facă, exact?

— De făcut nu ți-ar face nimic. Pur și simplu ați sta de vorbă. Doamne! În primul rînd, te-ar ajuta să-ți recunoști tiparele mentale.

— Ce anume?

— Tiparele mentale. Mintea funcționează în... Uite ce. N-am de gînd să-ți țin un curs de introducere în psihanaliză. Dacă te interesează, dă-i un telefon și fă-ți programare. Dacă nu, nu. Sincer, de-aia nu mai pot eu.

I-am pus mîna pe umăr. Frate, ce mă distra!

— Prietenul la nevoie se cunoaște. Știai?

Se uita la ceasul de la mînă.

— Trebuie s-o tai, a spus și s-a ridicat de pe scaun. Mă bucur că te-am văzut.

I-a făcut semn barmanului și i-a zis să-i facă nota separat.

— Hei, l-am oprit chiar înainte să se care. Pe tine te-a psihanalizat taică-tău vreodată?

— Pe mine? De ce întrebi?

— Fără nici un motiv. Dar te-a psihanalizat sau nu?

— Nu tocmai. M-a ajutat să mă pun la punct într-o anumită măsură, dar n-a fost nevoie de o analiză mai amplă. De ce te interesează?

— Fără nici un motiv. Eram doar curios.

— Bine. Ai grijă ce mai faci.

Tocmai lăsa ciubucul și dădea să plece, cînd i-am spus:

— Mai ia-ți doar un rînd. Te rog. Mă simt singur ca naiba. Nu glumesc.

Mi-a zis că nu poate, că era deja în întîrziere, după care a plecat.

Amicu' Luce. La drept vorbind, era o hahaleră, dar nu poți să spui că n-avea vorbe-n gură. Avea cel mai bogat vocabular dintre toți băieții de la Whooton. Ne-au dat odată un test.

20

Și-am stat acolo, îmbătîndu-mă și așteptînd să apară Tina și Janine să-și facă numărul, dar nu erau pe baricade. A venit un tip cu față de poponar și păr ondulat și a cîntat la pian și după el a ieșit să cînte o gagică nouă, Valencia. Nu strălucea deloc, dar era mai ca lumea decît Tina și Janine și cel puțin cînta muzică bună. Pianul era chiar lîngă bar, unde stăteam eu, și Valencia se afla practic la doi pași de mine. Am început să-i arunc ocheade, dar s-a făcut că nici nu mă vede. Probabil că, în mod normal, nu m-aș fi purtat așa, dar eram beat criță. Cînd a terminat, s-a cărat așa de repede, că n-am mai apucat s-o invit să bea ceva cu mine. Drept care i-am făcut semn șefului de sală. I-am spus s-o întrebe pe Valencia dacă i-ar face plăcere să-mi țină companie la un pahar. A zis c-o s-o întrebe, dar presupun că nu s-a obosit să-i transmită mesajul. Nimeni nu-ți dă mesajul mai departe la nimeni.

Frate, am rămas la bar cam pînă la unu sau cît o fi fost și m-am făcut mangă. De-abia mai vedeam în fața ochilor. Dar am avut mare grijă să nu devin, naibii, turbulent sau ceva. Nu voiam să atrag atenția asupra mea și să mă întrebe careva cîți ani am. Frate, da' abia mai vedeam. Cînd m-am îmbătat de-a binelea, am început din nou numărul ăla stupid, cu glonțul în burtă. Eram singurul tip de la bar cu un glonț în burtă. Mă țineam cu mîna de mațe, pe sub jachetă, ca să nu umplu podeaua de picături de sînge. Nu voiam să se afle că m-au atins. Mascam, vezi Doamne, faptul că eram un ticălos împușcat. În cele din urmă, ce mi-a venit? Mi-a venit chef să-i dau un țîr lui Jane, ca să văd dacă a venit acasă. Așa că am achitat nota. După aia am plecat din bar și am ieșit să caut un telefon. Îmi țineam în continuare mîna sub haină, ca să nu picure sînge. Frate, da' beat eram!

Dar cînd am intrat în cabina de telefon, mi-a trecut cheful s-o mai sun pe Jane. De beat ce eram, presupun. Așa că ce-am făcut... i-am dat un țîr lui Sally Hayes.

A trebuit să formez vreo douăzeci de numere pînă l-am nimerit pe cel bun. Frate, nici nu mai vedeam.

— Alo! am spus cînd mi-a răspuns cineva la nenorocitul ăla de telefon.

De fapt, am cam zbierat, de beat ce eram.

— Cine e? am auzit vocea ca de gheață a unei doamne.

— Eu sînt. Holden Caulfield. Vea' să vobescu Sally, vă r-rog.

— Sally doarme! Sînt bunica ei. De ce suni la ora asta, Holden? Ai idee cît e ceasul?

— Mda. Vreau să discut 'u Sally. Foarte important. Dați-mi-o la te'efon.

— Sally doarme, tinere! Sună mîine. Noapte bună.

— Treziţi-o! Hei, treziţi-o. Bravo, băiatu'.

Apoi am auzit altă voce.

— Holden, eu sînt.

Era Sally.

— Care-i treaba?

— Sally? Tu eşti?

— Da, şi nu mai ţipa. Eşti beat?

— Mda. Ascultă. Hei, ascultă-mă. O să vin în seara de Ajun. OK? Împodobesc bradul ăla pent'u tine. OK? Hei, e OK, Sally?

— Da. Eşti beat. Acum du-te să te culci. Unde eşti? E cineva cu tine?

— Sally? O să vin şi o să-ţi împodobesc bradu', OK? Hei, e OK?

— Da! Acum du-te să te culci. Unde eşti? E cineva cu tine?

— Nimeni. Io, io însumi şi cu mine.

Frate, da' beat mai eram! Încă mă ţineam de maţe.

— M-au ciuruit. Banda lui Rocky m-a făcut. Ştii ceva? Sally, ştii ceva?

— Nu te aud. Acum du-te să te culci. Trebuie să închid. Sună-mă mîine.

— Hei, Sally! Vei să-ţi împodobesc bradu'? Vrei au ba? Ăă?

— Da, ţi-am zis! Noapte bună. Du-te acasă şi bagă-te în pat.

Şi mi-a închis în nas.

— 'Pte bună. 'Pte bună, Sally fetiţo. Sally scumpă şi dragă.

Vă daţi seama cît de beat eram? După care am pus receptorul în furcă. M-am gîndit că poate tocmai ajunsese acasă de la o întîlnire. Mi-am imaginat-o ieșind în oraș cu soții Lunt și cu fițosul de la Andover. Cum înotau toți într-o ditamai ceașca de ceai și-și spuneau treburi sofisticate și erau fermecători și expirați. Aș fi dat orice să n-o fi sunat. Cînd mă îmbăt, o iau razna.

Am rămas în cabina de telefon destul de mult. Mă țineam de aparat, ca să nu leșin pe jos. Ca s-o zic pe-aia dreaptă, nu mă simțeam prea grozav. Într-un final, m-am îndurat să ies și m-am dus la toaletă, bălăbănindu-mă de colo-colo ca un tîmpit, și am umplut una dintre chiuvete cu apă rece. Apoi mi-am vîrît tărtăcuța în apă, pînă la urechi. Nu m-am obosit să-mi usuc părul sau ceva. L-am lăsat pur și simplu să șiroiască, dă-l naibii. După aia m-am dus la un calorifer de lîngă geam și m-am așezat pe el. Plăcut și fierbinte. Îmi făcea bine, pentru că tremuram ca varga. Mi se întîmplă o chestie ciudată... întotdeauna tremur ca naiba cînd mă îmbăt.

Cum n-aveam altceva de făcut, am stat pe calorifer ceva timp, numărînd pătrățelele albe din pardoseală. Ud fleașcă. Pe gît îmi șiroia apa cu găleata, udîndu-mi gulerul și cravata și toate, dar de-aia nu mai puteam eu. Eram prea beat ca să-mi pese de ceva. Peste puțin timp, tipul care o acompania la pian pe Valencia, ăla cu păr ondulat și față de poponar, a intrat să-și pieptene buclele aurii. Am legat o conversație în timp ce se aranja, doar că el nu plesnea de prietenos.

— Hei! Te vezi cu bunesa de Valencia cînd te-ntorci în bar? l-am întrebat.

— Extrem de probabil.

Făcea pe spiritualul, nemernicul. Doar de ăştia am eu parte.

— Ascultă. Transmite-i complimente din partea mea. Întreab-o dacă i-a transmis chelnerul mesajul de la mine.

— De ce nu te duci acasă, băiete? Chiar aşa, cîţi ani ai?

— Optzeşase. Ascultă. Transmite-i complimente din partea mea. Bine?

— De ce nu te duci acasă, băiete?

— Nu vrea băiatu'. Frate, da' ştii să cînţi la pian, nu glumă.

Doar îl flatam. Dacă vreţi să ştiţi adevărul, cînta ca o cizmă.

— Ar trebui să te duci la radio. Un gagiu arătos ca tine, cu buclele astea aurii... N-ai nevoie de-un impresar?

— Du-te acasă. Fii băiat de treabă. Du-te acasă şi bagă cornu-n pernă.

— N-am casă la care să mă duc. Nu glumesc, n-ai nevoie de-un impresar?

Nu mi-a răspuns. A ieşit şi dus a fost. A terminat cu pieptănatul şi aranjatul frezei şi, prin urmare, a plecat. Exact ca Stradlater. Toţi tipii ăştia care arată bine sînt traşi la indigo. Cum au terminat cu pieptănatul, îţi întorc spatele şi se cară.

Cînd, în cele din urmă, m-am dat jos de pe calorifer ca să mă duc la garderobă, pot să vă spun că plîngeam. Nu ştiu de ce, dar plîngeam. Cred că unde mă simţeam aşa de deprimat şi de singur. Ajuns la garderobă, nu mi-am mai găsit jetonul. Dar fata de la garderobă a fost foarte drăguţă. Mi-a dat haina şi fără număr. Şi discul cu *Little*

Shirley Beans, pe care încă îl aveam la mine. I-am dat un dolar pentru amabilitate, dar n-a vrut să-l primească. Îmi tot spunea să mă duc acasă să mă bag în pat. Am încercat oarecum să stabilesc o întîlnire cu ea cînd iese din tură, dar n-a vrut. Mi-a zis că e destul de bătrînă să-mi fie mamă. I-am arătat firele albe și i-am spus că am patruzeci și doi. Mă prosteam, bineînțeles. Dar a rămas politicoasă. I-am arătat șapca roșie de vînătoare și i-a plăcut. M-a obligat să mi-o pun pe cap înainte să ies afară, pentru că încă aveam părul fleașcă. A fost de treabă.

Cînd am ieșit în stradă, nu m-am mai simțit atît de beat, dar se făcuse din nou foarte frig și-mi clănțăneau dinții ca naiba. Pur și simplu nu puteam să-i opresc. Am ieșit în Madison Avenue și m-am postat să aștept un autobuz, fiindcă eram pe sponci cu lovelele și trebuia să încep să fac economie la banii de taxiuri. Dar n-aveam chef să mă sui într-un autobuz de rahat. Și-n plus, nici nu știam în ce direcție ar trebui s-o apuc. Așa că am luat-o pe jos înspre parc. Mă gîndeam să mă duc la iazul ăla și să văd ce naiba fac rațele, să văd dacă sînt pe acolo sau nu. Tot nu aflasem dacă rămăseseră sau nu. Parcul nu era prea departe și oricum n-aveam vreun loc precis unde să merg – nici măcar nu știam unde urma să dorm –, așa c-am luat-o din loc. Nu mă simțeam obosit sau ceva. Doar trist și întors pe dos.

Taman cînd am intrat în parc, s-a întîmplat ceva îngrozitor. Am scăpat pe jos discul lui Phoebe. S-a spart în cincizeci de bucățele. Îl țineam într-un plic mare, dar tot s-a spart. Aproape că m-a bufnit plînsul, m-am simțit groaznic, dar n-am mai avut ce face, decît să scot bucăţelele din plic şi să le bag în buzunarul de la haină. Nu mai erau bune de nimic, dar nu mi-a venit să le arunc şi gata. După care am intrat în parc. Frate, da' era un întuneric!

Stau în New York de cînd mă ştiu şi cunosc Central Park ca pe propriu-mi buzunar, pentru că aici mă dădeam tot timpul cu rotilele şi mergeam cu bicicleta cînd eram mic, dar am avut mult de furcă să găsesc iazul în noaptea aia. Ştiam exact unde e, chiar lîngă intrarea dinspre sud, dar tot n-am reuşit să-l găsesc. Pesemne eram mai beat decît mi se părea mie. Am mers şi-am mers şi se făcea din ce în ce mai întuneric, din ce în ce mai înfricoşător. N-am văzut ţipenie de om cît timp m-am învîrtit prin parc. Ceea ce mă bucură. Probabil c-aş fi sărit pînă-n cer şi înapoi dacă dădeam nas în nas cu cineva. Apoi, într-un final, l-am descoperit. O parte îngheţase, o parte nu. Dar n-am văzut nici o raţă prin preajmă. Am înconjurat iazul dintr-o parte-ntr-alta – de fapt, la un moment dat n-a lipsit mult să cad în el –, dar n-am văzut nici o singură raţă. M-am gîndit că, poate, în caz că erau totuşi acolo, or dormi sau ceva pe lîngă marginea apei, printre ierburi, cine ştie. Aşa s-a făcut de era să cad în iaz. Dar n-am găsit nici urmă de raţe.

În cele din urmă, m-am aşezat pe o bancă unde nu era aşa beznă. Frate, tremuram în draci şi, la spate, deşi aveam şapca pe cap, părul mi se umpluse de bobiţe de gheaţă. Asta m-a îngrijorat. M-am gîndit că poate fac pneumonie şi mor. Am început să-mi imaginez milioane de netrebnici venind la înmormîntarea mea. Bunicul meu din

Detroit, ăla care strigă în gura mare numerele străzilor cînd mergi cu el în autobuz, și mătușile – am vreo cincizeci de mătuși – și toți verii amărîți. Ce adunătură s-ar strînge. Cînd a murit Allie, au venit toți în păr, gașca de cretini. Am o mătușă cretină căreia îi pute gura, care zicea întruna vai, cît de împăcat arată el întins acolo. D.B. mi-a povestit. Eu nu eram de față. Eram încă la spital. A trebuit să mă duc la spital după ce m-am tăiat la mînă. Nu contează. Mă temeam c-o să mă pricopsesc cu o pneumonie, de la bobițele alea de gheață în păr, și că urma să mor. Îmi părea rău de tot pentru mama și tata. Mai ales pentru mama, pentru că încă nu-și revenise după fratele meu Allie. Mi-o tot imaginam neștiind ce să facă cu toate costumele și echipamentele mele sportive. Singura chestie de bine, știam că n-o să-i dea voie lui Phoebe să vină la înmormîntarea mea, pentru că e doar un copil. Singura parte bună. Apoi m-am gîndit la ceilalți, cum mă căptușeau într-un cimitir amărît, cu numele scris pe o piatră funerară și tot tacîmul. Înconjurat de morți. Frate, cînd ești mort, chiar că te aranjează să nu mai scapi. Sper din tot sufletul ca, atunci cînd chiar o fi să mor, să aibă cineva suficientă minte și să mă arunce într-un rîu sau ceva. Orice, numai să nu mă înfunde într-un cimitir. Cu oameni care vin duminica și-ți pun un buchet de flori pe burtă și toate rahaturile astea. Cine să vrea flori, mort? Nimeni.

Cînd e frumos afară, ai mei se duc destul de des cu flori la mormîntul lui Allie. M-am dus cu ei de două ori, dar apoi am renunțat. În primul rînd, nu-mi place deloc să-l văd în cimitirul ăla dement.

înconjurat de morți și monumente funerare și toate celelalte. Pe vreme însorită, nu era atît de rău, dar de două ori – de două ori! – ne-a prins ploaia acolo. Groaznic. Ploua pe amărîta de piatră funerară, ploua pe iarba de pe burta lui. Ploua peste tot. Toți oamenii care veniseră la cimitir au luat-o la fugă spre mașini cît îi țineau picioarele. Chestia asta aproape că m-a înnebunit. Toți oamenii veniți la cimitir puteau să se suie în mașină, să dea drumul la radio și apoi să se ducă într-un loc plăcut să ia cina – toată lumea în afară de Allie. N-am mai suportat. Știu că-n cimitir se află doar trupul, că sufletul lui e în Rai și toată tîmpeniile astea, știu, dar tot n-am putut să rabd. Nu-mi doream decît să nu fi fost acolo. Voi nu l-ați cunoscut. Dacă l-ați fi cunoscut, ați înțelege ce spun. Nu-i așa de rău cînd e soare afară, dar soarele iese doar cînd are el chef să iasă.

După o vreme, doar ca să-mi mai iau gîndul de la pneumonie, mi-am scos mălaiul și am încercat să văd cît mai aveam, în lumina chioară de la felinar. Am numărat trei hîrtii de un dolar, cinci monede de douășcinci de cenți și una de cinci. Atît. Frate, cheltuisem o avere de cînd plecasem de la Pencey. După aia, ce-am făcut... Am coborît la marginea iazului și am aruncat monedele, făcînd broasca, în partea neînghețată. Nu știu ce mă apucase, dar am făcut-o. Presupun c-am crezut că o să-mi scoată din cap treaba cu pneumonia și moartea mea. Dar nu mi-a ieșit schema.

Am început să mă gîndesc cum o să se simtă Phoebe dacă fac pneumonie și mor. Era o copilărie, dar nu puteam să mă opresc. S-ar simți foarte rău dacă s-ar întîmpla așa ceva. Îi place mult de mine.

Vreau să spun, ține la mine destul de mult. Serios. Oricum, nu puteam să-mi scot chestia asta din cap, așa că ce mi-am zis pînă la urmă, mai bine mă furișez acasă, o văd și gata, în caz că urma să mor. Aveam cheia de la intrare la mine și – ce m-am gîndit eu? Să intru furiș în casă, încet de tot, și să stau la o vorbă cu ea un pic. Singurul lucru care mă îngrijora era ușa de la intrare. Scîrțîie de nu se poate. E un bloc destul de vechi, iar administratorul e un nesimțit puturos, așa că toate scîrțîie și pîrîie. Mă temeam c-or să mă audă ai mei strecurîndu-mă înăuntru. Dar m-am hotărît să încerc oricum.

Așa că m-am cărat naibii din parc și m-am dus acasă. Am mers pe jos tot drumul. Nu era prea departe. Nu mă simțeam obosit. Îmi trecuse pînă și beția. Era doar foarte frig și nimeni pe stradă, pe nicăieri.

21

A fost cea mai bună intrare prin efracţie în ani de zile. Cînd am ajuns acasă, liftierul de noapte, Pete, nu era în cabină. În locul lui lucra un tip nou, pe care nu-l mai văzusem niciodată, aşa că m-am gîndit că, dacă nu dau nas în nas cu ai mei şi reuşesc să-i spun salut lui Phoebe, apoi spăl putina, n-o să afle nimeni c-am trecut pe acolo. Ce evadare grozavă ! Şi-ncă mai bine, liftierul cel nou era cam tîmpiţel. I-am spus, pe un ton foarte relaxat, să mă ducă la familia Dickstein. Dicksteinii erau proprietarii celuilalt apartament de pe etajul nostru. Îmi dădusem jos şapca de vînătoare dinainte, ca să nu arăt suspect sau ceva. Am urcat în lift ca şi cum m-aş fi grăbit tare de tot.

Băiatul a închis frumos uşile, totul era pregătit să urcăm, cînd s-a întors la mine şi mi-a spus :

— Nu-s acasă. Sînt la o petrecere la etajul paişpe.

— Nu-i nimic. Am vorbit cu ei să-i aştept. Sînt nepotul.

Mi-a aruncat o privire cretină şi oarecum bănuitoare.

— Mai bine aştepţi în hol, amice.

— N-aş avea nimic împotrivă, serios, dar am o problemă la picior. Trebuie să-l ţin într-o anumită poziţie. Cred c-o să mă aşez pe scaunul din faţa uşii lor.

Habar n-avea despre ce vorbeam, aşa că s-a mărginit să zică „A!" şi m-a dus la etaj. Nu-i rău, frate. Ce chestie amuzantă. Nu trebuie decît să spui ceva ce nu pricepe nimeni şi omu' face practic orice vrei.

Am coborît la noi la etaj – şchiopătînd la greu – şi am luat-o înspre Dicksteini. Apoi, după ce am auzit uşile ascensorului închizîndu-se, m-am întors pe călcîie şi m-am dus spre partea noastră. Mă descurcam bine. Nici măcar nu mă mai simţeam beat. Am scos cheia şi am descuiat uşa, încet ca naiba. Apoi, foarte, foarte atent, am intrat şi am închis uşa după mine. Chiar c-ar fi trebuit să mă fac spărgător.

Era întuneric smoală în antreu, bineînţeles, şi bineînţeles că nu puteam să aprind lumina. Trebuia să fiu atent să nu mă ciocnesc de ceva şi să fac tărăboi. Dar ştiam sigur că sînt acasă. Antreul nostru are un miros ciudat, care nu aduce a nimic altceva. Nu ştiu a ce naiba miroase. Nu-i conopidă şi nici parfum – nu ştiu a ce naiba miroase –, dar îţi spune întotdeauna c-ai ajuns acasă. Am dat să-mi scot haina ca s-o agăţ în dulapul din antreu, dar e plin de umeraşe care zăngăne înfiorător cînd deschizi uşa, drept care am rămas cu haina pe mine. Apoi m-am îndreptat foarte, foarte încet înapoi, spre camera lui Phoebe. Ştiam că menajera n-o să mă audă, fiindcă n-are decît un timpan. Mi-a povestit mai demult că un frate al ei i-a băgat un pai în ureche cînd era mică. A rămas aproape surdă. Dar dacă-i vorba de ai mei, și-n special de maică-mea... mama aude ca un iepure. Așa c-am pășit ușor, ușor de tot, cînd am trecut pe lîngă ușa lor. Mi-am ținut pînă și respirația, la naiba. Lu' tata poți să-i dai c-un scaun în cap și nu se trezește, dar cu maică-mea, cu maică-mea nu trebuie decît să tușești undeva, în Siberia, și te aude. Are probleme cu nervii. De cele mai multe ori stă trează nopțile, fumînd țigară după țigară.

Pînă la urmă, după aproape o oră, am ajuns la camera lui Phoebe. Dar n-am dat de ea. Uitasem. Uitasem că dormea întotdeauna în camera lui D.B. cînd era plecat la Hollywood sau pe undeva. Îi place la el, pentru că e cea mai mare cameră din casă, dar și pentru că are un birou vechi și mare cît China, pe care D.B. l-a cumpărat de la o bețivancă din Philadelphia, și un pat gigantic de zici că-i stadion. Nu știu de unde l-a cumpărat. Nu contează. Lui Phoebe îi place să doarmă în camera lui D.B. cînd nu e el acasă și D.B. îi dă voie. Ar trebui s-o vedeți făcîndu-și temele la biroul ăla dement. E aproape cît patul de mare. De-abia se vede de după el cînd scrie. Dar așa se simte ea bine. Zice că dormitorul ei nu îi place pentru că e prea mic. Zice că-i place să se desfășoare în voie. Asta mă dă pe spate. Ce are Phoebe a noastră de desfășurat? Nimic.

Oricum, am intrat în camera lui D.B. fără nici un zgomot și am aprins lampa de pe birou. Phoebe nici măcar nu s-a trezit. La lumina lămpii, am stat și m-am uitat la ea o vreme cum dormea, cu fața înspre marginea pernei și gura deschisă larg. Ce chestie amuzantă. Dacă te uiți la adulți, arată nasol cînd dorm cu gura deschisă. Copiii, nu. Copiii arată bine. Pot să aibă și salivă peste tot pe pernă și tot bine arată.

Am dat un tur prin cameră, în cea mai mare liniște, și m-am uitat la lucruri. Mă simțeam beton, mai nou. Îmi trecuse cu făcutul pneumoniei și celelalte. Aveam o stare de bine și-atît. Hainele lui Phoebe erau pe un scaun chiar lîngă pat. Pentru un copil, e foarte ordonată. Nu-și aruncă lucrurile unde nimerește, ca alții. Nu-i deloc neglijentă. Pe speteaza scaunului pusese jacheta de la costumașul cacao cu lapte pe care i-l cumpărase maică-mea din Canada. Bluza și celelalte stăteau pe perna scaunului. Pantofii și șosetele erau pe jos, chiar sub scaun, aliniate. Nu mai văzusem pantofii ăia. Erau noi. Niște mocasini maro închis, cam ca ai mei, care mergeau de minune cu costumașul pe care i-l cumpărase mama din Canada. O îmbracă frumos maică-mea. Da. Mama are un gust extraordinar la anumite lucruri. Nu se pricepe să cumpere patine sau ceva de genul ăsta, dar la țoale e neîntrecută. Phoebe e întotdeauna îmbrăcată cu o rochie de te dă pe spate. Dacă te uiți la majoritatea copiilor, de cele mai multe ori au niște haine oribile pe ei, chiar și cei cu părinți bogați. Mi-aș dori s-o vedeți la un moment dat pe Phoebe în costumașul pe care i l-a cumpărat maică-mea din Canada. Serios.

M-am așezat la biroul lui D.B. și m-am uitat la lucruri. Majoritatea erau ale lui Phoebe, de la școală. Multe cărți. Cea din vîrf se numea *Aritmetica distractivă*. Am deschis-o la prima pagina și am aruncat o privire. Și iată ce scrisese Phoebe acolo:

PHOEBE WEATHERFIELD CAULFIELD
clasa 4 B-1

Asta m-a dat pe spate. Pe ea o mai cheamă Josephine, pentru numele lui Dumnezeu, nu Weatherfield, dar nu-i place şi basta. De fiecare dată cînd o văd, are alt prenume ales de ea.

Cartea de dedesubt era de geografie şi cea de sub geografie era de ortografie. E foarte bună la ortografie. Învaţă foarte bine la toate materiile, dar cel mai bine merge la ortografie. Apoi, sub manualul de ortografie, am găsit mai multe caiete. Cred că are cinci sute de caiete. N-aţi văzut în viaţa voastră vreun copil cu mai multe. L-am deschis pe primul şi m-am uitat la prima pagină. Scria aşa:

Bernice ne întîlnim la recreaţie Am ceva foarte foarte important să îţi spun.

Atît era scris pe toată pagina. Pe următorul caiet scria:

De ce sînt atît de multe fabrici de conserve
în sud estul Alaskăi?
Pentru că este atît de mult somon
De ce are aceasta păduri valoroase?
pentru că are clima potrivită.
Ce a făcut guvernul ca să le uşureze viaţa
eschimoşilor din alaska?
de căutat pentru mîine!!!
Phoebe Weatherfield Caulfield
Phoebe Weatherfield Caulfield

Phoebe Weatherfield Caulfield
Phoebe W. Caulfield
Onorabila Phoebe Weatherfield Caulfield
Te rog dă-i-l lui Shirley!!!
Shirley ai spus că ești săgetătoare
dar ești numai taur adu-ți patinele
cînd vii la mine acasă

Am stat la biroul lui D.B. și am citit tot caietul. Nu mi-a luat mult. Sînt în stare să citesc zi și noapte chestii de-astea – caietul vreunui puști, al lui Phoebe sau cine o fi. Îmi plac de mor caietele copiilor. După care mi-am mai aprins o țigară. Era ultima. Cred c-am fumat vreo trei pachete în ziua aia. Apoi, în cele din urmă, am trezit-o. La o adică, nu puteam să stau la birou pînă la capătul zilelor și, în plus, mă temeam c-or să intre ai mei buzna peste mine și voiam să apuc măcar să-i spun salut înainte să mă surprindă. Așa că am trezit-o.

Se scoală foarte ușor. Nu-i nevoie să urli sau ceva. Nu trebuie, practic, decît să te așezi pe pat și să spui: „Scoală-te, Phoeb“, la care ea – hopa! – s-a și trezit.

— Holden! a spus pe loc.

M-a luat cu mîinile pe după gît. E foarte afectuoasă. Adică, pentru un copil, e destul de afectuoasă. Uneori e chiar prea de tot. Am pupat-o pe obraz și ea a zis:

— Cînd ai venit acasă?

Se bucura tare de tot să mă vadă. Se vedea cu ochiul liber.

— Nu așa tare. Tocmai am ajuns. Tu ce mai faci?

— Bine. Ai primit scrisoarea mea? Ți-am scris cinci pagini de...

— Da. Nu așa tare. Mersi.

Îmi scrisese o scrisoare, dar n-avusesem cînd să-i răspund. De la primul pînă la ultimul rînd, era vorba de piesa în care juca la școală. Mi-a spus să nu-mi aranjez întîlniri sau ceva pentru vineri, ca să pot să vin să văd spectacolul.

— Cum merge cu piesa? am întrebat-o. Cum spuneai că se numește?

— *Mister de Crăciun pentru americani.* E oribilă, dar eu sînt Benedict Arnold. Am, practic, rolul cel mai mare.

Frate, da' era trează de-a binelea. Se ambalează foarte tare cînd îți povestește chestii din astea.

— Începe cînd eu mor. Și vine o stafie în seara de Ajun și mă întreabă dacă mi-e rușine. Știi tu. Că mi-am trădat țara și așa mai departe. Vii s-o vezi?

Stătea aproape-n picioare, în moțul patului.

— Despre asta ți-am scris. Vii?

— Sigur că vin. Mai mult ca sigur vin.

— Tati nu poate să vină. Trebuie să plece cu avionul în California.

Frate, da' era trează de-a binelea. Nu-i trebuie decît două secunde și gata, e trează de parcă nici n-a dormit. Stătea în genunchi în pat și mă ținea de mînă.

— Auzi? Mama zicea că vii acasă miercuri. Așa a zis, sigur.

— Am scăpat mai devreme. Mai încet! O să trezești toată casa.

— Cît e ceasul? Mama a zis că or să se întoarcă foarte tîrziu. S-au dus la o petrecere în Norwalk,

Connecticut. Ghici ce-am făcut după-masă! Ce film am văzut? Ghici!

— Nu știu... Ascultă, n-au spus la ce oră se...

— *Doctorul*. E un film special pe care l-au dat la Fundația Lister. Doar azi l-au dat... azi a fost singura zi. E despre un doctor din Kentucky, așa, care-i pune o pătură pe față unei fetițe care e oloagă și nu poate să meargă. După aia îl trimit la închisoare, înțelegi. A fost excelent.

— Ascultă-mă o clipă. N-au spus la ce oră se...?

— Îi e milă de ea, doctorului. De aia i-a pus pătura pe față și a sufocat-o. După aia, îl bagă la închisoare pe viață, dar fetița la care îi pusese pătura pe cap vine să-l viziteze tot timpul și îi mulțumește pentru ce a făcut. Era un ucigaș din milă. Doar că știe că merită să ajungă la închisoare, pentru că un doctor nu trebuie să ia nimic de la Dumnezeu. Mama unei fete de la mine din clasă ne-a dus. Alice Holmborg. E prietena mea cea mai bună. E singura fată din lume ca...

— Oprește-te doar o clipă! Ți-am pus o întrebare. Au spus sau n-au spus la ce oră se întorc?

— Nu, dar în orice caz, foarte tîrziu. Tata a luat mașina, ca să nu trebuiască să-și facă griji din cauza trenurilor. Acum avem radio în mașină! Doar că mama a zis că n-avem voie să ascultăm radioul cînd mașina e în trafic.

Am început să mă relaxez cît de cît. Am încetat, într-un sfîrșit, să mă gîndesc ce-o să se întîmple dacă or să mă prindă ai mei acasă. Ce mi-am zis? Dă-o încolo de treabă! Dacă mă prind, mă prind și asta e.

Ar fi trebuit să o vedeți pe Phoebe. Avea pe ea o pijama albastră, cu elefanți roșii pe guler. Are o slăbiciune pentru elefanți.

— Deci a fost bun filmul, nu?

— Beton, doar că Alice era răcită și mama ei o întreba tot timpul dacă-i curge nasul. Chiar în mijlocul filmului! De fiecare dată cînd se întîmpla ceva important, mama ei se apleca toată peste mine și o întreba pe Alice dacă-i curge nasul. Asta m-a călcat pe nervi.

Apoi i-am spus despre disc.

— Uite, ți-am cumpărat un disc. Doar că l-am spart în drum spre casă.

Am scos bucățelele din buzunarul de la haină și i le-am arătat.

— Eram afumat.

— Dă-mi-le încoace. Le păstrez.

S-a întins să mi le ia din mînă și le-a pus în sertarul de la noptieră. Mor după ea.

— D.B. vine acasă de Crăciun? am întrebat-o.

— Poate da, poate nu, așa a zis mama. Depinde. S-ar putea să trebuiască să rămînă la Hollywood ca să scrie un film despre Annapolis.

— Despre Annapolis, Doamne sfinte!

— O poveste de dragoste. Ghici cu cine o să fie? Cu ce vedetă? Ghici!

— Nu mă interesează. Auzi, Annapolis! Ce știe D.B. despre Annapolis? Ce are asta de-a face cu povestirile pe care le scrie el? am zis.

Frate, Hollywood-ul ăla de rahat mă scoate din sărite.

— Ce-ai pățit la mînă? am întrebat-o.

Am observat că avea un bucățoi enorm de leucoplast pe cot. Cum am observat... Bluza de la pijama era fără mîneci.

— Un băiat, Curtis Weintraub, de la mine din clasă, m-a împins cînd coboram scările în parc. Vrei să vezi?

Și a început să-și dezlipească bucata de leucoplast de pe braț.

— Lasă-l în pace. De ce te-a împins pe scări?

— Nu știu. Cred că mă urăște. Eu și cu înc-o fată, Selma Atterbury, i-am turnat cerneală pe tot hanoracul.

— Nu-i frumos din partea ta. Ce, mai ești un copil de trei ani?

— Nu, dar de fiecare dată cînd mă duc în parc, el mă urmărește peste tot. Mă urmărește încontinuu, încontinuu. Mă calcă pe nervi.

— Probabil că-i place de tine. Ăsta nu-i un motiv să-i torni cerneală pe...

— Da' nu vreau să-i placă de mine!

Atunci a început să se uite la mine ciudat.

— Holden, a zis, cum se face că nu vii acasă miercuri?

— Ce?

Frate, nu trebuie să-ți slăbești vigilența nici o secundă. Trebuie să fii nebun să n-o vezi că-i isteață.

— Cum se face că nu vii acasă tocmai miercuri? Nu te-au dat afară sau ceva, nu-i așa?

— Ți-am spus deja. Ne-au dat drumul acasă mai devreme. Au lăsat toată...

— Te-au dat afară, deci! Știu eu că da!

După care mi-a tras un pumn în picior. Devine foarte bătăioasă cînd are chef.

— Știu eu că da! Of, Holden!

Își dusese mîna la gură. E atît de emotivă, jur pe ce-am mai sfînt.

— Cine a spus că m-au dat afară? N-a spus nimeni...

— Tu ai zis! Tu ai zis.

După care m-a pocnit iar cu pumnul. Trebuie să fiţi nebuni, dacă nu credeţi că doare.

— Tati o să te omoare!

S-a aruncat pe burtă în pat şi şi-a pus perna în cap. Face chestia asta destul de des. Uneori se poartă ca o apucată.

— Termină, imediat! N-o să mă omoare nimeni. Nici măcar n-o să mă... Haide, Phoeb, ia-ţi aia de pe cap. N-o să mă omoare nimeni.

Dar nici n-a vrut să audă. Imposibil s-o convingi să facă ceva dacă ea nu vrea. Nu zicea decît:

— Tati o să te omoare.

Încontinuu. De-abia se înţelegea ce spune cu perna aia în cap.

— N-o să mă omoare nimeni. Pune-ţi mintea la contribuţie. În primul rînd, că plec de aici. Cred că o să-mi iau o slujbă la o fermă sau ceva pentru o vreme. Știu un tip al cărui bunic are o fermă în Colorado. Poate-mi găsesc ceva de lucru acolo. O să ţinem legătura cît sînt plecat, dacă plec. Haide. Ia-ţi aia de pe cap. Haide, Phoeb, hai. Te rog. Te rog frumos.

Din nou, nici n-a vrut să audă. Am încercat s-o trag eu, dar are forţă. Obosești luptîndu-te cu ea. Frate, dacă vrea să-și ţină o pernă pe cap, păi o ţine și gata.

— Phoebe, te roog. Hai, ieşi de acolo, tot ziceam eu. Haide... Hei, Weatherfield. Ia-ţi perna din cap.

N-a vrut și pace. Uneori nu-i chip să te înţelegi cu ea raţional. Pînă la urmă, m-am ridicat de pe pat, m-am dus în sufragerie, am luat niște ţigări din cutia de pe masă și mi-am băgat cîteva în buzunar. Rămăsesem fără.

22

Cînd m-am întors, își dăduse perna jos de pe cap – știam că așa o să se întîmple –, dar refuza să se uite la mine, deși stătea întinsă pe spate. Cînd am ocolit patul și m-am așezat din nou pe margine, și-a întors fața în partea cealaltă. La naiba. Mă ostraciza de nu se poate. Exact ca echipa de scrimă de la Pencey cînd am uitat toate amărîtele alea de florete în metrou.

— Ce mai face Hazel Weatherfield a ta? Ai mai scris ceva povestiri cu ea? O am în valiză pe cea pe care mi-ai trimis-o. Am lăsat-o la gară. Foarte bună.

— Tati o să te omoare!

Frate, da' cînd îi intră ceva în cap, nici că-i mai iese.

— Nu, n-o să mă omoare. În cel mai rău caz, o să-mi tragă o muștruluială zdravănă, după care o să mă trimită la școala militară. Asta-i tot ce-o să-mi facă. Și-n primul rînd, nici măcar n-o să mai fiu prin preajmă. O să fiu plecat. O să fiu... O să fiu probabil în Colorado, la ferma aia.

— Hai că mă faci să rîd. Nici să călăreşti nu ştii.

— Cine nu ştie? Sigur că ştiu. Absolut. Asta se învaţă în două minute, i-am spus. Nu mai trage de aia.

Trăgea de leucoplastul pe care-l avea la mînă.

— Cine te-a tuns aşa? am întrebat-o.

Tocmai observasem ce tunsoare cretină avea. Era mult prea scurt.

— Nu-i treaba ta.

Poate să fie foarte obraznică uneori. Da, cam obraznică.

— Presupun că iar ai rămas corigent la toate materiile, mi-a spus.

Foarte obraznică.

Într-un fel, mă şi amuza. Din cînd în cînd, chiar se poartă ca o profesoară, şi nu-i decît un copil.

— Nu, nu la toate. Am trecut la engleză.

Apoi, aşa, de chichi, am ciupit-o de fund. Stătea lungită pe-o parte şi prea era cu el la bătaie. Abia dacă are un pic de fund. N-am ciupit-o tare, dar tot a încercat să-mi dea una peste mînă. Doar că nu m-a nimerit. Deodată, m-a întrebat:

— Of, de ce ai făcut asta?

Adică de ce mi-au dat ăia papucii din nou. Într-un fel, m-a întristat felul în care mi-a spus-o.

— Of, Phoebe, nu mă întreba. Am obosit să mă întrebe toată lumea acelaşi lucru. Dintr-un milion de motive. A fost una dintre cele mai rele şcoli prin care am trecut. Plină de închipuiţi. Şi de oameni răi. N-ai văzut atîtea răutăţi la un loc în viaţa ta. De exemplu, dacă se strîngeau mai mulţi într-o cameră la o discuţie ca-ntre băieţi şi voia să intre te miri cine, nu i se dădea niciodată drumul, dacă era vreun tip mai tîmpiţel şi cu coşuri. Toţi îşi încuiau ușa – înțelegi? – cînd voia să intre cineva. Și aveau și o panaramă de frăție secretă, în care am fost prea laș ca să nu intru. Aveam un coleg plin de coșuri și plicticos, Robert Ackley, care voia să intre și el în frăție. A tot încercat, dar au refuzat să-l primească. Doar pentru că era plicticos și plin de coșuri. N-am chef să mai vorbesc despre asta. Ce școală infectă. Crede-mă pe cuvînt.

Phoebe n-a spus nimic, dar mă asculta cu atenție. Îmi dădeam seama după ceafa ei că mă ascultă. Întotdeauna ascultă cînd îi povestești ceva. Și partea distractivă e că, în jumătate din cazuri, știe foarte bine ce vrei să spui. Serios.

Am continuat să-i vorbesc de Pencey. Mă apucase cheful.

— Pînă și singurii doi profesori cumsecade din școală erau niște închipuiți. Era un tip bătrîn, domnul Spencer. Nevasta lui te servea mereu cu ciocolată caldă și alte chestii. Doi oameni foarte cumsecade. Dar trebuia să-l vezi pe tip cînd directorul, Thurmer, a venit în timpul orei de istorie și s-a așezat în spatele clasei. Intra mereu la ore și stătea în băncile din fund cam o juma' de oră. Cică era incognito sau ceva. După o vreme, cum stătea în bancă, a început să-l întrerupă pe Spencer din ce spunea, ca să strecoare o droaie de poante expirate. La care Spencer al nostru s-a dat de ceasul morții cotcodăcind și zîmbind cu gura pînă la urechi, de parcă Thurmer ar fi fost naibii vreun rege sau cine știe ce.

— Nu mai înjura atît.

— Te-ar fi făcut să verși, jur. Și apoi, de Ziua Veteranilor. Au ziua asta specială, Ziua Veteranilor, cînd toate panaramele care au terminat la

Pencey de la 1776 citire se întorc la școală și se plimbă peste tot cu nevestele și copiii și toată lumea. Trebuia să-l fi văzut pe-un tip bătrîn, de vreo cincizeci de ani, care a venit la noi la cameră, a bătut la ușă și ne-a întrebat dacă poate să folosească toaleta. Baia era în capătul holului, așa că nu știu de ce naiba trebuia să ne ceară nouă voie. Și ce-a zis? A zis că voia să vadă dacă mai sînt inițialele lui pe o ușă de la closete. Ce făcuse, își scrijelise inițialele triste și cretine pe una dintre ușile de la closete cu vreo nouăzeci de ani înainte și voia să vadă dacă mai sînt acolo. Așa că eu și colegul meu de cameră am mers cu el la baie și a trebuit să stăm proțap în picioare în timp ce își căuta inițialele pe toate ușile. Nu i-a tăcut gura o clipă și ne povestea cum la Pencey a trăit cea mai fericită perioadă din viața lui și ne-a dat o groază de sfaturi pentru viitor și alea-alea. Frate, dar m-a deprimat, nu glumă! Nu că era un tip rău sau ceva. Dar nu-i nevoie să fii rău ca să poți să întristezi pe cineva... Poți să fii bun și s-o faci. Tot ce trebuie, ca să reușești, e să dai cuiva o tonă de sfaturi expirate în timp ce tu-ți cauți inițialele pe o ușă de closet. Atît și nimic mai mult. Nu știu ce să zic. Poate că n-ar fi fost așa de rău dacă nu s-ar fi sufocat tot timpul. I se tăiase răsuflarea numai de la urcatul scărilor și, cît și-a căutat inițialele, de-abia mai respira, cu nările alea comice și triste, dar ne spunea încontinuu mie și lui Stradlater să profităm de Pencey cît putem de mult. Doamne, Phoebe! Nu pot să-ți explic. Pur și simplu nu mi-a plăcut nimic din ce se întîmpla sau respira la Pencey. Nu pot să-ți explic.

Atunci Phoebe a spus ceva, dar n-am auzit-o. Avea colțul gurii băgat în pernă și n-am auzit-o.

— Poftim? Scoate-ți gura din pernă. Nu te aud cu gura în poziția aia.

— Ție nu-ți place nimic din ce se întîmplă.

Cînd a spus chestia asta m-a făcut să mă simt și mai deprimat.

— Ba-mi place. Ba-mi place. Sigur că da. Nu spune asta. De ce naiba spui asta?

— Pentru că așa e. Nu-ți place nici o școală. Nu-ți plac un milion de lucruri. Nu-ți place nimic!

— Ba da! Aici greșești tu. Exact aici greșești! De ce naiba îmi spui una ca asta?

Frate, mă deprima rău de tot.

— Pentru că așa e. Zi un lucru.

— Un lucru? Un lucru care-mi place? OK.

Buba e că nu puteam să mă concentrez, ca un făcut. Uneori e greu să te concentrezi.

— Vrei să spui, un lucru care-mi place mult?

Nu a vrut să-mi răspundă. Stătea într-o poziție șuie, la dracu-n praznic, la marginea cealaltă a patului. Pusese o mie de mile între noi.

— Hai, răspunde-mi. Un lucru care-mi place mult sau ceva care-mi place și atît?

— Care-ți place mult.

— Bine.

Dar buba e că nu puteam să mă concentrez. Nu-mi veneau în minte decît cele două călugărițe care umblau pe stradă ca să strîngă lovele în coșurile de nuiele vechi și ponosite. Mai ales cea cu ochelari cu rame metalice. Și băiatul ăsta pe care l-am cunoscut la Elkton Hills. Era un băiat la Elkton Hills, James Castle, care nu a vrut să retragă ce a spus despre un tip foarte încrezut, Phil

Stabile. James Castle l-a făcut îngîmfat și unul din prietenii de două parale ai lui Stabile s-a dus și l-a turnat. Așa că Stabile, cu alți șase ticăloși împuțiți, au coborît în camera lui James Castle, au încuiat ușa și au încercat să-l facă să retragă ce spusese, dar nu a vrut. Prin urmare, au început să se dea la el. N-am de gînd să vă spun ce i-au făcut – e o chestie mult prea respingătoare –, dar el a refuzat în continuare să retragă ce spusese. James Castle. Ar fi trebuit să-l vedeți. Era un tip mic, slab și cu aspect debil, cu încheieturile subțiri cît un creion. Pînă la urmă, ce-a făcut, decît să-și ia înapoi cuvintele, a sărit pe geam. Eu eram în duș și tot l-am auzit aterizînd afară. Dar m-am gîndit c-o fi căzut ceva pe geam, un radio, o masă, ceva, în nici un caz un băiat, înțelegi? După aia am auzit cum fugea toată lumea pe hol și pe scări, așa că mi-am pus halatul de baie și am alergat și eu jos. James Castle zăcea pe treptele de piatră. Mort. Dinții și sîngele se împrăștiaseră peste tot și nimeni nici măcar nu se apropia de el. Era îmbrăcat cu un pulover pe gît pe care i-l împrumutasem. Pe tipii care erau cu el în cameră doar i-au exmatriculat. Nici măcar n-au ajuns la închisoare.

Dar asta era tot ce-mi venea în cap. Cele două călugărițe cu care m-am întîlnit la micul dejun și băiatul ăsta, James Castle, pe care l-am cunoscut la Elkton Hills. Partea distractivă e că pe James Castle l-am cunoscut foarte vag, dacă vreți să știți adevărul. Era un tip foarte retras. Mergeam împreună la ora de mate, dar stătea tocmai în celălalt colț al clasei și nu se ridica aproape niciodată să răspundă la oră sau să iasă la tablă sau ceva. Unii băieți din școală nu se ridicau aproape niciodată să răspundă la ore sau să iasă la tablă. Cred că singura dată cînd am stat de vorbă a fost cînd m-a întrebat dacă pot să-i împrumut puloverul meu pe gît. Cît pe ce să cad pe jos cînd m-a întrebat, așa de surprins am fost. Țin minte că mă spălam pe dinți la baie cînd m-a rugat. Mi-a zis că vine un văr să-l ia la o plimbare cu mașina. Habar n-aveam că știe că am un pulover pe gît, în primul rînd. Tot ce știam despre el e că numele lui venea înaintea mea la catalog. Cabel R., Cabel W., Castle, Caulfield – și-acum țin minte. Dacă vreți să știți adevărul, era cît pe-aci să nu i-l împrumut. Doar pentru că nu-l cunoșteam prea bine.

— Ce? i-am zis lui Phoebe.

Îmi zisese ceva, dar n-am auzit-o.

— Nu-ți vine în minte nici măcar un lucru.

— Ba da. Sigur că da.

— Bine, atunci zi-mi.

— Îmi place de Allie. Și-mi mai place să fac ce fac acum. Să stau aici cu tine și să stăm de vorbă și să mă gîndesc la tot felul de chestii...

— Allie a murit. Chiar tu o spui mereu! Dacă cineva e mort și a ajuns în Rai, atunci nu e tocmai...

— Știu că e mort! Crezi că nu știu? Dar tot poate să-mi placă, nu? Doar pentru că cineva moare, nu înseamnă că încetezi să ții la el și gata... mai ales dacă era de o mie de ori mai drăguț decît oamenii pe care-i cunoști și trăiesc bine, mersi.

Phoebe n-a mai zis nimic. Cînd nu-i vine în cap ce să răspundă, tace mîlc.

— Oricum, îmi place acum. Vreau să spun, chiar acum, în clipa asta. Să stau aici cu tine la palavre și să ne facem de cap...

— Asta nu-i ceva serios de-adevăratelea!

— Ba e foarte de-adevăratelea! Sigur că e! De ce naiba să nu fie? Oamenii nu cred niciodată că ceva e serios de-adevăratelea. Chiar am început să mă satur de chestia asta, fir-ar al dracului!

— Nu mai înjura. Bine, zi altceva. Zi ceva ce-ai vrea să fii. Cum ar fi om de știință. Sau avocat sau ceva.

— N-aș putea să ajung om de știință. Nu-s bun deloc la materiile reale.

— Bine, atunci avocat, ca tati.

— Avocații sînt OK, dar meseria asta nu mă atrage. Vreau să spun, sînt OK dacă umblă să salveze viețile unor oameni nevinovați și alte treburi de-astea, dar ca avocat pur și simplu nu se face să te ocupi de așa ceva. În schimb, te umpli de bani și joci golf și joci bridge și-ți cumperi mașini și bei Martini și ai grijă să arăți cel mai tare din parcare. Și mai e o chestie aici. Chiar dacă, să zicem, încerci pe bune să salvezi vieți, cum îți dai seama dacă ai făcut-o pentru că vrei de-adevăratelea să salvezi vieți sau pentru că, de fapt, vrei să fii un avocat nemaipomenit și să vină lumea să te bată pe umăr și să te felicite la tribunal cînd se termină amărîtul de proces, cu reporterii ciorchine după tine, cum vezi în filmele de două parale? Cum îți dai seama că n-ai fost un prefăcut? Buba e că nici n-ai cum.

Nu sînt sigur că Phoebe a înțeles ce naiba vorbeam acolo. În fond, e doar un copil. Dar cel puțin mă asculta. Dacă cineva măcar te ascultă, nu-i așa de rău.

— Tati o să te omoare. O să te omoare!

Dar n-o ascultam. Mă gîndeam la altceva – la o nebunie.

— Știi ce-aș vrea să fiu? Știi ce-aș vrea să fiu? Asta dacă aș putea să aleg, la naiba!

— Ce? Și termină odată cu înjuratul.

— Știi cîntecul ăla, „Dacă cineva prinde pe cineva venind prin secară"? Mi-ar plăcea...

— E „Dacă cineva se întîlnește cu cineva venind prin secară"! mi-a spus Phoebe. E o poezie. De Robert Burns, să știi.

Avea dreptate. Așa e, „Dacă cineva se întîlnește cu cineva venind prin secară". Doar că atunci nu știam.

— Credeam că e „Dacă cineva prinde pe cineva", i-am răspuns. În fine, îmi tot imaginez o mulțime de copii care joacă un joc într-un lan întins de secară. Mii de copilași și nimeni prin preajmă – nimeni mare, vreau să spun – în afară de mine. Și eu stau în picioare pe buza unei stînci scrîntite. Ce am de făcut, trebuie să prind pe oricine ar trece dincolo de stîncă. Adică, dacă aleargă și nu se uită pe unde merg, trebuie să apar de undeva și să îi prind. Asta-i tot ce aș face toată ziua. Aș sta de veghe în lanul de secară și-atît. Știu că-i o nebunie, dar e singurul lucru pe care mi-ar plăcea cu adevărat să-l fac. E o nebunie, știu.

Phoebe a rămas tăcută multă vreme. Apoi, cînd a deschis gura, n-a spus decît:

— Tati o să te omoare.

— Și de-aia nu mai pot eu.

După care m-am sculat de pe pat, pentru că voiam să-l sun pe un tip care mi-a fost profesor de engleză la Elkton Hills, domnul Antolini. Acum stătea la New York. Se cărase de la Elkton Hills. Își luase un post de profesor de engleză la Universitatea din New York.

— Am de dat un telefon, i-am spus lui Phoebe. Mă întorc repede. Să nu te culci.

Nu voiam să se culce în timp ce eram în sufragerie. Știam că n-o s-o facă, dar am rugat-o așa, ca să fiu sigur.

În timp ce mă îndreptam spre ușă, Phoebe m-a strigat:

— Holden!

M-am întors pe călcîie. Stătea în vîrful patului. Era așa de frumoasă.

— Iau lecții de rîgîit de la o fată, Phyllis Margulies. Ia ascultă.

Am ascultat. Parcă, parcă am auzit ceva, dar nu cine știe ce.

— Bine.

După care m-am dus în sufragerie și l-am sunat pe fostul meu profesor, domnul Antolini.

23

Am fost telegrafic la telefon, pentru că mă temeam să nu năvălească ai mei chiar în mijlocul convorbirii. Dar n-au venit. Domnul Antolini a fost foarte drăguț. A zis că pot să trec pe la el imediat, dacă vreau. Cred că i-am trezit și pe el și pe soția lui, pentru că i-a trebuit un secol să răspundă la telefon. Primul lucru care m-a întrebat a fost dacă s-a întîmplat ceva, și i-am zis că nu. Dar i-am spus că picasem la Pencey. M-am gîndit că lui pot să-i povestesc. Cînd l-am anunțat, a făcut: „Dumnezeule mare!“ Avea simțul umorului și tot ce trebuie. Mi-a spus să trec pe la el pe loc, dacă am chef.

Aș zice că domnul Antolini a fost cel mai bun profesor pe care l-am avut vreodată. Un tip destul de tînăr, nu cu mult mai mare decît frate-meu D.B., care ținea la poante, fără să-ți pierzi respectul cuvenit pentru profesor. El a fost cel care l-a luat de pe jos pe băiatul care s-a aruncat pe geam, James Castle, de care v-am povestit. Domnul Antolini i-a luat pulsul, apoi s-a dezbrăcat de haină și l-a acoperit pe James Castle și l-a cărat tot drumul pînă la infirmerie. Puțin i-a păsat c-o să i se umple haina de sînge.

Cînd m-am întors în camera lui D.B., Phoebe pornise radioul. Era program de muzică de dans. Dăduse volumul încet, ca să n-audă femeia. Trebuia s-o fi văzut. Stătea moț în mijlocul patului, dezvelită de pături, cu picioarele încrucișate ca practicanții de yoga. Asculta muzica. Mă dă pe spate.

— Haide, ai chef să dansezi?

Am învățat-o să danseze cînd era mică de tot. Dansează foarte bine. Adică, eu n-am învățat-o decît cîteva chestii. Restul a învățat mai mult singură. Cum să dansezi ca lumea, de fapt, nici nu se poate preda.

— Ești încălțat în pantofi.

— Îi dau jos. Hai.

A sărit din pat, m-a așteptat să mă descalț și apoi am dansat cu ea. E bună, bună de tot. Nu-mi plac oamenii mari care dansează cu copii, pentru că de cele mai multe ori scena arată groaznic. De exemplu, ești la restaurant în oraș și vezi cîte un moș scoțîndu-și fetița pe ringul de dans. De obicei, îi ridică bietului copil rochița la spate, din greșeală, copilul nu știe să se miște nici cît negru sub unghie, și totul arată grotesc. Eu nu dansez cu Phoebe în public, doar ne prostim prin casă. Dar, în cazul ei, lucrurile stau altfel, pentru că știe să danseze. Dacă o conduci foarte de aproape, ca să nu mai conteze că ai picioarele mult mai lungi, e capabilă să țină pasul cu orice faci. Se sincronizează pe bune. Poți să faci schimb de locuri sau niște coborîri și ridicări fițoase sau chiar să fîții din fund un pic, și ea ține pasul. Poți s-o dai pînă și pe tangou, dacă vă vine să credeți.

Am dansat vreo patru numere. Între o melodie și alta, mă distrează de nu mai pot. Rămîne dreaptă, în poziție, fără măcar să vorbească sau ceva. Trebuie să stăm amîndoi în poziție și să așteptăm să reînceapă orchestra să cînte. Asta mă dă pe spate. Nici să rîzi n-ai voie.

Cum spuneam, am dansat vreo patru numere, după care am oprit radioul. Phoebe a sărit la loc în pat și s-a băgat sub pături.

— Dansez mai bine acum, nu? m-a întrebat.

— Și-ncă cum.

M-am așezat lîngă ea pe pat. Îmi cam pierdusem suflul. La naiba, fumam așa de mult, că de-abia mai aveam aer. Ea nici măcar nu gîfîia.

— Pune-mi mîna pe frunte, mi-a zis din senin.

— De ce?

— Pune-o. Doar o dată!

I-am pus mîna pe frunte, dar n-am simțit nimic.

— Nu ți se pare că am febră?

— Nu. Ar trebui?

— Da. Mi-o fac acum, pe loc. Pune mîna din nou.

I-am pus din nou mîna pe frunte și din nou n-am simțit nimic. În schimb, i-am spus:

— Cred că acum începe.

Nu voiam să capete vreun complex de inferioritate. M-a aprobat din cap.

— Pot s-o fac să-mi crească mai mare ca termonetrul.

— Se zice „termometru". Cine te-a-nvățat chestia asta?

— Mi-a arătat Alice Holmborg cum se face. Încrucişezi picioarele, îţi ţii respiraţia şi te gîndeşti la ceva foarte, foarte fierbinte. La un calorifer sau ceva. După aia, fruntea ţi se înfierbîntă aşa de tare, că poţi să frigi pe cineva la mînă.

Asta m-a dat pe spate. Mi-am tras mîna imediat de pe fruntea ei, ca din faţa unui mare pericol.

— Bine că m-ai prevenit!

— Of, pe tine nu te-aş fi fript. M-aş fi oprit înainte să ardă prea... Şşş!

În clipa următoare, s-a ridicat în capul oaselor ca fulgerul. Mi-a sărit inima de spaimă la chestia asta.

— Ce s-a întîmplat?

— Uşa! a zis în şoaptă, dar cam tare. Ei sînt!

Am sărit urgent din pat şi-am fugit să sting lampa de pe birou. După aia am stins ţigara pe talpa de la pantof şi am băgat chiştocul în buzunar. Am făcut vînt cît am putut, să scot fumul afară – nici măcar n-ar fi trebuit să fumez acolo, Doamne. Pe urmă am înşfăcat pantofii, m-am băgat în şifonier şi am închis uşa. Frate, îmi bubuia inima ca bezmetica. Am auzit-o pe maică-mea intrînd în cameră.

— Phoebe? Te rog să încetezi. Am văzut lumina, domnişoară.

— Bună! am auzit-o pe Phoebe. N-am putut să dorm. Te-ai distrat bine?

— Minunat, a răspuns mama, dar vocea ei spunea altceva.

Nu se distrează din cale-afară cînd iese pe undeva.

— Şi mă rog, de ce eşti trează? Nu ţi-a fost destul de cald?

— Ba da, doar că n-am putut să adorm.

— Phoebe, ai fumat aici? Te rog să-mi spui adevărul, domnișoară.

— Ce?

— M-ai auzit foarte bine.

— Am aprins una și-atît, doar o clipă. N-am făcut decît un puf. După aia am aruncat-o pe geam.

— De ce, pot să te întreb?

— Nu puteam să adorm.

— Nu-mi place asta, Phoebe. Nu-mi place deloc. Vrei să-ți mai aduc o pătură?

— Nu, mulțumesc. Noapte bună!

Încerca să scape de mama, evident.

— Cum a fost filmul? a întrebat-o mama.

— Excelent. Mai puțin mama lui Alice. S-a tot aplecat peste mine și a întrebat-o dacă îi curge nasul cît a fost filmul de lung. Ne-am întors cu taxiul acasă.

— Stai să-ți iau temperatura.

— N-am luat nimic. Alice n-avea de fapt nimic. Doar i se părea mamei ei.

— Bine. Acum culcă-te. Ți-a plăcut ce ți-am lăsat de mîncare pentru masa de seară?

— A fost nasol.

— Ai auzit ce ți-a spus tatăl tău, că n-ai voie să folosești cuvîntul ăsta. Ce a fost nasol? Am făcut un cotlet de miel minunat. M-am dus pe jos tocmai pînă pe Lexington Avenue numai să-l...

— Cotletul de miel a fost bun, dar Charlene îmi suflă mereu în cap cînd pune ceva pe masă. Suflă peste toată mîncarea și peste tot.

— Bine, culcă-te. Dă-i un pupic lui mami. Ți-ai spus rugăciunea?

— Da, mi le-am spus în baie. Noapte bună!

— Noapte bună. Acum să te culci. Am o durere de cap înfiorătoare, a spus mama.

Are dureri de cap destul de des. Chiar are.

— Ia nişte aspirine. Holden vine acasă miercuri, nu-i aşa?

— După cîte ştiu eu, da. Hai, bagă-te sub pătură. Pînă la bărbie.

Apoi am auzit-o ieşind şi închizînd uşa. Am aşteptat două minute, după care am ieşit din şifonier. Pe beznă, m-am ciocnit cu Phoebe, care coborîse din pat şi venea să vorbim.

— Te-am lovit? am întrebat-o.

Acum trebuia să şuşotim, pentru că erau ai mei în casă.

— Trebuie să-mi iau tălpăşiţa.

Am dibuit pe întuneric marginea patului, m-am aşezat şi am început să-mi pun pantofii în picioare. Eram uşor agitat, recunosc.

— Nu pleca acum, mi-a şoptit Phoebe. Aşteaptă pînă adorm.

— Nu. Acum e cel mai bun moment. Ea o să intre la baie şi tata o să dea drumul la ştiri sau ceva. Acum e cel mai bun moment.

Abia am reuşit să-mi leg şireturile, de agitat ce eram. Nu că m-ar fi omorît sau ceva dacă mă prindeau, dar nici prea plăcut n-ar fi fost.

— Unde naibii eşti? am întrebat-o pe Phoebe.

Era aşa de beznă, că n-o vedeam.

— Aici.

Stătea în picioare chiar lîngă mine. Nici măcar n-o vedeam.

— Am valizele la gară, fir-ar să fie. Auzi, tu ai nişte bănuţi, Phoebe? Sînt falit.

— Doar ce-am strîns pentru Crăciun. De cadouri. Încă n-am cumpărat absolut nimic.

— Aha.

Nu voiam să-i iau economiile pentru Crăciun.

— Vrei să-ți dau ceva?

— Nu vreau să-ți iau banii pe care i-ai strîns pentru Crăciun.

— Pot să-ți împrumut o parte...

Apoi am auzit-o la biroul lui D.B., deschizînd un milion de sertare și pipăind prin ele cu degetele. În cameră era întuneric smoală.

— Dacă pleci, n-o să mă mai vezi în piesă, mi-a zis, pe un ton care mi s-a părut ciudat.

— Ba da. Nu plec pînă atunci. Crezi că vreau să pierd spectacolul? Uite ce planuri am: probabil c-o să stau la domnul Antolini pînă marți seara, cred, apoi vin acasă. Dacă am ocazia, o să-ți dau telefon.

— Uite.

Încerca să-mi dea banii, dar nu-mi găsea mîna.

— Unde?

Mi-a pus mălaiu' în mînă.

— Hei, n-am nevoie de toți. Dă-mi doi dolari, atît. Nu glumesc. Ia-i.

Am încercat să i-i înapoiez, dar n-a vrut să-i primească.

— Poți să-i oprești pe toți. Mi-i dai tu înapoi. Adu-i la spectacol.

— Dumnezeule, da' cîți sînt?

— Opt dolari și optzeci și cinci de cenți. Ba nu. Șaizeci și cinci de cenți. Am intrat în ei.

Apoi, ca din senin, am început să plîng. N-am putut să mă abțin. Am plîns în așa fel încît să nu mă audă nimeni, dar am plîns. Biata Phoebe, s-a speriat ca naiba cînd m-a apucat, a venit la mine și a încercat să mă potolească, dar, odată ce te-ai pornit, nu poți să te oprești așa, cît ai clipi.

Stăteam pe marginea patului cînd m-am pornit și Phoebe m-a luat cu o mînă pe după gît, am îmbrățișat-o la rîndul meu, dar tot n-am putut să mă opresc multă vreme. Simțeam că mă înec și mor. Frate, am speriat-o rău de tot pe biata Phoebe. Geamul era deschis și o simțeam cum tremura ca varga, pentru că n-avea pe ea decît pijamaua. Am încercat s-o conving să se bage la loc în pat, dar n-a vrut. În cele din urmă, m-am oprit. Dar știu că mi-a trebuit mult, mult de tot să reușesc. După aia am terminat să-mi închei nasturii de la haină. I-am promis că o să ținem legătura. Ea mi-a zis că pot să dorm cu ea dacă vreau, dar am spus că nu, mai bine mă car, că mă aștepta domnul Antolini și așa mai departe. Apoi am scos șapca de vînătoare din buzunarul de la haină și i-am dat-o. Îi plac șepcile țăcănite. La început nu a vrut s-o ia, dar am convins-o. Pun pariu că a dormit cu ea pe cap. Chiar îi plac șepcile de genul ăsta. După aia i-am spus din nou că îi dau un țîr cu prima ocazie și am plecat.

Dintr-un motiv sau altul, a fost mult mai simplu să ies din casă decît să intru. Unu, că nici nu-mi mai păsa așa tare dacă mă prind. Chiar nu-mi păsa. Mi-am zis că dacă mă prind, mă prind și basta. Într-un fel, aproape că-mi doream să se întîmple.

Am coborît pînă la parter pe scări, nu cu liftul. Am luat-o pe scara de serviciu. Mai că nu mi-am rupt gîtul în vreo zece milioane de tomberoane de gunoi, dar am răzbit întreg. Liftierul nici măcar nu m-a văzut. Probabil că-și imaginează și acum că sînt sus, la familia Dickstein.

24

Domnul și doamna Antolini aveau un apartament foarte fițos în Sutton Place, cu două trepte pe care coborai ca să ajungi în camera de zi și bar și toate alea. Mai fusesem la ei de cîteva ori, pentru că, după ce am plecat de la Elkton Hills, domnul Antolini venea la noi la cină destul de des, ca să afle cum îmi merge. Pe atunci nu era însurat. Și după ce s-a însurat, ieșeam să joc tenis cu el și cu doamna Antolini destul de des, la clubul West Side din Forest Hills, Long Island. Doamna Antolni avea legitimație acolo. Plină de bani. Cred că era cu vreo șaizeci de ani mai bătrînă ca domnul Antolini, dar păreau să se înțeleagă foarte bine. Unu la mînă, erau amîndoi foarte inteligenți, în special domnul Antolini, cu diferența că el era mai curînd spiritual decît intelectual, ceva în genul lui D.B., iar doamna Antolini era serioasă în cea mai mare parte a timpului. Suferea destul de rău de astm. Au citit amîndoi toate povestirile lui D.B. – adică și doamna Antolini – și, cînd D.B. a plecat la Hollywood, domnul Antolini i-a dat telefon și i-a spus să nu se ducă. Dar el tot s-a dus. Domnul Antolini a spus că cine știe să scrie ca D.B. n-are nici o treabă să se mute la Hollywood. Exact asta am zis și eu.

Aș fi mers pe jos pînă la ei, pentru că nu voiam să cheltuiesc din banii de Crăciun ai lui Phoebe decît dacă n-aveam încotro, dar, cînd am ieșit afară, m-am simțit ciudat. Oarecum amețit. Așa că am luat un taxi. N-am vrut, dar am făcut-o. Am avut mult de furcă să și găsesc unul.

Cînd am sunat la ușă, mi-a deschis domnul Antolini. Asta după ce nemernicul de liftier m-a lăsat într-un final să urc. Era îmbrăcat în halat de casă și papuci și avea un pahar de tărie în mînă. Era un tip foarte sofisticat și un băutor pe cinste.

— Holden, băiete! Doamne, a mai crescut o jumătate de metru. Ce bine-mi pare să te văd!

— Ce mai faceți, domnule Antolini? Ce mai face doamna Antolini?

— Splendid. Hai să-ți iau haina.

M-a ajutat să mă dezbrac și mi-a pus haina în cuier.

— Mă așteptam să te văd cu un copil de-o zi în brațe, neștiind încotro s-o apuci, și cu fulgi de zăpadă în gene.

E foarte spiritual uneori. S-a întors și a strigat înspre bucătărie.

— Lillian! Cînd e gata cafeaua?

Lillian era numele mic al doamnei Antolini.

— E gata! a anunțat ea. A venit Holden? Bună, Holden!

— Bună seara, doamnă Antolini!

Mereu cînd te duceai la ei trebuia să țipi. Asta pentru că nu-i găseai niciodată pe amîndoi în aceeaşi cameră, în acelaşi timp. Era oarecum distractiv.

— Stai jos, Holden, mi-a spus domnul Antolini. Se vedea că era puţin uns. Camera arăta ca după o petrecere. Pahare peste tot şi farfurioare cu alune şi aşa mai departe.

— Scuză-ne pentru cum arată casa. Am dat o petrecere pentru nişte prieteni din Buffalo ai doamnei Antolini... Poate de-aia miroase a bizon pe aici...

Am rîs şi doamna Antolini a strigat ceva din bucătărie. Nu am înţeles ce.

— Ce a spus? l-am întrebat pe domnul Antolini.

— A zis să nu te uiţi la ea cînd intră. Tocmai s-a dat jos din aşternuturi. Ia o ţigară. Te-ai apucat de fumat?

— Mersi.

Am luat o ţigară din cutia pe care mi-a întins-o.

— O ţigară, doar din cînd în cînd. Sînt un fumător moderat.

— Da, sigur.

Mi-a dat un foc de la o brichetă mare de pe masă.

— Deci, te-ai despărţit de Pencey.

Întotdeauna spunea lucrurile sub forma asta. Uneori mă amuza tare de tot, alteori deloc. Mi se părea că sărea un pic, un pic, peste cal. Nu vreau să spun că nu era spiritual sau ceva – pentru că era –, dar uneori te calcă pe nervi cînd cineva spune numai chestii de genul: „Deci, te-ai despărţit de Pencey“. D.B. exagerează şi el din cînd în cînd cu treaba asta.

— Care a fost problema? Ce-ai făcut la engleză? Îţi arăt uşa cît ai zice peşte dacă ai rămas la engleză, tu, care ești as la scris compuneri.

— La engleză am trecut cu brio. Dar am făcut mai mult literatură. N-am scris decît vreo două compuneri tot semestrul. Ce-i drept, am picat la exprimare orală. Aveau un curs obligatoriu de exprimare orală, la care am rămas corigent.

— De ce?

— Nu știu.

Nu prea aveam chef să intru în detalii. Mă simțeam în continuare amețit și mă luase brusc o durere de cap groaznică. Pe bune. Dar se vedea că-l interesează motivul, așa că i-am povestit un pic despre ce era vorba.

— La cursul ăsta, fiecare băiat din clasă trebuia să se ridice în picioare și să țină un discurs. Știți doar. Spontan și așa mai departe. Și dacă băiatul divaga de la subiect, trebuia să strigi: „Digresiune!" cît puteai de repede. Pur și simplu mă scotea din minți. Am luat calificativul F.

— De ce?

— Nu știu. Treaba asta cu digresiunea mă călca pe nervi. Nu știu. Problema e că mie chiar îmi place cînd cineva divaghează. E mult mai interesant.

— Nu ai prefera ca interlocutorul tău să rămînă la subiect cînd îți povestește ceva?

— Sigur că da! Îmi place cînd cineva rămîne la subiect. Dar nu-mi place cînd rămîne prea mult la subiect. Nu știu. Presupun că nu-mi place ca cineva să rămînă la subiect absolut tot timpul. Băieții care au luat cele mai mari calificative la exprimare orală au fost cei care au rămas la subiect, recunosc. Dar aveam în clasă un băiat,

Richard Kinsella, care se tot îndepărta de la subiect și toți îi strigau în cor: „Digresiune!“ A fost îngrozitor, pentru că, în primul rînd, era un tip foarte emotiv. Vreau să spun emotiv de-a binelea. Îi tremurau buzele cînd îi venea rîndul să prezinte un discurs și de-abia îl auzeai dacă stăteai în fundul clasei. Cînd, totuși, îi mai trecea cît de cît tremuratul, discursurile lui îmi plăceau mai mult decît ale oricui. Dar ideea e că a picat și el cursul. A luat D plus, pentru că-i strigau toți „Digresiune!“ întruna. De exemplu, a ținut un discurs despre ferma pe care tatăl lui o cumpărase în Vermont. I-au strigat „Digresiune!“ tot timpul cît a vorbit și profesorul, domnul Vinson, i-a dat F pentru că nu spusese ce animale și legume și chestii creșteau la fermă. Ce făcea Richard Kinsella – începea să vorbească despre treburile astea, după care, brusc, se apuca să povestească despre o scrisoare pe care maică-sa o primise de la unchiul lui și cum unchiul a făcut poliomielită la patruzeci și doi de ani și cum nu a lăsat pe nimeni să vină să-l vadă la spital, pentru că nu voia să-l vadă nimeni cu corset. Nu avea prea mult de-a face cu ferma, recunosc, dar era frumos. E frumos cînd cineva povestește de propriul unchi. Mai ales cînd începe prin a-ți povesti de ferma lui taică-său și apoi, deodată, își îndreaptă interesul spre unchi. Mi se pare o porcărie să-i tot strigi „Digresiune!“ cînd vorbește așa de frumos și de plin de vervă... Nu știu. Mi-e greu să explic.

Ce-i drept, nici nu prea aveam chef să mă străduiesc din cale-afară. Mai întîi, fiindcă mă trăsnise o durere de cap groaznică. Mă rugam la Dumnezeu să apară odată doamna Antolini cu cafeaua. Asta-i o chestie care mă scoate din sărite, cînd ți se spune că e gata cafeaua, cînd de fapt nu e.

— Holden... O mică întrebare, pedagogică și ușor plicticoasă. Nu crezi că toate trebuie să vină la timpul și la locul lor? Nu crezi că, dacă cineva începe prin a-ți povesti despre ferma tatălui său, ar trebui să meargă pe firul ăsta și de-abia după aceea s-o ia de la capăt și să povestească despre corsetul unchiului? Sau, dacă proteza unchiului e un subiect așa provocator, n-ar fi trebuit oare să și-l aleagă pentru discurs de la bun început, în locul fermei?

Nu aveam chef să mă gîndesc și să-i răspund. Mă durea capul și mă simțeam nasol. Dacă vreți să știți adevărul, mă durea și burta un pic.

— Da... Nu știu. Cred c-așa ar fi trebuit. Într-adevăr, ar fi trebuit să-l aleagă pe unchi ca subiect, în locul fermei, dacă îl interesa mai mult. Dar ce vreau să spun e că de multe ori pur și simplu nu știi ce te interesează cel mai tare pînă nu începi să vorbești despre ceva ce nu te interesează la fel. Uneori chiar n-ai ce-i face. Părerea mea e că trebuie să lași omul în pace, dacă cel puțin îl interesează și se însuflețește la un subiect. Îmi place cînd cineva se ambalează. E frumos. Nu l-ați cunoscut pe profesorul ăsta, domnul Vinson. Uneori mă scotea pur și simplu din sărite, cu exprimarea lui orală cu tot. Nu făcea decît să ne spună întruna: „Unificați și simplificați". Dar unele lucruri nu se pretează la așa ceva. Adică n-ai să poți în veci să simplifici și să unifici ceva doar pentru că așa vrea cineva. Nu l-ați cunoscut pe domnul Vinson. E foarte inteligent, dar se vede că n-are prea multă minte în cap.

— Cafeaua, domnilor, într-un final, a spus doamna Antolini.

A intrat ducînd o tavă pe care erau cafea, prăjiturele și alte chestii.

— Holden, nici măcar să nu ridici ochii. Sînt complet nearanjată.

— Bună seara, doamnă Antolini.

Am dat să mă ridic, dar domnul Antolini m-a apucat de jachetă și m-a tras la loc pe scaun. Doamna Antolini avea părul plin de bigudiuri de metal, era nerujată și nemachiată. Nu arăta prea grozav. Arăta de-a dreptul bătrînă.

— O să las asta aici. Serviți-vă cu ce vreți.

A pus tava pe măsuța de cafea, împingînd toate paharele din drum.

— Ce mai face mama ta, Holden?

— Bine, mulțumesc. N-am văzut-o de curînd, dar ultima dată...

— Dragule, dacă Holden are nevoie de ceva, toate sînt în dulapul de lenjerie. Raftul de sus. Eu mă duc să mă culc. Sînt epuizată.

Chiar așa părea.

— Puteți să aranjați canapeaua singuri, băieți?

— Avem noi grijă de tot. Tu fugi în pat, a spus domnul Antolini.

I-a dat un sărut doamnei Antolini, ea mi-a spus la revedere și s-a dus în dormitor. Întotdeauna se sărutau la greu în public.

Am luat cîteva guri dintr-o ceașcă de cafea și am mîncat aproape jumătate dintr-un fursec tare ca piatra. În schimb, domnul Antolini n-a consumat decît încă un pahar de whisky cu sifon și gheață. Le bea foarte tari de obicei. S-ar putea să ajungă alcoolic dacă nu-i atent.

— Am luat prînzul cu tatăl tău acum două săptămîni, mi-a zis din senin. Știai?

— Nu, nu știam.

— Ești conștient, desigur, că e teribil de îngrijorat în privința ta.

— Știu. Știu că e.

— Se pare că înainte de a-mi da telefon tocmai primise o lungă scrisoare de la ultimul tău director, care tăia în carne vie. Zicea că nu depui absolut nici un efort. Absențe. Venit nepregătit la toate orele. În general, scria că ești din toate punctele de vedere...

— Nu am avut absențe de la ore. Nici n-aveai voie să sari vreun curs. Au fost vreo două materii la care nu m-am dus din cînd în cînd, de exemplu exprimarea orală, de care v-am povestit, dar de chiulit, n-am chiulit integral la nimic.

N-aveam deloc chef să discut de chestia asta. Cafeaua m-a ajutat să mă simt un pic mai bine la stomac, dar încă mă durea înfiorător capul.

Domnul Antolini și-a aprins altă țigară. Fuma ca un șarpe. Apoi mi-a spus:

— Sincer, nu știu ce naiba aș putea să-ți spun, Holden.

— Știu. Nu-i deloc ușor să vorbești cu mine. Îmi dau seama.

— Am sentimentul că ești în pragul unui dezastru absolut teribil. Dar, cinstit să fiu, nu știu ce fel de... Mă asculți?

— Da.

Se vedea că încerca să se concentreze și așa mai departe.

— Poate fi genul de ratare în care, la treizeci de ani, ajungi să stai într-un bar și să-i urăști pe toți cei care intră și par c-ar fi putut să joace fotbal în colegiu. Sau, pe de altă parte, e posibil să te alegi pe drum cu suficientă educație cît să-i urăști pe oamenii care spun : „E un secret între el și eu". Sau e posibil să sfîrșești într-un birou la vreo firmă, aruncînd cu agrafe în stenografa de la masa vecină. Pur și simplu nu-mi dau seama. Dar înțelegi măcar unde bat?

— Da. Sigur.

Și chiar pricepeam.

— Doar că vă înșelați cu treaba asta cu ura. Adică la faptul că-i urăsc pe cei care au jucat fotbal și așa mai departe. Chiar greșiți. Nu urăsc așa de mulți tipi. Într-adevăr, s-ar putea să-i urăsc pe perioade scurte de timp, cum s-a întîmplat cu un tip pe care l-am cunoscut la Pencey, Stradlater, sau cu alt băiat, Robert Ackley. Pe ei i-am urît din cînd în cînd – recunosc –, dar nu mă ține mult. Asta voiam să spun. După o vreme, dacă nu-i vedeam sau dacă nu veneau în cameră sau dacă nu-i întîlneam în sala de mese de cîteva ori, mi se făcea oarecum dor de ei. Pur și simplu le simțeam lipsa.

Domnul Antolini nu a mai spus nimic o vreme. S-a ridicat să-și ia un cub de gheață, și l-a pus în pahar și s-a așezat la loc. Se vedea că se gîndește la ceva. Eu nu-mi doream decît să continuăm discuția de dimineață, nu acum, dar îl luase valul. Oamenii se încing la discuții exact cînd nu-ți arde ție. De cele mai multe ori.

— Bine. Acum, ascultă-mă un minut... S-ar putea să nu formulez pe cît de memorabil mi-aș dori, dar o să-ţi scriu o scrisoare într-o zi sau două. Atunci o să primeşti ceva clar şi fără înconjur. Totuşi, ascultă-mă şi acum.

A început din nou să se concentreze. Apoi mi-a zis:

— Dezastrul asta spre care mi se pare că te îndrepţi... e un fel anume de prăbuşire, una oribilă. Omului care se prăvăleşte în gol nu-i e permis să simtă sau să audă cînd atinge fundul prăpastiei. El doar cade, fără să se mai oprească. Toată orînduiala asta e făcută pentru oamenii care, într-un moment sau altul al vieţii lor, căutau ceva ce mediul înconjurător nu le putea oferi. Sau cel puţin aşa credeau ei. Aşa că au renunţat să mai privească în jur. Au renunţat înainte de a fi început vreodată cu adevărat. Mă urmăreşti?

— Da, domnule.

— Sigur?

— Da.

S-a ridicat şi şi-a mai turnat nişte agheasmă în pahar. Apoi s-a aşezat la loc. Multă vreme n-a scos nici un cuvînt.

— Nu vreau să te sperii, dar te văd foarte limpede murind nobil, într-un fel sau altul, pentru o cauză care chiar nu merită.

Aici m-a privit ciudat.

— Dacă îţi scriu ceva, ai să citeşti cu atenţie? Şi-ai să păstrezi ce ţi-am scris?

— Da, sigur că da.

Aşa am şi făcut. Şi acum am hîrtia pe care mi-a dat-o.

S-a dus la birou, care era în cealaltă parte a camerei, şi a scris ceva pe o bucată de hîrtie, stînd în picioare. După aia s-a întors şi s-a aşezat la locul lui, cu hîrtia în mînă.

— Straniu, asta n-a fost scrisă de un poet, ci de un psihanalist pe nume Wilhelm Stekel. Uite ce a... Mă urmărești?

— Da, bineînțeles.

— Uite ce a spus: „Caracteristica definitorie a omului imatur e că vrea să moară în mod nobil pentru o cauză, în timp ce caracteristica definitorie a omului matur e că vrea să trăiască umil pentru una".

S-a întins și mi-a dat hîrtia. Am citit-o pe loc, i-am mulțumit și alea-alea, apoi am pus-o în buzunar. A fost frumos din partea lui să-și bată atîta capul. Pe bune. Problema era, totuși, că nu prea aveam chef să mă concentrez. Frate, mă simțeam așa de-al naibii de obosit, dintr-odată.

El, în schimb, se vedea că nu e obosit deloc. În primul rînd, îl cam luase apa.

— Cred că zilele astea o să trebuiască să afli în ce direcție vrei să mergi. Și apoi e musai să-ți urmezi drumul. Dar fără întîrziere. Nu-ți poți permite să pierzi nici un minut. Nu tu.

Am dat din cap, pentru că se uita drept la mine, dar nu eram sută-n sută sigur despre ce vorbește. Eram oarecum sigur că înțeleg, dar nu ferm convins. Cădeam de oboseală.

— Și-mi pare rău că trebuie să ți-o spun, dar cred că, odată ce o să-ți faci o idee clară în ce direcție vrei să mergi, prima mișcare va fi să te ocupi intens de școală. Nu vei avea încotro. Ești elev, fie că te atrage sau nu ideea. Ești îndrăgostit de cunoaștere. Și mai cred că o să găsești, după ce o să reușești să treci de toți domnii Vines și cursurile lor de compo...

— Domnii Vinson.

Voia să spună toţi domnii Vinson, nu toţi domnii Vines. Totuşi, n-ar fi trebuit să-l întrerup.

— Bine, domnii Vinson. După ce o să reuşeşti să treci de toţi domnii Vinson, o să începi să te apropii din ce în ce mai mult – asta, dacă vrei cu adevărat şi dacă o cauţi şi o aştepţi – de genul de informaţie care va fi foarte, foarte dragă inimii tale. Printre altele, o să afli că nu eşti singurul om din lume pe care comportamentul uman l-a debusolat şi l-a speriat şi chiar l-a înfricoşat de moarte la un moment dat. Vei fi încîntat, dar şi stimulat, să afli că nu eşti defel singurul în această privinţă. Mulţi, mulţi oameni dinaintea ta au fost exact la fel de tulburaţi din punct de vedere moral şi spiritual cum eşti tu acum. Din fericire, unii dintre ei şi-au consemnat frămîntările. O să ai de învăţat de la ei – asta dacă vrei. Întocmai cum într-o bună zi, dacă ai ceva de oferit, cineva o să înveţe ceva de la tine. E un minunat acord de reciprocitate. Şi aici nu-i vorba de educaţie. E vorba de istorie. De poezie.

S-a oprit şi-a luat o înghiţitură zdravănă din pahar. După care a luat-o de la capăt. Frate, da' ce se ambalase. Mă bucur că n-am încercat să-l opresc sau ceva.

— Nu încerc să te conving că doar oamenii educaţi şi studioşi pot să aducă o contribuţie de valoare pe lume, pentru că nu-i aşa. Dar susţin că oamenii educaţi şi studioşi, dacă au strălucire şi creativitate în primul rînd – ceea ce, din păcate, se întîmplă rar –, tind să lase o moştenire infinit mai valoroasă după ei decît cei care sînt doar străluciţi şi creativi. Tind să se exprime mai limpede şi au îndeobşte pasiunea de a-şi urmări ideile pînă la capăt. Și, cel mai important, în nouă cazuri din zece, dovedesc mai multă umilință decît gînditorul neerudit. Mă urmărești măcar un pic?

— Da, domnule.

Din nou, nu a mai scos un cuvînt vreme îndelungată. Nu știu dacă ați pățit-o vreodată, dar nu-i deloc ușor să aștepți ca persoana de lîngă tine, care stă și se gîndește, să spună ceva. Chiar nu e. Încercam din greu să nu casc. Nu-i vorba că eram plictisit sau ceva – nu eram –, dar mă luase un somn al naibii, așa, dintr-odată.

— Și încă ceva la care o să-ți folosească pregătirea academică. Dacă vei continua pe linia asta mult timp de-acum încolo, o să înceapă să-ți dea o idee ce calibru intelectual ai. Ce ți se potrivește și ce nu. După un timp, îți vei forma o idee despre ce fel de concepte trebuie să poarte intelectul tău, în funcție de măsura sa. În primul rînd, asta te-ar putea ajuta să economisești o cantitate extraordinară din timpul pe care l-ai pierde încercînd idei care nu-ți vin bine sau nu te pun în valoare. Vei începe să-ți cunoști adevăratele măsuri și să-ți mobilezi mintea corespunzător.

Atunci, deodată, am căscat. Ce mitocan am fost, dar n-am putut să mă abțin! Domnul Antolini doar a rîs.

— Haide, a spus, ridicîndu-se. Hai să-ți pregătim canapeaua.

L-am urmat. S-a dus la dulap și a încercat să coboare niște cearșafuri, pături și alte chestii de pe raftul de sus, dar n-a putut, cu paharul în mînă. Așa că l-a dat peste cap, a pus paharul pe jos și de-abia după aia a scos catrafusele. L-am ajutat să le aducă la canapea. Am făcut patul împreună. Nu prea se pricepea. Nu băga marginile cearşafurilor sub saltea foarte întins. Dar de-aia nu mai puteam. La cît eram de obosit, puteam să dorm şi-n picioare.

— Ce mai fac toate femeile din viaţa ta?

— Bine.

Ştiu că făceam o conversaţie de două parale, dar n-aveam chef.

— Ce mai face Sally?

O cunoştea pe Sally Hayes. Le făcusem cunoştinţă la un moment dat.

— Face bine. Am avut întîlnire cu ea în după-amiaza asta.

Frate, da' parcă trecuseră douăzeci de ani!

— Nu prea mai avem multe lucruri în comun.

— A naibii de drăguţă fată. De cealaltă ce mai ştii? Cea de care mi-ai povestit, care stătea în Maine?

— A, Jane Gallagher. E bine. Probabil c-o să-i dau un ţîr chiar mîine.

În acest punct, terminaserăm deja de făcut canapeaua.

— Îţi aparţine în totalitate. Nu ştiu ce naiba o să faci cu picioarele alea ale tale.

— Nu-i nimic. Sînt obişnuit cu paturile scurte. Mulţumesc mult, domnule. Dumneavoastră şi doamna Antolini realmente mi-aţi salvat viaţa în seara asta.

— Baia ştii unde e. Dacă ai nevoie de ceva, dă o strigare. O să mai stau în bucătărie un pic... Te deranjează lumina?

— Cum să mă deranjeze? Mulţumesc mult.

— Pentru nimic. Noapte bună, frumosule.

— Noapte bună, domnule. Mulţumesc mult.

El s-a dus în bucătărie, eu în baie, unde m-am dezbrăcat. N-am putut să mă spăl pe dinţi pentru că nu aveam periuţa cu mine. Nici pijama n-aveam, iar domnul Antolini uitase să-mi împrumute. Aşa că m-am întors în camera de zi, am stins lămpiţa de lîngă canapea şi m-am băgat în pat doar în chiloţi. Canapeaua era mult prea mică pentru mine, dar pe bune c-aş fi putut să dorm şi-n picioare fără să clipesc. Am rămas treaz cel mult două secunde, în care m-am gîndit la toate treburile pe care mi le spusese domnul Antolini. Despre cum să-mi descopăr măsura minţii şi aşa mai departe. Pe bune, foarte deştept tipul. Dar n-am mai putut să-mi ţin ochii deschişi şi am adormit.

După aia s-a întîmplat o chestie. Nu suport nici măcar să vorbesc despre ea.

M-am trezit brusc. Nu ştiu cît era ceasul sau ceva, dar m-am trezit. Am simţit ceva pe cap, o mînă de bărbat. Frate, m-am speriat de mi-a sărit inima. Ce era de fapt... era mîna domnului Antolini. Şi ce făcea el, stătea pe jos chiar lîngă canapea, pe întuneric, şi mă bătea uşurel cu mîna sau mă mîngîia, cum să zic, pe capul meu sec. Frate, pun pariu c-am sărit pînă-n tavan!

— Ce naiba faci?

— Nimic! Stăteam aici, admirînd...

— Totuşi, ce naiba faci? am zis din nou.

Nici nu ştiam ce naiba să mai zic... era jenantă rău situaţia.

— Ce-ai zice să vorbeşti mai încet? Stăteam aici...

— Oricum, trebuie să mă duc, am spus.

Frate, da' eram agitat, nu glumă. Am început să-mi trag pantalonii pe mine, în beznă. De-abia am reuşit să mă închei, de agitat ce eram. Am întîlnit mai mulţi perverşi, prin şcoli, decît oricine cunoaşteţi voi şi mereu îi apucă perverteala cu mine prin preajmă.

— Trebuie să te duci unde? a întrebat domnul Antolini.

Încerca să se poarte normal şi relaxat cît încape, dar era relaxat pe naiba. Credeţi-mă pe cuvînt.

— Mi-am lăsat bagajele la gară. Cred că poate ar fi mai bine să cobor să le iau. Am toate lucrurile acolo.

— N-or să plece pînă dimineaţă. Hai, bagă-te la loc în pat. Mă duc să mă culc şi eu. Ce se întîmplă cu tine?

— Nimic, doar că am toţi banii şi lucrurile într-una din valize. Mă întorc imediat. Iau un taxi şi mă întorc imediat.

Frate, mă dădeam cu stîngu-n dreptu' pe întuneric.

— Problema e că nu-s ai mei, banii vreau să spun. Sînt ai mamei şi...

— Nu fi ridicol, Holden. Bagă-te în pat. Banii or să fie în siguranţă, bine-mersi, şi de dimi...

— Nu, nu glumesc. Chiar trebuie s-o iau din loc. Serios.

De-acum eram aproape îmbrăcat, doar că nu-mi găseam cravata, s-o ia naiba. Nu mai ţineam minte unde o lăsasem. Mi-am pus jacheta pe mine şi fără cravată. Domnul Antolini stătea acum pe fotoliu, un pic mai departe de mine, privindu-mă. Era întuneric şi nu-l vedeam prea bine, dar ştiam sigur că mă privea. Foarte bine. Şi încă trăgea la măsea. Vedeam că ţinea în mînă paharul de tărie, prietenul lui de nădejde.

— Eşti un băiat foarte, foarte straniu.

— Ştiu.

Nici măcar nu mi-am căutat cravata. Aşa că am plecat fără.

— La revedere, domnule. Mulţumesc mult. Serios.

A mers în spatele meu pînă la intrare şi, după ce am apăsat pe butonul de la ascensor, a rămas în cadrul uşii, la dracu'. Nu făcea decît să repete că sînt un băiat foarte, foarte straniu. Straniu, pe mă-ta. Apoi a aşteptat în uşă să-mi vină blestemăţia aia de lift. N-am aşteptat aşa de mult la lift în viaţa mea. Jur.

N-am ştiut ce naiba să spun în timp ce aşteptam liftul şi el stătea în continuare pe poziţie... Prin urmare, am zis şi eu:

— O să încep să citesc nişte cărţi bune. Serios.

Trebuia să spun ceva, acolo. Era foarte stînjenitoare situaţia.

— Pui mîna pe bagaje şi-i dai bice înapoi aici repejor. O să las uşa descuiată.

— Mulţumesc mult. La revedere!

În sfîrşit a venit şi liftul. Am intrat în cabină şi am coborît. Frate, tremuram ca varga. Plus că transpiram. Cînd mi se întîmplă ceva pervers, mă trec toate apele. Am păţit treburi de genul ăsta de vreo douăzeci de ori din copilărie pînă acum. Nu pot să le sufăr.

25

Cînd am ajuns afară, începuse să se lumineze de ziuă. Era destul de frig, dar îmi convenea, pentru că transpiram așa mult.

Nu știam încotro s-o iau. Nu voiam să mă duc la alt hotel și să sparg toți banii de la Phoebe. Așa că ce-am făcut în cele din urmă, am luat-o pe jos pînă pe Lexington și am luat metroul pînă la gara centrală. Valizele erau la locul lor și m-am gîndit să dorm în sala de așteptare, unde sînt multe bănci. Asta am și făcut. O vreme, n-a fost chiar așa rău, pentru că nu era lume și am putut să-mi ridic picioarele pe banchetă. Dar nu prea am chef să mai discut de asta. Prea plăcut n-a fost. Să nu încercați niciodată. O să vă deprime.

Am dormit doar pînă la nouă, cînd au început să vină milioane de oameni în sala de așteptare și a trebuit să-mi dau jos picioarele. Nu prea reușesc să dorm dacă trebuie să-mi țin picioarele pe podea. Așa că am stat treaz. Nu-mi trecuse durerea aia de cap. Mă durea încă și mai rău. Și cred că n-am fost niciodată în toată viața mea mai deprimat ca atunci.

Fără să vreau, am început să mă gîndesc la domnul Antolini și să mă întreb ce o să-i spună doamnei Antolini cînd o să vadă că n-am dormit la ei. Dar nu partea asta mă îngrijora pe mine, pentru că știam că domnul Antolini e foarte deștept și putea să inventeze ceva. Putea să-i spună că am plecat acasă sau ceva. Nu pentru partea asta îmi făceam eu griji. Ce mă îngrijora era partea în care m-am trezit și l-am găsit mîngîindu-mă pe cap. Adică mă întrebam dacă nu cumva m-am înșelat crezînd că-mi făcea avansuri. Mă gîndeam că poate îi plăcea pur și simplu să mîngîie tipi pe cap în timp ce dorm. Cum poți să bagi mîna în foc pentru chestii de-astea? E imposibil. Am început chiar să mă întreb dacă nu s-ar fi cuvenit să-mi iau bagajele și să mă întorc la el acasă, așa cum spusesem. Și da, chiar dacă era poponar, cu siguranță fusese foarte amabil cu mine. M-am gîndit cum nu l-a deranjat cînd l-am sunat atît de tîrziu și cum mi-a spus să trec pe la el imediat dacă am chef. Și cum și-a bătul capul să-mi dea sfaturile alea despre cum să-ți descoperi măsura minții, și cum a fost singurul tip care s-a apropiat măcar de băiatul ăla, James Castle, de care v-am povestit, cînd James zăcea mort. M-am gîndit la toate chestiile astea. Și, cu cît mă gîndeam mai mult, cu atît mai deprimat mă simțeam. Am început să-mi spun că poate chiar ar fi trebuit să mă întorc la el acasă. Poate că într-adevăr doar mă mîngîia pe cap, așa, de chestie. Dar cu cît mă gîndeam la asta, cu atît mai deprimat și mai întors pe dos mă simțeam. Ca lucrurile să fie şi mai rele, mă usturau ochii ca dracu'. Mă usturau şi-mi ardeau în orbite, de atîta nesomn. Şi-n plus, mă încerca şi o răceală şi n-aveam batistă la mine. Aveam cîteva în valiză, dar nu-mi venea să scot valiza din seif şi să o deschid în public.

Pe banca de lîngă mine era o revistă pe care o lăsase careva. Am început s-o citesc, sperînd că asta o să mă împiedice să mă gîndesc la domnul Antolini şi la un milion de alte lucruri, măcar o vreme. Dar panarama de articol pe care am început să-l citesc m-a făcut să mă simt aproape mai rău. Era despre hormoni. Descria cum trebuie să arăţi, cum trebuie să arate faţa şi ochii şi celelalte dacă stai bine cu hormonii, iar eu n-arătam deloc aşa. Arătam exact ca tipul din articol care avea hormonii naşpa. Aşa c-am început să-mi fac griji pentru hormonii mei. După aia am citit un articol despre cum poţi să-ţi dai seama dacă ai sau nu cancer. Zicea că dacă ai răni în gură care nu s-au vindecat repede, ăsta e un semn că s-ar putea să ai cancer. Aveam o rană pe partea interioară a buzei cam de două săptămîni! Aşa că mi-am imaginat că mă paşte cancerul. Revista aia reuşea să-ţi ridice moralul de te-apuca plînsul. În cele din urmă, am renunţat s-o mai citesc şi am ieşit să mă plimb puţin. Mă şi vedeam mort de cancer peste două luni. Chiar mă vedeam. Eram ferm convins c-aşa o să se întîmple. Şi asta cu certitudine nu m-a făcut să mă simt din cale-afară de grozav.

Parcă stătea să plouă, dar m-am dus să mă plimb oricum. În primul rînd, mi-am zis c-ar fi cazul să mănînc ceva la micul dejun. Nu mi-era deloc foame, dar trebuia cel puțin să bag ceva în gură. Adică să-mi iau niște vitamine. Așa c-am luat-o pe jos pînă departe, în partea de est a orașului, unde erau restaurantele ieftine, fiindcă nu voiam să sparg mulți bani.

Cum mergeam, am trecut pe lîngă doi tipi care descărcau un brad de Crăciun dintr-un camion. Unul îi zicea celuilalt:

— Ține tîmpenia asta cu vîrfu-n sus! Cu vîrfu-n sus, cînd îți spun! Cristoase!

Nemaipomenit mod de-a vorbi de-un brad de Crăciun, n-am ce zice! Dar era și oarecum distractiv, la modul jalnic, și am început să rîd. Foarte proastă idee, pentru că în clipa în care m-a bufnit rîsul m-a luat și voma. Serios. De fapt, chiar mi-a venit să vărs, dar mi-a trecut de la sine. Nu știu de ce m-a apucat. Adică, nu mîncasem nimic nesănătos, plus că de obicei am stomacul rezistent. Oricum, am depășit momentul și mi-am închipuit c-o să mă simt mai bine dacă mănînc ceva. Așa c-am intrat într-un restaurant de duzină și mi-am luat gogoși și cafea. Doar că n-am mîncat gogoșile. Nu puteam să le mestec ca lumea. Buba e că, dacă ești deprimat, e al naibii de greu să mesteci. Dar chelnerul s-a purtat foarte amabil. Le-a luat înapoi fără să mi le pună la plată. Am băut cafeaua și atît. După aia am plecat și am luat-o pe jos înspre Fifth Avenue.

Era luni și Crăciunul bătea la ușă. Toate magazinele erau deschise. Așa că nu mi-a displăcut plimbarea pe Fifth Avenue. Bătea vînt de sărbătoare. Pe la colțuri stăteau Moși Crăciun cu aspect ogîrjit, care sunau din clopoței. Fetele de la Armata Salvării, alea care nu se dau cu ruj, cu nimic, sunau și ele din clopoței. Mă tot uitam în jur după cele două călugărițe cu care mă întîlnisem la micul dejun cu o zi înainte, dar nu le-am văzut. Știam că n-o să le găsesc, pentru că-mi spuseseră că veniseră la New York să lucreze ca profesoare, dar tot le-am căutat din priviri. Deodată, atmosfera de Crăciun plutea în aer. Un milion de copii veniseră în centru cu mamele lor ; se urcau și coborau din autobuze, intrau și ieșeau din magazine. Aș fi vrut să fie și Phoebe printre ei. Nu mai e suficient de mică să meargă să caște ochii la raionul de jucării, dar îi place să se frichinească de colo-colo și să se uite la oameni. La penultimul Crăciun am luat-o cu mine în centru, la cumpărături. Ne-am distrat de minune. Cred că la Bloomingdale's. Am intrat la raionul de încălțăminte și ne-am prefăcut că Phoebe vrea să cumpere o pereche de ghete de iarnă, din alea foare înalte, cu un milion de găuri prin care se bagă șireturile. L-am înnebunit pe bietul vînzător. Phoebe a probat vreo douăzeci de perechi și de fiecare dată bietul tip a trebuit să lege șiretul la o gheată pînă sus. Era o glumă ieftină, dar a dat-o pe spate pe Phoebe. În cele din urmă, am cumpărat o pereche de mocasini. Vînzătorul a fost foarte drăguț. Cred că se prinsese că ne prostim, pentru că pe Phoebe o apucă mereu chicotitul.

Oricum, am mers și am mers în sus pe Fifth Avenue, fără cravată sau ceva la gît. Apoi, din senin, a început să mi se întîmple un lucru înfricoșător. De fiecare dată cînd ajungeam la capătul unui cvartal de clădiri și puneam piciorul jos de pe bordură, aveam sentimentul că n-o să mai ajung în veci pe partea cealaltă a străzii. Mi se părea că mă duc în jos, în jos, în jos și n-o să mă mai vadă nimeni niciodată. Frate, ce m-am speriat. Nu vă puteți imagina. Am început să transpir ca un cal, în cămașă, sub maiou, peste tot. Apoi am început să fac altceva. De fiecare dată cînd ajungeam la capătul unui cvartal mă făceam că vorbesc cu fratele meu Allie. Îi spuneam:

— Allie, nu mă lăsa să dispar. Allie, nu mă lăsa să dispar. Allie, nu mă lăsa să dispar. Te rog, Allie.

Și apoi, după ce ajungeam pe partea cealaltă a străzii, îi mulțumeam. După care luam totul de la capăt la următorul colț. Dar am mers fără să mă opresc. Într-un fel, cred că mă temeam să mă opresc. Cred. Nu mai țin minte exact, ca să vă spun adevărul. Dar știu că nu m-am oprit decît după ce trecusem bine de străzile cu 60, după grădina zoologică și ce-o mai fi. Acolo m-am așezat pe o bancă. De-abia am reușit să-mi recapăt suflul și încă transpiram la greu. Să fi stat acolo cam o oră, să zic. În cele din urmă, gata, m-am hotărît să plec. M-am hotărît să nu mă mai întorc acasă niciodată și să nu mă mai duc la altă școală în viața mea. Am hotărît că doar mă văd cu Phoebe, să-mi iau la revedere de la ea și să-i dau înapoi banii de Crăciun, după care o pornesc spre vest, cu ia-mă, nene. M-am gîndit să mă duc la tunelul Holland și să găsesc vreo ocazie, moca, după care mai găsesc una și încă una, și încă una, și-n cîteva zile am ajuns undeva în vest, unde e soare și bine și unde nu mă cunoaște nimeni, și-mi iau o slujbă. Mă gîndeam c-aș putea să-mi iau o slujbă la o benzinărie, să pun benzină și ulei în mașinile oamenilor. Dar nu-mi păsa ce fel de slujbă căpătam. Doar să nu mă cunoască lumea și să nu cunosc pe nimeni. Mi-am imaginat ce aş putea să fac... da, să mă dau drept surdomut. Aşa, nu mai trebuia să port nici o conversaţie cretină şi inutilă cu nimeni. Dacă voia să-mi spună cineva ceva, trebuia să-mi scrie pe o bucată de hîrtie, pe care să mi-o vîre sub nas. După o vreme, aveau să se plictisească toţi ca dracu' şi terminam cu discuţiile pentru restul vieţii. Toată lumea şi-ar fi zis că nu-s decît un amărăştean de surdomut şi m-ar fi lăsat în pace. M-ar fi lăsat să pun benzină şi ulei în maşinile lor cretine şi mi-ar fi dat o leafă pe chestia asta. Apoi îmi construiam singur o căbănuţă pe undeva, cu mălaiul pe care-l scoteam, şi trăiam acolo pînă la capătul zilelor. Aş fi ridicat-o chiar lîngă marginea pădurii, dar nu în pădure, pentru că mi-aş fi dorit să fie scăldată în soare tot timpul. Îmi făceam de mîncare singur şi, mai încolo, dacă voiam să mă însor sau ceva, cunoşteam o fată frumoasă, surdomută şi ea, şi ne-am fi căsătorit. Ea venea să stea cu mine în cabană şi, cînd avea ceva să-mi spună, trebuia să scrie pe o bucată de hîrtie, ca toată lumea. Dac-am fi făcut copii, i-am fi ascuns. Puteam să le cumpărăm o groază de cărţi şi să-i învăţăm să scrie şi să citească noi înşine.

M-am ambalat gîndindu-mă la toată chestia asta. Serios. Ştiam că partea cu mine dîndu-mă drept surdomut era complet ţăcănită, dar tot îmi făcea plăcere să mă gîndesc la ea. Dar de hotărît m-am hotărît cu adevărat să plec în vest şi aşa mai departe. Înainte de a pleca, nu mai voiam decît să-mi iau la revedere de la Phoebe. Aşa că, deodată, am traversat strada în fugă, de parcă mă apucase nebunia – dacă vreţi să ştiţi adevărul, a fost cît pe-aci să mă calce o mașină – și am intrat într-o papetărie și am cumpărat un carnețel și un creion. M-am gîndit să-i scriu un bilet prin care să ne dăm întîlnire, ca să pot să-i zic pa și să-i înapoiez economiile de Crăciun, apoi să mă duc cu biletul la ea la școală și să rog pe cineva de la biroul directorului să i-l dea. Însă n-am făcut decît să bag carnetul și creionul în buzunar și am luat-o la galop spre școală – eram prea agitat ca să scriu biletul acolo, în papetărie. Am mers repede, pentru că voiam să primească mesajul înainte de a pleca acasă pentru masa de prînz și nu mai aveam prea mult timp.

Știam unde e școala, firește, pentru că acolo învățasem și eu cînd eram mic. Cînd am ajuns, m-am simțit ciudat. Nu eram sigur dacă mai țin minte cum era înăuntru, dar mi-am amintit imediat. Era exact ca pe vremea mea. Aceeași curte interioară, mare și întunecoasă de cînd o știu, cu gratii în jurul becurilor, ca să nu se spargă dacă le lovește careva cu mingea, aceleași cercuri albe vopsite pe ciment, pentru jocuri și alte chestii, și aceleași coșuri de baschet dărăpănate, fără plase... doar panoul și inelul.

Nici țipenie de copil prin jur, poate unde nu era nici recreație și nici pauza de prînz. N-am văzut decît un băiețel, un puști de culoare, care mergea la baie. Din buzunarul de la pantaloni i se ițea o tăbliță din alea din lemn, care arăta că i s-a dat voie să se ducă la toaletă. Permise ca ăsta primeam și noi.

Încă transpiram, dar nu chiar așa tare ca mai devreme. M-am dus la scări, m-am așezat pe prima treaptă și am scos carnetul și creionul pe care le cumpărasem. Scările miroseau la fel ca atunci cînd învățam eu acolo. Miroseau de parcă tocmai se pișase cineva pe ele. Scările din școli au toate același parfum. Nu contează. M-am așezat și am scris următorul bilet:

DRAGĂ PHOEBE,

Nu mai pot să rămîn prin zonă pînă miercuri, așa că probabil o să plec spre vest cu autostopul în după-amiaza asta. Vino să ne întîlnim la Muzeul de artă lîngă ușă la 12 și un sfert, dacă poți, și o să-ți dau înapoi banii de Crăciun. Nu am cheltuit mult.

Cu dragoste,
HOLDEN

Școala era practic lîngă muzeu și oricum trebuia să treacă pe lîngă el în drum spre casă, la prînz, așa că nu-mi făceam probleme pentru întîlnire.

Apoi am urcat pe scări spre biroul directorului, ca să dau cuiva biletul și să i-l ducă în clasă. L-am împăturit de vreo zece ori, ca să nu-l deschidă nimeni. Nu poți să ai încredere în nimeni în școli, fir-ar să fie! Dar eram sigur că o să i-l dea, din moment ce eram fratele ei și tot tacîmul.

Dar în timp ce urcam scările, deodată, mi-a venit să vomit din nou. Doar că n-am făcut-o. M-am așezat o clipă și mi-am revenit cît de cît. Și în timp ce stăteam jos pe scări, am văzut o chestie care m-a scos din minți. Cineva scrisese „Fuck you" pe perete. M-a scos din toate mințile. Mă gîndeam cum Phoebe și ceilalți copii or să vadă treaba asta și cum or să se întrebe ei ce dracu' însemna și cum, după aia, într-un final, vreun puști mai nesimțit o să le explice – bineînțeles, absolut aiurea – ce înseamnă de fapt și cum or să se gîndească toți la asta și poate chiar or să stea cu grijă vreo două zile. Mi-a stîrnit dorința să-l omor pe ăla care a scris porcăria. Mi-am imaginat că era mîna vreunui căcăcios pervers care se furișase în școală noaptea tîrziu ca să se ușureze și după aia scrisese înjurătura pe perete. Mă tot vedeam cum îl prind și cum îl dau cu bostanul de treptele de piatră pînă îl umplu de sînge și dă dracului ortul popii. Dar mai știam și că n-aș fi avut sînge în vine să fac una ca asta. Știam foarte bine. Asta m-a deprimat și mai tare. De-abia am avut tupeul s-o șterg de pe perete cu mîna mea, dacă vreți să aflați adevărul. Mi-era frică să nu mă prindă vreun profesor în timp ce o șterg și să creadă că eu o scrisesem. Pînă la urmă, am șters-o și cu asta, basta. După care m-am dus la biroul directorului.

Directorul nu părea să fie acolo. O doamnă bătrînă – cred că avea secolul – stătea la o mașină de scris. I-am spus că eram fratele lui Phoebe Caulfield din clasa 4B-1 și am rugat-o frumos să-i dea lui Phoebe mesajul. I-am zis că e foarte important, pentru că mama se simțea rău și n-a putut să-i pregătească prînzul lui Phoebe, așa că trebuia să se întîlnească cu mine, ca s-o duc undeva să mănînce. Foarte drăguță, bătrîna. Mi-a luat biletul și a chemat-o pe altă doamnă din biroul de alături și doamna asta a plecat să-i ducă mesajul lui Phoebe. Apoi doamna bătrînă și cu mine am stat un pic la parole. Foarte drăguță. I-am povestit că la aceeași școală mersesem și eu. Frații mei, la fel. M-a întrebat la ce școală sînt acum, i-am răspuns că la Pencey, la care ea a zis că Pencey e o școală foarte bună. Chiar și să fi vrut, n-aș fi avut puterea s-o luminez în privința asta. Pe deasupra, dacă ea credea că Pencey era o școală foarte bună, las-o să creadă. Mai bine te lipsești, decît să-i spui cuiva de-o sută de ani ceva nou. Nu le place să audă. După o vreme, am plecat. A fost ciudat. A strigat „Succes!“ după mine, exact ca bătrînul Spencer cînd am plecat de la Pencey. Doamne, cît urăsc să-mi strige cineva „Succes!“ cînd plec dintr-un loc. E deprimant.

Am coborît pe alte scări și am văzut alt „Fuck you“ pe perete. Am încercat să-l șterg cu mîna, dar ăsta era scrijelit cu un cuțit sau ceva. Refuza să se ducă. Oricum, e o cauză pierdută. Și dacă ai un milion de ani la dispoziție, n-ai putea să ștergi nici jumate din toate mîzgălelile cu „Fuck you“ din lume. E imposibil.

M-am uitat la ceasul din curtea școlii. Era de-abia douășpe fără douăzeci, așa că aveam o groază de timp de bănănăit pînă la întîlnirea cu Phoebe. Dar, ca să fiu sigur, am luat-o pe jos pînă la muzeu și-atît. N-aveam unde în altă parte să merg. M-am gîndit că poate mă opresc la un telefon public, să-i dau un țîr lui Jane Gallagher înainte s-o iau creanga spre vest, dar n-aveam starea. În primul rînd, nici măcar nu eram sigur dacă venise acasă în vacanță deja sau nu. Așa că m-am dus la muzeu și mi-am făcut de lucru pe acolo.

În timp ce o așteptam pe Phoebe în muzeu, imediat după ușile de la intrare, au intrat doi puşti şi m-au întrebat dacă ştiu unde sînt mumiile. Puştiul care m-a întrebat era descheiat la pantaloni. I-am atras atenţia. Prin urmare, s-a încheiat la nasturi acolo pe loc, în timp ce stătea de vorbă cu mine. Nici nu s-a obosit să se pitească după un paravan sau ceva. M-a dat pe spate. Aş fi rîs la faza asta, dar m-am temut să nu-mi vină iar să vărs.

— Unde-s mumiile, amice? m-a întrebat puştiulică din nou. Ştii?

M-am hotărît să fac un pic pe nebunul cu cei doi.

— Mumiile? Ce-s alea?

— Ştii tu... Mumii, cum adică? Tipii ăia morţi. Care-s îngropaţi în scripte şi aşa.

Scripte. M-a dat pe spate. Voia să spună cripte.

— Cum se face că nu sînteţi la şcoală?

— N-avem ore azi, a spus puştiul care făcea pe portavocea.

Eram sigur mie-n sută că minţea, ticălosul mic. Dar cum n-aveam altceva de făcut pînă apărea Phoebe, i-am ajutat să găsească sala cu mumiile. Frate, ştiam exact unde se afla, dar nu mai pusesem piciorul în muzeu de ani de zile.

— Şi vă interesează mumiile pe amîndoi?

— Mda.

— Prietenul tău nu ştie să vorbească?

— Nu-i prietenul meu. E frate-meu.

— Şi nu ştie să vorbească?

Mi-am întors privirea spre cel care tăcuse tot timpul.

— Nu ştii să vorbeşti deloc?

— Ba da, da' n-am chef.

În cele din urmă, am găsit sala mumiilor şi am intrat.

— Știți cum își îngropau morții egiptenii? l-am întrebat pe ăla mut.

— Nț.

— Păi, ar cam trebui să știți. E foarte interesant. Le înfășau fețele cu niște bucăți de pînză tratată cu substanțe chimice secrete. Așa puteau să-i îngroape în criptele lor timp de mii de ani fără să le putrezească fața. Nimeni în afară de egipteni nu cunoaște procedeul. Nici măcar știința modernă.

Ca să ajungi la mumii, trebuia să cobori pe un culoar foarte îngust care era placat cu pietre aduse direct din mormîntul faraonului cu pricina. Era destul de macabru și se vedea că cei doi fii de zmei nu se simțeau prea în largul lor. S-au lipit de mine cît de mult au putut și cel care nu vorbea practic se ținea de mîneca mea.

— Hai să mergem, i-a spus lui frate-său. Gata, le-am văzut. Haide.

S-a întors pe călcîie și a șters putina.

— E așa de laș că se sperie și de umbra lui, a zis celălalt. Pa!

Și a șters-o și el. Uite-așa am rămas singur în mormînt. Într-un fel, mi-a plăcut. Era așa de plăcut și de tihnit. Apoi, deodată, n-o să vă dea în veci și pururi prin cap ce am văzut pe perete. Alt „Fuck you". Era scris cu creion roșu sau ceva asemănător, chiar sub partea protejată cu sticlă a peretelui, sub pietre.

Asta-i problema. Nu poți să găsești niciodată un loc plăcut și tihnit, pentru că nu există nici unul. Ți se poate părea că l-ai găsit, dar odată ce ajungi acolo, cînd nu ești atent, sigur se va furișa cineva și o să scrie „Fuck you" chiar sub nasul tău. Încercați și voi chestia asta cîndva. Mă gîndesc chiar că, dac-o fi să mor şi mă vîră într-un cimitir şi o să am piatră funerară şi tot tacîmul, o să scrie „Holden Caulfield" pe ea, şi dedesubt în ce an m-am născut şi cînd am murit şi imediat sub asta va trona un „Fuck you". De fapt, sînt ferm convins.

După ce am ieşit de la mumii, am avut nevoie să mă duc la toaletă. Aveam diaree, dacă vreţi să ştiţi adevărul. Povestea cu diareea nu m-a deranjat aşa de tare, dar s-a întîmplat altă treabă. Cînd ieşeam de la WC, chiar înainte de a ajunge la uşă, am cam leşinat. Dar am avut baftă. Adică puteam să şi mor cînd m-am prăvălit pe pardoseală, însă am reuşit să aterizez cumva pe-o parte. Ciudată chestie. După ce am leşinat, m-am simţit mai bine. Serios. Mă durea mîna, ce-i drept, de la căzătură, dar cel puţin îmi trecuse ameţeala.

Se făcuse deja aproape de douăşpe şi zece, aşa că m-am întors şi m-am postat în picioare lîngă uşă s-o aştept pe Phoebe. Mă gîndeam că s-ar putea să fie ultima oară cînd o văd. Pe ea sau pe orice altă rudă, adică. Îmi spuneam şi că probabil o să-i revăd cîndva, dar peste mulţi ani de atunci încolo. Şi că s-ar putea să vin acasă pe la treizeci şi cinci de ani, în cazul în care se îmbolnăveşte cineva şi vrea să mă vadă înainte de-a muri, dar că ăsta ar fi singurul motiv pentru care mi-aş părăsi cabana mea şi m-aş întoarce. Ştiam că mama o să se enerveze rău de tot şi-o să înceapă să plîngă şi să mă implore să rămîn acasă, dar tot aş fi plecat. Aveam să mă port ca şi cum nu s-a întîmplat nimic. O calmam, după care mă duceam în cealaltă parte a camerei de zi, scoteam cutia de ţigări şi-mi aprindeam o ţigară, relaxat cît cuprinde. I-aş fi invitat să mă viziteze la un moment dat, dacă vor, dar n-aş fi insistat. Aş fi lăsat-o pe Phoebe să vină în vizită la mine vara şi în vacanţele de Crăciun şi Paşte. Şi pe D.B. la fel, dacă voia un loc plăcut şi liniştit unde să scrie, dar nu i-aş fi dat voie să scrie scenarii de film în cabana mea, ci doar povestiri şi cărţi. Aş fi pus regula asta, că nimeni nu poate să facă nimic fals cînd stă la mine. Dacă încerca vreo nefăcută, nu mai putea să rămînă.

Deodată, m-am uitat la ceasul de la garderobă şi am văzut că era unu fără douăzeci şi cinci. Am început să mă tem că doamna bătrînă de la şcoală i-a spus celeilalte să nu-i dea lui Phoebe mesajul. Am început să mă tem că poate i-a spus să-i dea foc sau ceva. Mi-a intrat frica în oase. Chiar îmi doream s-o văd pe Phoebe înainte să pornesc la drum. Economiile ei de Crăciun erau la mine.

În cele din urmă, am zărit-o, prin geamul de la uşă. Am recunoscut-o pentru că purta şapca mea dementă, care-ţi sărea în ochi de la zece poşte.

Am ieşit şi am început să cobor scările alea de piatră ca să-i ies în întîmpinare. Ce nu pricepeam e că avea cu ea un geamantan uriaş. Tocmai traversa Fifth Avenue, tîrînd un geamantan uriaş. De-abia îl ducea. Cînd m-am apropiat, mi-am dat seama că era valiza mea veche, aia pe care am folosit-o cînd mergeam la Whooton. Nu înţelegeam ce naiba face cu ea.

— Salut, mi-a zis cînd s-a apropiat.

De-abia mai respira, de la valiza aia smintită.

— Am crezut că nu mai vii. Ce naiba ai în valiză? N-am nevoie de nimic. Plec cu ce am pe mine. Nu-mi iau nici măcar genţile pe care le-am lăsat la gară. Ce naibii duci acolo?

A pus valiza jos.

— Hainele mele. Vin cu tine. Pot? Da?

— Poftim?

Era să cad pe jos cînd am auzit-o. Jur pe ce am mai sfînt. M-a luat cu ameţeli. Am crezut c-o să leşin iar sau ceva.

— Am coborît cu liftul din spate, ca să nu mă vadă Charlene. Nu e grea. N-am pus în ea decît două rochii şi mocasinii şi lenjerie şi şosete şi alte cîteva lucruri. Ţine-o un pic. Nu-i grea. Uite... Pot să vin cu tine? Holden? Nu-i aşa că pot? Te roog!

— Nu. Taci din gură.

Am simţit că mi se scurge sîngele din vene. N-am vrut să-i vorbesc aşa, dar am crezut că leşin iarăşi.

— De ce nu pot? Te rog, Holden! N-o să fac nimica... Doar vin cu tine, atîta tot! N-o să-mi iau nici măcar hainele cu mine dacă nu vrei – o să-mi iau doar...

— Nu-ţi iei nimic, pentru că nu mergi. Plec singur. Aşa că taci din gură.

— Te rog, Holden! Te rog, ia-mă şi pe mine. O să fiu foarte, foarte, foarte... Nici măcar n-o să...

— Nu mergi nicăieri. Acum taci din gură. Dă geanta încoace.

I-am luat geanta din mînă. Simţeam că-mi pleacă palma spre ea. O secundă, chiar am crezut c-o s-o plesnesc. Nu mai lipsea mult. A început să plîngă.

— Credeam că urmează să joci într-o piesă la şcoală şi alea-alea. Parcă trebuia să fii Benedict Arnold în piesă, nu? i-am zis.

Şi i-am zis-o pe un ton foarte scîrbos.

— Ce vrei să faci? Să nu mai apari în piesă, pentru Dumnezeu?

Asta a făcut-o să plîngă și mai abitir. M-am bucurat. Deodată, aș fi vrut să plîngă pînă îi ies ochii din orbite. Aproape că o uram. Cred că cel mai mult o uram pentru că n-avea să mai apară în piesă dacă pleca în lume cu mine.

— Haide.

Am luat-o din nou în sus pe scările muzeului. Mă gîndeam să las la garderobă valiza aia dementă pe care o cărase după ea. Putea să se întoarcă s-o ia la trei, după ore. Știam că nu putea s-o ducă la școală.

— Haide odată.

Dar nu a urcat scările cu mine. Refuza să mă urmeze. Drept care m-am dus singur cu valiza la garderobă, am lăsat-o acolo și apoi m-am întors. Stătea în continuare pe trotuar, dar mi-a întors spatele cînd am ajuns lîngă ea. E capabilă de chestii de-astea. Îți întoarce liniștită spatele cînd are ea chef.

— Nu mai plec nicăieri. M-am răzgîndit. Așa că termină cu plînsul și taci din gură.

Partea distractivă e că nici măcar nu mai plîngea cînd i-am zis să tacă. Totuși, mi-am făcut și eu datoria să-i spun.

— Haide odată. Te duc înapoi la școală. Haide. O să întîrzii.

N-a vrut să-mi răspundă nimic. Am încercat să o apuc de mînă, dar nu m-a lăsat. Cînd eu o luam într-o parte, ea întorcea capul în direcția opusă.

— Ai mîncat de prînz? Ai mîncat deja? am întrebat-o.

N-a vrut să-mi răspundă. În schimb, și-a scos șapca roșie de vînătoare – cea pe care i-o dădusem –

și mi-a azvîrlit-o practic în față, după care mi-a întors iar spatele. Treaba asta aproape că m-a terminat, dar n-am scos o vorbă. Am luat-o de pe jos și am vîrît-o în buzunarul de la haină.

— Haide, vino. Te duc înapoi la școală.

— Dar nu mă întorc la școală.

N-am știut ce să-i răspund la chestia asta. Am rămas păpușoi în picioare vreo două minute.

— Trebuie să te întorci la școală. Vrei să apari în piesă, nu-i așa? Vrei să fii Benedict Arnold. Corect?

— Nu.

— Ba sigur că vrei. Mai mult ca sigur. Hai, vino, să mergem. În primul rînd, nu mai plec nicăieri, ți-am spus doar. Mă duc acasă. Mă duc acasă imediat ce intri la ore. Mai întîi cobor la gară să-mi iau bagajele și apoi o iau direct spre...

— Ți-am spus că nu mă întorc la școală. Tu poți să faci ce vrei, eu la școală nu mă întorc. Așa că taci din gură.

A fost prima oară cînd mi-a zis să tac din gură. A sunat îngrozitor. Doamne, ce îngrozitor mi-a sunat. Mai rău decît o înjurătură. Refuza în continuare să se uite la mine și de fiecare dată cînd încercam să-i pun mîna pe umăr sau ceva, se trăgea într-o parte.

— Auzi, nu vrei să mergem la plimbare? Vrei s-o luăm pe jos pînă la grădina zoologică? Dacă-ți dau voie să nu te întorci la școală în după-masa asta și mergem la o plimbare, promiți că termini cu nebunia asta?

Nu mi-a răspuns, așa c-am întrebat-o din nou.

— Dacă te las să sari peste orele de azi și mergem să ne plimbăm un pic, termini cu nebunia asta? Te duci mîine la școală, ca o fată cuminte ce ești?

— Poate da, poate nu.

Apoi a zbughit-o de lîngă mine și a traversat strada în fugă, fără măcar să se uite dacă vine vreo mașină. E sărită de pe fix uneori.

Dar nu m-am dus după ea. Știam c-o să vină după mine. Am luat-o cătinel spre centru, înspre grădina zoologică, pe trotuarul cu parcul, și ea s-a îndreptat tot către centru, pe trotuarul de vizavi. Nu întorcea capul deloc, dar știam sigur că nu mă pierde din priviri și că se uită cu coada ochiului ca să vadă unde sînt. Oricum, așa am făcut tot drumul pînă la grădina zoologică. Singura dată cînd m-am îngrijorat un pic a fost cînd a trecut un autobuz cu platformă printre noi și n-am putut să mă uit pe partea cealaltă a străzii, ca să văd unde naibii e. Dar cînd am ajuns la grădina zoologică, am strigat:

— Phoebe! Eu intru! Haide, acum!

Nu s-a uitat la mine, dar știam că m-a auzit. Cînd am început să cobor scările care duceau la intrare, am întors capul și am văzut-o traversînd strada și venind după mine.

Nu era prea multă lume la grădina zoologică, dat fiind că era o zi așa mohorîtă. În jurul bazinului leilor de mare se strînseseră totuși cîteva persoane. Am trecut de bazin, dar Phoebe s-a oprit și se făcea că urmărește cu mare atenție cum erau hrăniți leii de mare – le arunca un tip pești –, așa că m-am întors. Mi-am zis că era o bună ocazie să ne împăcăm. M-am apropiat și am rămas în picioare în spatele ei. Am dat s-o apuc pe după umeri cu mîinile, dar s-a lăsat pe genunchi și s-a strecurat pe lîngă mine. Chiar că poate să fie obraznică dacă-şi pune în cap. A preferat să se uite în continuare cum primesc de mîncare leii de mare, iar eu am stat în spatele ei. Nu i-am mai pus mîinile pe umeri sau ceva, pentru că, dac-o făceam, chiar c-ar fi fugit de mine. Copiii sînt o specie curioasă. Trebuie să ai grijă ce faci.

N-a vrut să meargă lîngă mine cînd am plecat de la leii de mare, dar nici nu s-a mai îndepărtat prea mult. Ea mergea pe o parte a trotuarului, eu, pe cealaltă. Nu mi se părea nemaipomenit, dar era oricum mai bine decît la o milă distanţă, ca înainte. Am urcat pe colina aia mică şi ne-am uitat o vreme la urşi, dar nu prea aveai mare lucru de văzut. Doar unul din urşi era afară, ursul polar. Celălalt, cel brun, stătea în grota lui şi nici prin cap nu-i trecea să iasă. Nu i se vedea decît fundul. Lîngă mine stătea un băieţel cu o pălărie de cowboy trasă practic peste urechi, care-i tot spunea lui taică-său:

— Tati, fă-l să iasă de acolo. Zi-i să iasă odată!

I-am aruncat o privire lui Phoebe, dar nici n-a zîmbit. Ştiţi cum fac copiii cînd sînt supăraţi pe tine. Nu rîd, nu nimic.

După ce am plecat de la urşi, am ieşit din grădina zoologică, am traversat o străduţă din parc şi după aia am trecut printr-unul din tunelurile alea mici care miros întotdeauna a pişat. Ducea înspre carusel. Phoebe încă refuza să-mi vorbească, dar acum mergea lîngă mine. Am apucat-o pe la spate de cordonul de la haină, aşa, de chichi, dar nu m-a lăsat s-o ţin.

— Ţine-ţi mîinile acasă, dacă nu te superi, mi-a spus.

Era încă supărată pe mine. Dar nu chiar ca mai devreme. Oricum, ne apropiam de-acum de carusel și deja începuse să se audă muzica aia sonată pe care o pun non-stop. Cînta *O, Marie!* Am avut impresia că băgau aceeași melodie de-o juma' de secol, de cînd eram eu mic. Asta-i frumos la caruseIe, că pun mereu aceleași cîntece.

— Credeam că iarna e închis, a spus Phoebe.

A fost practic prima oară cînd a zis ceva. Probabil uitase că trebuia să fie supărată pe mine.

— Poate unde se apropie Crăciunul.

La asta n-a mai răspuns nimic. Probabil și-a amintit că trebuia să fie supărată pe mine.

— Vrei să te dai o tură?

Știam că s-ar putea să vrea. Cînd era mică de tot și Allie și D.B. și cu mine o duceam în parc, era înnebunită după carusel. Nu mai puteam s-o dăm jos de pe căluți.

— Sînt prea mare.

Credeam că n-o să-mi răspundă, dar uite c-a făcut-o.

— Nu, nu ești. Du-te. Te aștept aici. Hai, du-te.

Deja ajunseserăm chiar lîngă călușei. Erau cîțiva copii care se dădeau, majoritatea foarte mici, și cîțiva părinți care îi așteptau de jur împrejurul caruselului, așezați pe bănci. Am urcat pînă la ghișeul unde vînd bilete și am cumpărat un bilet pentru Phoebe. După aia i l-am dat. Stătea chiar lîngă mine.

— Uite. Stai așa... ia și restul de la bănuții pe care mi i-ai împrumutat.

Și am dat să-i întind restul de la banii pe care mi-i împrumutase.

— Ține-i tu. Păstrează-i la tine.

Imediat după asta a adăugat:

— Te rog.

E deprimant cînd îți spune cineva „te rog". Adică, dacă-i vorba de Phoebe sau cineva... M-a deprimat ca naiba. Dar am pus mălaiul la loc în buzunar.

— Nu te dai și tu? m-a întrebat.

Mă privea oarecum amuzată. Se vedea că-i mai trecuse supărarea pe mine.

— Poate, la tura următoare. Acum o să mă uit la tine. Ți-ai luat biletul?

— Da.

— Atunci dă-i bătaie. O să stau pe banca asta și-o să mă uit la tine.

M-am dus și m-am așezat pe o bancă și ea s-a dus și s-a suit pe platforma caruselului. A luat-o de jur împrejur. Adică a dat roată la toată mașinăria aia. Apoi s-a suit pe un cal mare și ponosit, de culoare maro. După aia caruselul a pornit și m-am uitat la ea cum se învîrte, iar și iar. Mai erau doar vreo cinci-șase copii care se dădeau călare și caruselul cînta *Smoke Gets in Your Eyes*, foarte ritmat și cam aiurea. Toți copiii încercau să prindă inelul de aur, inclusiv Phoebe, și mă temeam c-o să cadă de pe căluț, dar nu am zis și n-am făcut nimic. Treaba cu copiii e că, dacă vor să prindă inelul de aur, trebuie să-i lași în pace și să nu le spui nimic. Dacă e să cadă, cad și gata. E o greșeală să le spui ceva.

După ce s-a terminat tura, a descălecat de pe cal și a venit la mine.

— Dă-te și tu o dată acum.

— Nu, rămîn să mă uit la tine. Cred că doar o să mă uit.

I-am mai dat nişte bani de la ea.

— Uite. Mai ia-ţi nişte bilete.

A luat banii.

— Nu mai sînt supărată pe tine, mi-a spus.

— Ştiu. Grăbeşte-te, că-i dau drumul din nou.

Atunci, din senin, m-a pupat. După care a întins mîna cu palma în sus şi a zis:

— Plouă. Începe să plouă.

— Văd.

După care ce-a făcut... Mi-a băgat mîna în buzunar, a scos şapca mea roşie de vînătoare şi mi-a pus-o pe cap. Treaba asta aproape că m-a dat pe spate.

— Nu o vrei tu?

— Poţi s-o porţi tu un pic.

— Bine. Dar acum grăbeşte-te. O să pierzi tura asta. N-o să-ţi mai găseşti căluţul liber sau cine ştie ce.

Totuşi, nu s-a dat dusă.

— Ai vorbit serios? Chiar nu mai pleci nicăieri? Te întorci acasă după asta? Adevărat?

— Da, am răspuns.

Vorbeam serios. Nu o minţeam. Şi chiar m-am întors acasă după aia.

— Hai, grăbeşte-te! Porneşte jucăria.

A fugit, şi-a cumpărat bilet şi s-a întors la carusel exact la timp. L-a ocolit pînă a ajuns la căluţul ei, pe care l-a încălecat. Mi-a făcut cu mîna şi i-am răspuns.

Frate, a început să plouă în draci. Cu găleata, jur pe ce-am mai sfînt. Părinţii şi mamele, toţi de pe acolo, au luat-o la fugă şi s-au adăpostit sub acoperişul caruselului, ca să nu se ude leoarcă, dar eu am rămas ţintuit pe bancă o vreme. M-am udat fleaşcă, mai ales pe gît şi pe pantaloni. Şapca de vînătoare chiar m-a protejat, într-un fel, dar tot m-am făcut ciuciulete. Nu-mi păsa. Mă simţeam aşa de fericit dintr-o dată, de la cum se învîrtea, iar şi iar, Phoebe a noastră. Dacă vreţi să ştiţi adevărul, mă simţeam aşa de fericit, că-mi venea să urlu, fir-ar să fie! Nu ştiu de ce. Doar că arăta aşa de drăguţă, cum se învîrtea, iar şi iar, în haina ei albastră. Doamne, ce mi-ar fi plăcut să fiţi şi voi acolo.

26

Asta-i tot ce-o să vă povestesc. Probabil că v-aş putea spune ce am făcut după ce m-am dus acasă, cum m-am îmbolnăvit şi aşa mai departe, la ce şcoală trebuie să mă duc în toamna viitoare, după ce ies de aici, dar n-am chef. Chiar n-am. Nu mă interesează prea tare chestiile astea acum.

O groază de oameni, şi mai ales psihanalistul ăsta pe care-l au aici, mă tot întreabă dacă o să mă străduiesc mai mult cînd mă întorc la şcoală, în septembrie. După mine, e o întrebare complet cretină. Adică de unde să ştii ce o să faci pînă n-o faci ? Răspunsul e simplu : nu ştii. Cred că o să mă străduiesc, dar de unde să ştiu pînă la urmă ? Jur că e o întrebare cretină.

D.B. nu-i aşa de hapsîn ca ceilalţi, dar şi el îmi pune o groază de întrebări. A venit cu maşina sîmbăta trecută, împreună cu o gagică din Anglia, care o să joace în filmul la care scrie el acum. Foarte afectată, dar arăta trăsnet. Oricum, cînd tipa s-a dus la toaletă tocmai la naiba-n praznic, în aripa cealaltă, D.B. m-a întrebat ce părere am despre toată chestia asta, de care tocmai am terminat să vă povestesc. N-am știut ce naiba să răspund. Dacă vreți să aflați adevărul, nici nu știu ce cred. Îmi pare rău că am spus povestea atîtor oameni. Cam tot ce știu e că, într-un fel, mi-e dor de toți cei de care v-am povestit. Chiar și de Stradlater și Ackley, de exemplu. Cred că mi-e dor și de blestematul de Maurice. E curios. Nu spuneți nimănui nimic, niciodată. Dacă o faceți, o să înceapă să vă fie dor de toți.

De același autor
la Editura Polirom au apărut:

Franny și Zooey

Dulgheri, înălțați grinda acoperișului
și Seymoor: o prezentare

Nouă povestiri

www.polirom.ro

Bun de tipar: aprilie 2011. Apărut: 2011
Editura Polirom, B-dul Carol I nr. 4 • P.O. BOX 266
700506, Iași, Tel. & Fax: (0232) 21.41.00; (0232) 21.41.11;
(0232) 21.74.40 (difuzare); E-mail: office@polirom.ro
București, Splaiul Unirii nr. 6, bl. B3A, sc. 1, et. 1,
sector 4, 040031, O.P. 53 • C.P. 15-728
Tel.: (021) 313.89.78; E-mail: office.bucuresti@polirom.ro

IMPRIMERIA ARTA GRAFICA

Contravaloarea timbrului literar se depune în contul
Uniunii Scriitorilor din România
Nr. RO44RNCB5101000001710001 BCR UNIREA